ROMÉO

et ses

JULIETTE

Dominique Damien

Illustration : Georges Gaudet

Mise en page : Dominique Damien

Pour rejoindre l'auteur : dominique.damien58@gmail.com

www.sousuneloupe.blogspot.ca

ISBN 978-2-9815692-3-3

Biographie

Depuis sa plus tendre enfance, Dominique Damien est une passionnée des livres et des histoires. C'est son refuge. Elle rêve elle aussi d'inventer ses propres intrigues, car c'est que ce qui l'intéresse le plus dans la littérature.

En 2005, elle commence l'écriture de son premier roman sans savoir si elle le terminera ou s'il y en aura d'autres. Elle enchaîne alors les manuscrits sur des thèmes bien différents, car les idées ne manquent pas.

Après un passage à vide de quelques années et l'encouragement de ses lecteurs, elle décide de publier ses histoires en dormance. **ROMÉO ET SES JULIETTE** est le cinquième roman qu'elle publie sous sa plume.

Depuis quelques années, elle anime un atelier d'écriture sur le bateau de croisière qui relie Montréal aux Îles de la Madeleine. Plusieurs des participants lui ont avoué avoir l'envie de commencer à écrire alors que d'autres ont décidé de reprendre leur crayon.

Chapitre 1

« Bonjour. Je m'appelle Jennifer. Enfin, je crois. C'est le prénom dont je me souviens. Seulement, pour lui, je suis Juliette. Une Juliette parmi les autres. Je ne sais plus depuis combien de temps je suis enfermée ici. Il fait toujours noir. Je ne sais même pas si c'est le jour ou la nuit. Je sais que je ne suis pas toute seule, je leur ai déjà parlé. Oh Mon Dieu! Je l'entends. Je dois cacher ma lettre. »

Charlotte Thomas plia la lettre et en déplia une deuxième.

« C'est moi Jennifer. Je me répète ce prénom sans cesse. Même si ce n'est peut-être pas le mien, je le préfère à celui qu'il m'a donné. J'ai peur de le voir arriver. Il nous oblige, moi et les autres filles, à faire des choses horribles. Si on refuse, il nous punit. L'autre jour, j'en ai entendu une hurler de douleur. Il nous avait prévenues au début, on est mieux de lui obéir. Je suis si fatiguée. Je vais cacher ma lettre avec les autres. »

Puis encore une autre.

« *C'est encore moi, Jennifer. Je suis contente de pouvoir écrire, même si mes lettres restent ici avec moi. Peut-être qu'un jour quelqu'un les lira. Ça voudra dire que mon cauchemar aura cessé. Peu importe ce qui me sera arrivé, au moins il ne me fera plus souffrir. Je ne sais pas si les autres filles ont trouvé, comme moi, des feuilles et un crayon, je leur souhaite. Les premiers jours, dans mes moments de lucidité, je me suis mise à explorer dans la faible lumière. Dans un coin, il y avait une boîte en carton et c'est là que j'ai trouvé ces feuilles et ce crayon. C'est le seul contact que j'ai avec l'extérieur. J'essaie de les cacher avant qu'il entre, car il me les enlèverait, j'en suis sûre. En plus, il me punirait sévèrement.* »

Plusieurs lettres comme celles-ci avaient été retrouvées entre deux pierres d'un mur. Charlotte en ouvrit une autre, puis la dernière de la pile.

« *Je suis Jennifer. Hier (enfin, je pense que c'était hier), Roméo était très en colère. Il hurlait et frappait sur les murs et les portes. J'ai eu très peur. J'ai fini par comprendre. Une autre Juliette a réussi à s'échapper. Je suis à la fois contente pour elle et triste, car elle ne nous a pas libérées. Ça me redonne espoir, elle va certainement revenir avec des secours pour nous sortir d'ici et mettre fin à notre enfer.* »

« *C'est affreux. Il vient d'en tuer une. Je l'ai entendue hurler puis après, le silence. Ensuite, il est entré pour me le dire. C'est notre punition à cause de celle qui est partie. Il préfère nous tuer les unes après les autres avant que quelqu'un ne vienne nous sauver. Mais il me semble qu'elle aurait déjà dû revenir nous sortir de là. Peut-être l'a-t-il rattrapée et qu'il l'a tuée, elle aussi. S'il vous plaît, venez nous sauver, je n'en peux plus.* »

Toutes les lettres furent insérées dans une enveloppe afin d'être analysées par l'équipe scientifique.

7

Chapitre 2

Charlotte Thomas est enquêtrice pour la police de Montréal. C'est une femme dans la quarantaine, arrivée au Québec avec son père alors qu'elle avait douze ans. Après de brillantes études, elle a été en poste à Trois-Rivières durant quelques années. Puis ses nombreux succès de service l'ont amenée à Montréal où elle s'est installée avec Hugo, son mari, et leur fille Emily.

Elle se trouvait à présent sur les lieux d'une macabre découverte. Suite à un bris d'aqueduc, rue Grenville, dans le quartier Westmount, les techniciens municipaux devaient pénétrer dans le sous-sol d'une maison inhabitée. Ils avaient dû faire appel à un serrurier pour leur ouvrir la porte. Ils n'avaient pas le temps de chercher qui possédait les clés, il leur fallait entrer sans attendre. En arrivant au sous-sol, une odeur étrange avait retenu leur attention. Ils firent le tour des pièces et l'horreur les frappa. Face à eux, sur le mur du fond équipé d'étagères, ils découvrirent quatre corps étendus, chacun sur une tablette. En s'approchant, ils s'aperçurent, en fait, que les cadavres étaient dans un état de décomposition avancée. Ils restèrent là, immobiles et sans voix devant une telle vision. Après de longues minutes, le chef du chantier appela la police. Un quart d'heure plus tard, le médecin légiste ainsi que les scientifiques de la médecine légale étaient sur place. Peu de temps après, Charlotte Thomas les rejoignit accompagnée de son collègue Gabriel Després. Gabriel était âgé de vingt-huit ans et avait été intégré, dès sa sortie de l'école, à l'équipe de Charlotte alors qu'elle venait juste de rejoindre les équipes policières de la métropole.

À l'entrée du sous-sol, le responsable des travaux les attendait.

— C'est vous qui êtes chargée de cette enquête? demanda-t-il à Charlotte après qu'elle se fut présentée.

— Oui et vous, qui êtes-vous?

— Denis Ménard. Je travaille pour la ville de Montréal. C'est moi et mon équipe qui avons découvert les corps.

— Pouvez-vous me dire dans quelles circonstances vous êtes arrivés là?

Il expliqua pourquoi et comment ils avaient pénétré dans la maison.

— Avez-vous touché quelque chose ou déplacé des objets?

— Non! rien du tout. C'était assez horrible comme ça. Il n'y avait rien qu'on puisse faire.

— Je vous remercie monsieur Ménard. Laissez-moi vos coordonnées au cas où j'aurai besoin de vous poser d'autres questions. Merci de nous avoir attendus.

— Je vous en prie, inspecteur. C'est un choc de voir une chose pareille. Surtout quand on ne s'y attend pas. Mes gars ont tous été retournés.

— J'espère qu'ils ne seront pas trop marqués.

— Oui, moi aussi. Je n'aimerais pas faire votre travail. Bon courage inspecteur. Bon nous, on va continuer notre inspection, car on n'a toujours pas trouvé l'origine de la fuite.

— Merci Monsieur Ménard. Au revoir.

Charlotte se rendit ensuite dans la pièce qui servait de tombe à ces quatre corps.

— Bonjour Martin, déjà sur place?

Martin Davis, médecin légiste depuis de longues années, était un homme de quarante-quatre ans, de taille moyenne. Il faisait très attention à sa santé et à son bien-être. À la fin de ses études de médecine, il avait pratiqué dans un hôpital. Il s'était donné comme mission de faire en sorte que tous les malades qui viendraient le voir décideraient, après guérison, de vivre sainement. Malheureusement, bon nombre d'entre eux revenaient plus tard, toujours en mauvaise santé. Ils avaient repris leurs mauvaises habitudes de fumer, de manger n'importe quoi et de ne faire aucune activité. Il considérait avoir échoué dans ses objectifs. Il avait pris la décision de démissionner et de s'occuper de médecine légale. De cette façon, il pourrait aider les corps qui lui seraient confiés en trouvant la cause de leur mort. Surtout, il pourrait collaborer avec les enquêteurs afin de découvrir les responsables des crimes et permettre aux victimes de reposer en paix.

— Oh! Charlotte, bonjour. Comment vas-tu ce matin?

— Je vais bien merci et toi?

— Bien.

— Bon, que peux-tu me dire pour commencer?

— Ces quatre corps sont tous de sexe féminin. Comme tu vois, la décomposition est très avancée. Je vais être obligé de faire appel à une anthropologue judiciaire. Au premier coup d'œil, on se rend compte que ces quatre filles devaient se ressembler. Regarde, elles ont toutes les quatre de longs cheveux blonds bouclés. Je situerais leur âge entre seize et vingt ans. On remarque aussi qu'elles portent toutes un uniforme de restaurant et étaient coiffées de la même façon.

— Penses-tu qu'elles sont mortes ici?

— Sur ces étagères, tu veux dire?

— Euh, oui.

— Je ne pense pas. Elles ont été déposées ici après leur mort et installées dans cette position.

— À quand estimes-tu leur mort?

— Difficile à dire tout de suite. J'ai appelé Rébecca Demers. Elle est anthropologue. J'ai déjà travaillé avec elle sur d'autres affaires. Elle est très efficace.

— Parfait, en l'attendant, je vais faire le tour de la maison.

— Je te ferai prévenir dès que Rébecca sera arrivée.

— Merci Martin.

Charlotte rejoignit Gabriel qui avait commencé son inspection des lieux. Le sous-sol faisait toute la surface de la maison. Les murs extérieurs étaient faits de pierres cimentées et le sol était en béton. Des séparations en planches délimitaient des espaces fermés. Un cadenas pendait à un crochet sur chacune des portes. Il y avait seulement une faible lueur provenant de la lampe au-dessus de la porte d'accès au sous-sol. Charlotte et Gabriel devaient se servir de leur lampe de poche pour explorer les lieux. À l'intérieur de chaque cellule, il y avait un matelas directement posé au sol, sans drap ni rien par dessus et, contre un des murs de séparation, un crochet soutenait une robe de style médiéval bleue accrochée à un cintre. Un collier de perles entourait le col de la robe. Dans chacune des cinq salles, on retrouvait les mêmes robes, absolument identiques. Une des pièces paraissait plus grande que les autres. Charlotte s'avança dans le fond et vit un décrochement sur la gauche. Une boîte en carton était posée à terre. En se penchant pour regarder à l'intérieur, quelque chose attira son attention entre deux pierres. Elle pointa sa lumière directement dessus et tira. Plusieurs feuilles pliées en quatre tombèrent alors qu'elle en tirait une entre ses doigts. Elle la déplia et commença à lire. En haut à droite il y avait un numéro : 4. Elle ramassa les autres et vit que les numéros se suivaient. Elle en compta douze en tout. Elle les mit par ordre chronologique et lut la première.

* * *

Après la lecture des lettres, Charlotte demanda à Gabriel de vérifier si une autre fille n'aurait pas, elle aussi, raconté le calvaire qu'elle vivait. Cela pourrait aussi les éclairer sur l'identité des victimes, en espérant que Jennifer soit réellement son prénom.

Les robes et les cheveux pouvaient s'expliquer comme ceci : le tueur, qui se prenait pour Roméo, se fabriquait ses propres Juliette. Un autre indice se trouvait dans les lettres. Ils avaient découvert quatre corps, mais une autre fille avait réussi à s'échapper. Plusieurs questions se posaient. Depuis quand était-elle partie? Où était-elle? Et surtout, pourquoi n'était-elle pas venue voir la police? Cela aurait-il permis de libérer les autres filles et d'arrêter ce Roméo avant qu'il ne soit trop tard? Mais peut-être, comme l'a écrit Jennifer, il l'a rattrapée, tuée et a caché son corps à l'extérieur.

Après une fouille minutieuse, Gabriel avait retrouvé, en dessous d'un matelas, des morceaux de bois où était gravé le prénom de Barbara. Sur l'un d'eux était inscrit « *Pas Juliette, Barbara* ». Dans les

15

deux autres pièces, il ne trouva rien d'autre que le matelas et la robe.

— Dans ce sous-sol, il y a cinq espaces fermés, résuma Charlotte. Je pense que ce gars a enlevé cinq filles et les a enfermées séparément. Celle qui s'est échappée devait être là où on a retrouvé les corps. Nous pouvons d'ores et déjà en déduire qu'une se prénommait Jennifer et une autre Barbara. D'après les lettres de Jennifer, lorsqu'il s'est rendu compte qu'une fille avait disparu, Roméo est devenu fou. Il s'est vengé sur les autres filles et les a toutes tuées.

— Tu crois qu'il a pu rattraper celle qui a réussi à s'enfuir? demanda Gabriel.

— Je n'en sais rien. Mais dans ce cas-là, il l'aurait ramenée et l'aurait punie pour en faire un exemple pour les autres. Même qu'il aurait pu la tuer ici afin que ses compagnes de cellules ne tentent rien et qu'elles lui obéissent.

— Ou peut-être qu'en se débattant, il l'a tuée avant de la ramener ici?

— C'est une autre possibilité. Il aurait fait disparaître le corps alors. Seulement à l'extérieur, la décomposition n'aurait pas pu passer inaperçue. On aurait fatalement retrouvé quelque chose. Puis, aucun cadavre n'a été découvert ces derniers temps. Alors, on peut supposer qu'elle est toujours vivante.

— Dans ce cas, où est-elle et pourquoi n'a-t-elle rien dit à la police?

— Nous le saurons quand nous la retrouverons. Il y a peut-être un indice dans sa cellule. Allons vérifier.

Au même instant, un agent vint avertir Charlotte de l'arrivée de Rebecca.

— Bonjour Rebecca, je suis Charlotte Thomas, dit-elle en lui serrant la main.

— Bonjour Charlotte. Enchantée de te connaître. Martin m'a beaucoup parlé de ton efficacité dans les enquêtes.

— Merci beaucoup, mais c'est avant tout un travail d'équipe et je peux dire que je suis bien entourée. Je te présente Gabriel Després, mon partenaire, très discret et très efficace.

Gabriel rougit un peu en tendant la main à Rebecca.

— Avec un professeur comme Charlotte, c'est facile d'être bon. J'ai beaucoup appris avec elle.

— Bon, ce n'est pas le temps de s'envoyer des éloges vous autres, coupa le légiste, on a du travail ici.

— Tu as raison Martin, dit Rebecca. Bon, après la première observation, je peux dire qu'elles sont mortes depuis plusieurs jours voire entre quatre et cinq semaines. Je serai plus précise après des examens plus approfondis. En ce qui concerne leur âge, Martin a visé juste, entre seize et vingt ans. À première vue, on ne voit pas de traces sur le haut du corps et sur le crâne. Pas de marque de coups répétés. Les os me semblent intacts. C'est tout ce que je peux vous dire pour le moment. Nous devons emmener les squelettes à l'institut médico-légal et je pourrai m'y mettre tout de suite.

— Merci Rebecca pour ton aide.

— Je te ferai parvenir mes conclusions le plus vite possible.

Gabriel avait commencé l'inspection de cette salle. Elle était plus longue que large. L'étagère se trouvait dans le fond. À l'entrée, contre le mur de droite, on retrouvait le même matelas et, sur un crochet, la même robe. Il souleva le matelas, rien en dessous. Il inspecta les murs de pierre à la recherche d'interstice pouvant contenir des messages ou autres objets. Là encore, rien. Lorsque les quatre corps furent emportés, il inspecta minutieusement l'étagère.

— Charlotte, dit-il enfin.

— Tu as trouvé quelque chose?

Il était penché au niveau de la deuxième tablette en partant du bas.

— Regarde en dessous, il y a quelque chose d'écrit.

Charlotte prit sa place.

— Effectivement, tu as raison. Dévissons-la et retournons-la.

Un technicien scientifique qui ramassait les indices s'en occupa et retourna la tablette sur celle du dessus. Charlotte dirigea le faisceau de sa lampe directement dessus.

« *Aidez-moi. C'est un fou. Je suis Daniella. Je ne suis pas Juliette* ».

Puis partout était écrit le nom de Daniella.

— Pauvres filles, finit par dire Charlotte. Elles ont dû vivre l'enfer. Donc cet indice nous permet de supposer que celle qui s'est échappée s'appelait Daniella. Nous avons donc trois prénoms sur cinq. Emmenons tout ça au labo.

Gabriel continua sa visite approfondie des lieux, mais ne trouva rien de plus. Les équipes scientifiques emportèrent les robes, les matelas et ramassèrent tout ce qu'ils pouvaient emmener. Un gros travail d'analyse les attendait. Pour Charlotte et Gabriel, il fallait dans un premier temps découvrir l'identité des victimes.

Chapitre 3

De retour au poste, Charlotte et Gabriel regardèrent dans les dossiers des personnes disparues s'ils pouvaient trouver leurs inconnues.

Pour commencer, ils lancèrent une recherche avec les critères : disparition durant les douze derniers mois, de sexe féminin, entre douze et vingt-cinq ans. Douze noms ressortirent. Parmi ceux-ci, huit correspondaient à la tranche d'âge des corps retrouvés, dont trois avaient les cheveux blonds et frisés. Il s'agissait de Daniella Brisson, de Sophie Lacasse et de Jennifer Blanchette.

— Voilà. Ces trois-là pourraient faire partie des cinq que nous recherchons.

Trois autres filles avaient les cheveux frisés, mais étaient brunes. L'une d'entre elles était de peau noire et n'avait pas le profil des victimes. Les deux autres se nommaient Alexandra Murphy et Barbara Gillman.

— Tu penses que ces cinq filles sont nos victimes, demanda Gabriel après avoir terminé leur recherche.

— Trois ont le même prénom que l'on a retrouvé dans le sous-sol et elles ont toutes les caractéristiques. Mais avant d'annoncer la triste nouvelle aux familles, nous devrons récupérer des échantillons d'ADN pour comparer avec les résultats des légistes et avoir l'absolue certitude. Essayons d'en savoir plus sur ces filles. Où vivaient-elles? Ce qu'elles faisaient dans la vie? Ressortons leur dossier d'enquête et, au besoin, nous irons discuter avec l'enquêteur qui s'en est occupé.

— Elles ont pratiquement toutes disparu en même temps. Toutes à quelques semaines d'intervalle entre janvier et février. À part ces cinq filles, c'était soit bien avant, soit après et elles habitaient hors de Montréal ou dans des quartiers plus éloignés, alors que nos cinq filles étaient du centre de la ville de Montréal.

— Tu as raison. Un autre point qui relie ces filles à notre affaire. Nous devons aussi trouver à qui appartient cette maison et pourquoi personne n'y habite.

— Je vais chercher dans le cadastre de la ville, on aura tout ce qu'il nous faut.

Gabriel se connecta directement au réseau municipal et, en inscrivant l'adresse, la fiche détaillée de la propriété s'afficha. Le propriétaire était un certain John Prescott. Une note était ajoutée spécifiant que celui-ci était décédé et que le compte de taxes était payé par le notaire Rénald Brochu, suivi de ses coordonnées. Charlotte l'appela et prit rendez-vous pour le début de l'après-midi.

* * *

Les bureaux du notaire Brochu étaient au rez-de-chaussée d'un immeuble de trois étages, lui aussi dans le quartier Westmount. Sa secrétaire, Gabrielle Lachance accueillit les visiteurs avec un grand sourire. C'était une jeune femme brune, cheveux mi-longs et avec de très beaux yeux bleus. Lorsque Charlotte se présenta, elle les invita à s'asseoir le temps de prévenir le notaire. Sa voix était douce et mélodieuse.

— Bonjour inspecteurs, dit le notaire en ouvrant sa porte. Veuillez entrer s'il vous plaît.

— Bonjour Monsieur. Je suis l'inspectrice Charlotte Thomas et voici mon collègue Gabriel Després.

— Asseyez-vous, je vous prie.

Il se croisa les mains sur son bureau et ajouta :

— J'ai cru comprendre que vous veniez au sujet de la villa de monsieur Prescott. Que puis-je faire pour vous? En quoi cette maison intéresse-t-elle la police?

— Monsieur Brochu, nous avons appris que monsieur Prescott était décédé.

— C'est exact.

— Depuis combien de temps?

— Un peu moins de deux ans. Attendez que je vérifie... Cela fait exactement un an et huit mois.

— N'y a-t-il pas d'héritiers qui en prennent possession, depuis tout ce temps?

— À ce jour, nous n'avons pas encore réussi à rejoindre des descendants à ce monsieur.

— Que se passe-t-il dans ces cas-là?

— Lorsqu'une personne décède sans testament désignant ses légataires, nous devons nous-mêmes faire notre enquête pour les retrouver.

— Connaissiez-vous bien monsieur Prescott?

— À vrai dire, pas beaucoup. Il était venu me voir environ un an avant son décès. Il est arrivé un matin et m'a expliqué que, étant bien malade, il voulait que je m'occupe de sa maison après son décès.

— Pourquoi ne pas vous donner tout simplement le nom de ses héritiers?

— Je ne sais pas. Il ne m'a jamais répondu quand je lui ai demandé. C'était un drôle de personnage. Il m'a déposé un trousseau de clés et m'a donné tous les papiers qu'il possédait depuis l'acquisition de cette propriété.

— Ne lui avez-vous pas suggéré de faire un testament?

— Évidemment que je l'ai fait, même à plusieurs reprises. Il me disait, chaque fois, qu'il y pensait et qu'il m'appellerait quand il serait prêt. Puis, j'ai appris

25

son décès par les ambulanciers. Il avait laissé une note à côté de son téléphone indiquant de me prévenir à sa mort.

— Que s'est-il passé ensuite?

— Je suis allé chez lui pour fouiller dans ses papiers à la recherche de documents pouvant m'amener à découvrir les membres de sa famille. Il avait laissé une enveloppe à mon nom avec une procuration et le détail de sa fortune.

— Où en êtes-vous dans votre recherche?

— Je sais qu'il était arrivé de l'Ontario après sa retraite et qu'il avait acheté cette maison. Ses parents étaient originaires d'Angleterre et avaient émigré au Québec alors que lui n'était qu'un tout jeune enfant. Il était fils unique. Bien entendu, ses parents sont morts. À ce jour, je ne lui ai retrouvé aucune famille ici au Canada. Il ne s'était jamais marié et n'avait pas d'enfants. Quelque temps plus tard, j'ai fait appel à un enquêteur privé pour des recherches au-delà des frontières du pays. Dans ces cas-là, ça peut être très long et très ardu. Il faut communiquer avec les organismes étrangers qui ont chacun leurs méthodes et leurs règlements.

— Qui possède la clé de cette maison?

— Moi... enfin mon cabinet. Monsieur Prescott m'en avait donné un exemplaire la première fois que je l'ai vu. Puis à sa mort, j'ai récupéré celle qu'il gardait.

— Est-ce que quelqu'un a eu accès à ces clés?

— Je ne vois pas qui. De toute façon, elles sont dans mon coffre.

— Votre enquêteur n'en possède pas?

— Il n'en a pas besoin. Il lui faut juste l'adresse.

— Il ne l'a jamais visitée?

— Une fois seulement lorsque j'ai fait appel à lui. Je l'ai accompagné et c'est moi qui ai ouvert et fermé la porte.

— Je vais avoir besoin du nom de votre enquêteur.

— Bien sûr, il s'agit de Jack Ross. Je vous note ses coordonnées.

— Merci Monsieur Brochu.

— Je ne veux pas être indiscret dans votre enquête, mais puis-je savoir le but de toutes vos questions?

— Quatre squelettes de jeunes filles ont été retrouvés dans le sous-sol où, a priori, elles ont été détenues durant plusieurs mois.

— Mais c'est affreux. Les portes ont dû être forcées.

— Non, justement. Quelqu'un a utilisé cette maison comme s'il s'agissait de la sienne.

— J'ai du mal à y croire. C'est impensable.

— Si vous apprenez quoi que ce soit ou si vous vous souvenez de quelque chose, seriez-vous gentil de m'appeler?

— Mais oui bien sûr. Je vais essayer de me renseigner.

— Merci, au revoir Monsieur.

Une fois dans la rue, Charlotte appela Jack Ross. Celui-ci était disponible et prêt à la recevoir.

— Gabriel, pendant que j'interrogerai cet enquêteur, va questionner les voisins. Ils ont peut-être vu quelqu'un aller et venir dans cette maison.

Charlotte le déposa en face de la maison de monsieur Prescott et se rendit chez l'enquêteur du notaire Brochu. Jack Ross était un homme d'une quarantaine d'années, grand et élancé, des cheveux courts bruns et de belle allure. Il la reçut poliment et la fit entrer dans un bureau qu'il avait installé au rez-de-chaussée de sa maison.

— Inspecteur Thomas, commença-t-il après avoir pris place en arrière de sa table de travail, que puis-je pour vous?

— Je suis ici de la part du notaire Brochu. C'est au sujet de monsieur John Prescott. Où en êtes-vous dans vos recherches pour retrouver ses héritiers?

— Y a-t-il un problème?

— Veuillez répondre s'il vous plaît.

— Je n'ai trouvé personne au Québec ni au Canada. J'ai appris que ses parents venaient du sud de l'Angleterre avant d'émigrer ici.

— Avaient-ils de la famille là-bas?

— C'est ce que j'essaie de savoir. Je suis en contact avec un enquêteur sur place. Mais, ce n'est pas toujours facile. Durant la dernière guerre mondiale, beaucoup d'archives ont disparu. Alors, on y va par regroupement et par enquête de voisinage. On a réussi à localiser leur dernière adresse connue.

— Personne ici ne s'est jamais réclamé de sa parenté?

— Non, absolument personne. Les voisins n'ont jamais vu qui que ce soit venir lui rendre visite.

— Connaissez-vous bien sa maison?

— Je ne l'ai visité qu'une seule fois avec Rénald Brochu.

— Vous n'y allez pas vous-même?

— C'est inutile pour mes recherches. Rénald m'a transmis toutes les informations dont je pourrais avoir besoin et tous les papiers nécessaires pour mes investigations.

— Quand vous a-t-il remis tout cela?

— Lorsqu'il m'a donné le mandat de retrouver les héritiers. Je suis allé dans son bureau où j'ai fait des photocopies de tous les documents utiles. Ensuite, on est allé visiter la maison. Régulièrement, je l'appelle pour lui faire un compte rendu de mon enquête.

— Est-ce courant de mettre autant de temps pour retrouver des héritiers?

— Dans certains cas, ça peut prendre plusieurs années, surtout quand on doit chercher à l'étranger comme dans ce cas-ci.

— Je vous remercie monsieur Ross pour votre temps.

— Puis-je à mon tour vous demander la raison de toutes ces questions?

— Quelqu'un a pénétré dans la maison de monsieur Prescott, y a enfermé et tué des jeunes filles.

— Qu'est-ce que vous dîtes? hurla presque Jack Ross. Comment a-t-il pu entrer?

— On n'a pas encore beaucoup de réponses à ce stade de l'enquête.

— C'est affreux une chose pareille.

— Comme vous dites. Merci monsieur Ross. Je vous appellerai si j'ai d'autres questions à vous poser.

— Aucun problème. Je vous laisse ma carte avec mon numéro de cellulaire au cas où je ne serais pas à mon bureau.

— Bonne journée, au revoir.

Après l'entretien, Charlotte rejoignit Gabriel. Dans cette rue cossue de Montréal, habitaient en grande majorité des personnes retraitées ou des familles aisées. Dans ces cas-là, la femme restait à la maison pour s'occuper des enfants. Gabriel n'avait trouvé aucune maison déserte.

— Qu'as-tu découvert du côté des voisins?

— À part ses proches voisins, peu de monde le connaissait bien. Certains ne savaient même pas qu'il était mort. Dans ce quartier, chacun fait ses affaires et ne se soucie guère des autres. Par contre, le couple habitant juste à côté et les propriétaires des deux maisons d'en face ont vu, de temps en temps, les lumières allumées. Mais, ils n'ont jamais vu personne entrer ni sortir, ni de voiture stationnée.

— Notre Roméo ne tenait pas à se faire voir. Il devait arriver en pleine nuit. On ne doit pas veiller tard dans le coin.

— Non en effet. C'est ce que tous m'ont confirmé.

— Allons voir Martin et Rebecca s'ils ont pu faire une recherche d'ADN.

* * *

Dans les locaux de la médecine légale, les quatre corps étaient posés chacun sur une table métallique.

— Avez-vous été capable de trouver des cellules pour une recherche d'ADN? demanda Charlotte.

— Ce que l'on sait pour le moment, expliqua Rebecca, c'est que les corps se sont momifiés. Nous allons peut-être pouvoir comparer les empreintes avec celles des personnes disparues.

— Comment pouvez-vous faire ça, vu l'état des corps?

— Nous avons coupé un doigt à chacune d'elles que nous avons immergé dans une solution afin de réhydrater la peau. Ça devrait faire ressortir les stries des empreintes. Ensuite, on fera un prélèvement de moelle osseuse.

— Pour la cause de la mort, l'avez-vous découvert?

— Aucune trace de violence sur le squelette. Par contre, toutes les quatre ont eu une importante hémorragie interne. Nous avons découvert que leur l'estomac était très endommagé. Il a dû leur faire boire quelque chose de très corrosif pour faire de tels dégâts. Ce n'était pas beau à voir. Nous allons analyser un échantillon de leurs parois stomacales afin de déterminer la nature du produit.

— Ont-elles souffert?

— Étant donné ce qu'on a vu à l'intérieur, c'est certain. Elles ont dû vivre le martyre durant plusieurs minutes. La douleur a dû les plonger dans l'inconscience puis, finalement, l'hémorragie les a tuées. On ne sait pas encore ce qu'il a utilisé, mais une chose est sûre, c'est un vrai malade.

— Ça vient confirmer un passage de la dernière lettre de Jennifer, intervint Gabriel.

— Savez-vous si ces jeunes filles ont subi des violences sexuelles? continua Charlotte.

— C'est difficile à dire à ce stade de décomposition. Mais, on peut s'en douter par la nature des crimes.

— Tenez-moi au courant dès que vous en saurez un peu plus. Je vais contacter les familles des trois jeunes filles dont les prénoms correspondent. Pour les deux autres, il faudrait savoir si leurs cheveux ont été teints.

— On va demander au laboratoire de te confirmer ça. Bon courage avec les parents.

— Merci. Ce n'est pas ce que je préfère dans ce travail.

Chapitre 4

Charlotte et Gabriel relevèrent les adresses des trois jeunes filles et annoncèrent leur visite aux parents. En premier lieu, ils se présentèrent chez monsieur Blanchet et madame Martinet, les parents de Jennifer. Ceux-ci habitaient sur la rue Ontario proche de la rue St-Laurent.

— Bonjour Madame, je suis l'inspectrice Charlotte Thomas et voici mon collègue Gabriel Després.

— Bonjour inspecteurs, les salua madame Martinet.

C'était une femme d'une grande élégance. Malgré la tristesse qu'on pouvait lire dans son regard, elle prenait soin de son apparence. Ses cheveux étaient soigneusement coiffés et son maquillage léger, faisait ressortir ses yeux verts. La ressemblance avec sa fille était frappante.

Elle les fit entrer au le salon.

— Puis-je vous offrir quelque chose?

— Non merci Madame, ne vous dérangez pas. Votre mari est absent?

— Il devrait arriver d'un moment à l'autre. Il était à son travail.

À ce moment-là, une jeune fille d'environ quinze ans entra et vint s'asseoir à côté de sa mère.

— Voici mon autre fille Victoria.

— Vous êtes là pour Jennifer? demanda celle-ci d'une voix timide.

— En effet.

— Vous l'avez retrouvée dans la maison, c'est ça?

— Nous ne sommes pas encore en mesure de confirmer l'identité des personnes. Pour cela, il va nous falloir sa brosse à dents ou sa brosse à cheveux pour comparer son ADN avec celui des victimes.

Victoria se leva.

— J'y vais tout de suite.

— Merci Victoria, la remercia sa mère.

Puis, quand sa fille eut quitté le salon, elle ajouta :

— Depuis la disparition de Jennifer, Victoria a perdu sa bonne humeur. On ne peut pas dire qu'elles s'entendaient très bien, mais c'est quand il en manque une que l'autre se rend compte du vide que ça fait.

Charlotte avait apporté une des lettres retrouvées dans le sous-sol. Elle tendit l'enveloppe transparente scellée à madame Martinet.

— Pouvez-vous, s'il vous plaît, regarder cette lettre et me dire si vous pensez qu'il puisse s'agir de l'écriture de Jennifer?

D'une main tremblante, madame Martinet saisit l'enveloppe, regarda et lut. Elle porta la main devant sa bouche pour étouffer un sanglot et, les yeux pleins de larmes, elle dit :

— C'est affreux ce qui est écrit.

— Je suis désolée de vous imposer cette épreuve, mais reconnaissez-vous son écriture?

— Oui... enfin, il y a des ressemblances. Celle-ci est plus saccadée. Elle avait l'habitude de bien former ses mots. Je reconnais ses lettres bien rondes.

— Afin de confirmer, auriez-vous un document que Jennifer aurait écrit? Notre graphologue pourra ainsi comparer les deux textes.

— Mais oui bien sûr.

Madame Martinet se leva et prit une carte de Noël posée sur une étagère de la bibliothèque.

— C'est la carte qu'elle m'a offerte à Noël. Elle aimait nous en donner à toutes les occasions.

Victoria revenait avec la brosse à dents de sa sœur. Charlotte ouvrit un sac en plastique.

— Merci Victoria. Peux-tu la mettre dans ce sac?

— J'ai aussi ramassé des cheveux sur sa brosse et je les ai mis dans cette enveloppe. Je sais que vous pouvez trouver de l'ADN dedans.

— C'est exact Victoria. C'est une bonne idée.

— Qu'y a-t-il maman? dit-elle à sa mère en apercevant les larmes qui coulaient sur ses joues.

— Ce n'est rien, ma chérie.

Victoria aperçut la pochette contenant la lettre, s'en empara et lut à son tour.

— Pourquoi elle? cria-t-elle enfin. Elle ne dit jamais rien contre personne. Pourquoi s'en prendre à elle et pas à moi?

— Ne dis pas des choses comme ça, la calma madame Martinet. Tu n'y es pour rien.

— Ta mère a raison, renchérit Charlotte. Madame, pouvez-vous nous parler des habitudes de Jennifer et du jour où elle a disparu?

La porte d'entrée s'ouvrit et monsieur Blanchet fit son entrée dans le salon.

— J'ai fait aussi vite que j'ai pu.

— Bonjour Monsieur, l'accueillit Charlotte en se présentant ainsi que Gabriel.

— Ma femme m'avait averti de votre visite et je me suis dépêché de rentrer. Avez-vous du nouveau? Si vous revenez après tous ces mois, c'est que vous avez trouvé quelque chose et je me doute que ça a un rapport avec la découverte dont on parle aux nouvelles.

— En effet monsieur. Mais, comme je l'expliquais à votre femme, c'est encore trop tôt pour confirmer qu'il s'agisse de votre fille Jennifer.

— Oh! Donc, vous venez ici pour en savoir plus.

— C'est exact. Monsieur Blanchet nous en étions aux habitudes de Jennifer et du jour de sa disparition.

Monsieur Blanchet avait pris place entre sa femme et sa deuxième fille. Il leur saisit à chacune une main, prit une grande respiration.

— Jennifer était une jeune fille de dix-sept ans qui vivait comme les filles de son âge. Elle avait un très bon caractère, toujours prête à aider. Elle savait ce qu'elle voulait et faisait ce qu'il fallait pour l'obtenir.

— Avait-elle un petit ami?

— Elle avait des petits flirts de temps en temps, mais rien de bien sérieux.

— Elle avait le béguin pour un gars un peu avant de disparaître, dit Victoria en baissant la tête.

Ses parents la regardèrent. Ils semblaient ignorer ce fait.

— C'est elle qui te l'a dit? demanda sa mère.

— Oui. Elle ne voulait pas vous en parler, car il était plus vieux qu'elle et surtout parce qu'elle n'était pas très sûre de ce qui allait arriver.

— T'a-t-elle dit son nom et où elle l'avait rencontré? continua son père.

— Il venait manger tous les jours au restaurant où elle travaillait. Elle ne m'a jamais dit comment il s'appelait.

— Où travaillait-elle? demanda Charlotte qui reprenait les questions.

— Après l'école et les fins de semaine, elle travaillait dans la pizzeria au coin de la rue, répondit le père. Le propriétaire est un ami. C'est comme cela qu'elle a pu avoir cet emploi. Elle faisait bien son travail, les clients l'aimaient bien. Le montant des pourboires qu'elle rapportait en était la preuve. Les premiers jours où elle a disparu, les habitués demandaient au patron pourquoi il s'en était séparé vu que c'était sa meilleure serveuse

— Nous irons questionner ce monsieur. Peut-être a-t-il vu l'homme dont parle Victoria. À part l'école et son travail, avait-elle des amis et faisait-elle des sorties?

— C'était une fille très sociable, continua madame Martinet. Elle a toujours eu pas mal d'amis. Même quand elle changeait d'école, ça ne prenait pas longtemps avant qu'elle se recrée un groupe autour d'elle. Il arrivait parfois qu'elle les amène ici. C'étaient tous des enfants bien élevés et très gentils.

— Elle avait une vie assez simple, ajouta monsieur Blanchet. Elle allait à l'école, travaillait et sortait avec ses amis. Elle ne rentrait jamais très tard. Elle voulait réussir ses études et avoir un bon métier. C'est ce qu'elle disait toujours.

— Maintenant, si vous le voulez bien, parlons du jour où elle a disparu.

Les mains de monsieur Blanchet resserrèrent leur étreinte. Sa femme essuya ses larmes.

— Est-ce que ça va aller? s'inquiéta Charlotte.

— Oui, oui, répondit-il. C'est encore difficile pour nous, vous savez.

— Je comprends, prenez votre temps. Pendant que nous parlons, permettez-vous à mon collègue de jeter un coup d'œil à la chambre de Jennifer?

— Mais oui, bien sûr, accepta madame Martinet.

— Je vais lui montrer, dit Victoria en se levant.

— O.K., je te suis, dit Gabriel.

Puis, quand ils furent sortis et assez loin, madame Martinet reprit :

— Victoria a beaucoup de difficulté depuis que sa sœur n'est plus là. Je dois la soutenir énormément et l'aider dans ses études. Les premiers temps, elle se sentait responsable. Elle disait que Jenny était partie à cause d'elle parce qu'elle l'embêtait toujours.

— C'est un sentiment naturel pour des enfants, rassura Charlotte. Mais, il ne faut surtout pas qu'elle traîne ça toute sa vie.

— Vous avez raison. Seulement, sans savoir ce qui est arrivé à Jennifer, c'est dur de trouver un sens à tout ça.

— J'ai l'impression qu'on sera bientôt renseigné et qu'on pourra faire notre deuil, conclut monsieur Blanchet.

— Je suis désolée de ne pas vous apporter plus de réconfort ni de bonnes nouvelles.

— Ne rien savoir est insupportable. Même si ça doit nous faire très mal, nous préférons être sûrs de ce qui en est. Nous essayons de garder espoir, mais après tout ce temps, on a de plus en plus de mal à y croire.

— Pouvons-nous revenir au jour de sa disparition, si ce n'est pas trop dur?

— C'était le 14 février. Le matin, elle était partie à l'école comme d'habitude. Ce jour-là, elle terminait ses cours plus tôt. Elle devait travailler à la pizzeria pour le service du souper. Elle avait prévu de retrouver ses amis vers vingt heures et ils devaient fêter la St-Valentin ensemble.

— L'avez-vous revu entre son départ pour l'école et son travail?

— Oui, avant d'aller au restaurant elle est venue poser ses affaires d'école, se changer et apporter d'autres vêtements. Elle ne voulait pas repasser ici pour ne pas faire attendre ses amis.

— Comment était-elle à ce moment-là?

— De très bonne humeur, comme tous les jours. Elle avait hâte d'aller s'amuser.

— Que s'est-il passé ensuite?

— Vers vingt heures trente, son amie Caroline a appelé. Elle s'inquiétait de ne pas la voir arriver. Nous lui avons proposé d'aller à la pizzeria. Elle y était déjà allée et il lui a été répondu que Jennifer avait quitté à dix-neuf heures trente.

— Est-ce que quelqu'un l'a vu sortir accompagnée?

— Non. Après son service, elle s'est changée dans les vestiaires puis est partie en souhaitant une bonne St-Valentin à tout le monde. Depuis, elle s'est volatilisée.

— À quel moment avez-vous appelé la police?

46

— Nous avons commencé par téléphoner à tous les amis qu'elle devait rejoindre. Nous sommes, nous aussi, allés au restaurant pour poser des questions. Caroline et tous les autres sont allés voir dans tous les endroits où ils avaient l'habitude de se retrouver au cas où elle aurait oublié le lieu du rendez-vous. Finalement vers vingt-deux heures, n'ayant plus de ressource, nous nous sommes rendus au poste de police faire une déclaration de disparition.

— Est-ce que des affaires lui appartenant ont été retrouvées?

— Absolument rien. Avant de quitter le restaurant, elle s'était changée comme elle l'avait prévu. Son uniforme de la pizzeria et ses chaussures n'ont jamais été retrouvés. C'est comme si elle s'était envolée avec tout ce qu'elle avait avec elle. Nous avons refait le chemin qu'elle aurait dû emprunter pour rejoindre son groupe. Des agents de police ont fouillé toutes les poubelles sur le trajet et dans un large périmètre, en vain.

Monsieur Blanchet avait relaté les évènements en essayant de ne pas trop laisser l'émotion l'envahir. Sa femme l'avait laissé parler et s'essuyait les yeux régulièrement. Après que son mari eut fini de parler, elle prit une bonne respiration et ajouta :

— Au moins, aucune trace de sang n'a été retrouvée. C'est ce qui nous a permis de garder espoir tout ce temps.

— Madame, Monsieur, je vous remercie d'avoir bien voulu répondre à mes questions. Je suis désolée d'avoir dû vous faire revivre ces mauvais moments.

— Ne le soyez pas, dit madame Martinet en prenant la main de Charlotte dans la sienne. Nous voulons savoir ce qui lui est arrivée, quoi que ce soit. Peu importe ce que vous découvrirez, vous devrez nous le dire. Tant qu'on ne saura pas si elle est vivante ou morte, on ne pourra pas passer à autre chose. Même si dans ces situations, on peut difficilement oublier et reprendre une vie normale.

— Il y a aussi Victoria, ajouta son mari. Aussi dur que ça doive être, nous devrons l'aider à surmonter sa douleur. Elle a la vie devant elle.

— Dès que nous aurons les résultats des analyses, je vous les communiquerai.

— Merci inspecteur, dit madame Martinet. Si Jennifer fait partie des jeunes filles, retrouvez celui qui leur a fait ça. J'ai confiance en vous. Un homme qui a brisé tant de vies et de familles ne peut pas rester impuni.

— Je peux vous assurer que nous allons tout faire pour résoudre cette affaire. Cette enquête est notre priorité.

* * *

Gabriel avait profité d'être seul avec la jeune Victoria pour lui poser quelques questions.

— Est-ce que tu t'entends bien avec ta sœur?

— On a bien quelques petites disputes de temps en temps, mais dans l'ensemble ça va.

— Les disputes portent sur quels sujets?

— Parfois, elle me dit que je ne sais pas m'habiller. Ou alors, elle me traite de bébé quand je lui raconte ce que je fais avec mes amies.

— Ça te fâche quand elle te dit ça?

— Sur le coup oui, mais après je lui réponds qu'elle faisait pareil à mon âge. Alors, elle rit et me dit que je suis trop maligne.

— Est-ce qu'elle te faisait des confidences sur ses petits copains ou d'autres choses qu'elle n'aurait pas dites à vos parents?

— Il y a quelques années, elle me racontait tout en me faisant jurer de le garder pour moi sinon elle garderait tout pour elle. Mais depuis un an ou deux, elle disait tout aux parents. Je n'étais plus sa confidente. Elle m'avait expliqué qu'elle préférait tout leur dire comme ça, ils auraient confiance en elle et ne lui interdiraient rien.

— Pourtant, tout à l'heure tu as dit qu'elle t'avait parlé de cet homme mystérieux!

— Oui. Moi aussi ça m'a étonnée qu'elle ne le dise qu'à moi.

— C'était quand exactement?

— Deux semaines avant qu'elle disparaisse.

— Sais-tu pourquoi elle ne voulait pas leur en parler?

— Premièrement, parce qu'il était plus vieux et elle ne savait pas s'il était déjà marié. Et puis, je crois qu'elle n'était pas sûre que ça aille plus loin. Il était sympa avec elle. Il demandait toujours à être installé dans sa section et lui laissait de bons pourboires.

— Le voyait-elle en dehors du restaurant?

— Je ne crois pas. Autrement, elle me l'aurait dit.

— Est-ce que tu penses qu'il aurait pu l'inviter le soir où elle a disparu?

— Je ne sais pas. Puis, elle avait sa sortie avec ses amis. Elle n'est pas du genre à changer ses plans et poser un lapin, peu importe la raison, surtout le jour même.

— Donc d'après toi, si elle a suivi quelqu'un c'est parce qu'on l'a forcée?

— C'est presque certain.

Pendant qu'ils parlaient, Gabriel regardait dans la chambre de Jennifer. Il cherchait partout si elle n'aurait pas laissé des indices ou des renseignements sur l'homme mystérieux et la pizzeria.

— Est-ce qu'elle tenait un journal?

— Quand elle était plus jeune. L'année dernière, elle a fait le ménage dans ses affaires et elle l'a retrouvé. Pour que je ne le lise pas, elle a déchiré toutes les pages et elle m'a dit que c'était ridicule de faire ça.

Gabriel avait fait le tour, regardé dans tous les tiroirs, partout où il pensait qu'elle aurait pu cacher des secrets. Il ne trouva rien du tout.

— Bon, j'ai fini ici. Allons rejoindre tes parents en bas.

Avant de sortir de la chambre, elle attrapa le bras de Gabriel et demanda :

— Dites, vous pensez qu'elle était dans cette maison?

— On n'en est pas encore sûr.

— Si vous êtes venus, c'est que c'est peut-être elle.

— Oui, c'est vrai. Écoute, je ne veux pas te donner d'espoir, mais tant qu'on n'a pas la certitude, on ne dit rien.

— Vous le saurez quand?

— Ça ne devrait pas être trop long.

— Vous savez, j'aimerai mieux savoir, même si elle est morte. J'en peux plus d'attendre des nouvelles. Des jours, je suis sûre qu'elle est vivante et qu'elle va revenir. Puis un autre jour, je me dis qu'elle doit être morte et que c'est fini. C'est pas drôle à la maison, maman pleure tous les jours. J'essaie de ne pas montrer que je suis triste moi aussi. C'est plus pareil ici depuis ce jour-là.

— Je comprends Victoria. Dès qu'on aura la confirmation, ne t'inquiète pas, vous serez avertis.

Ils redescendirent au salon au moment où Charlotte terminait et s'apprêtait à se lever.

Après avoir remercié monsieur Blanchet et madame Martinet pour leur temps, ils s'installèrent dans la voiture. Gabriel raconta sa conversation avec Victoria et la fouille infructueuse de la chambre de Jennifer. Quant à Charlotte, elle résuma les circonstances de la disparition.

— Nous ressortirons le dossier d'enquête qui a été fait. Si Jennifer est une de nos victimes, nous devrons reprendre l'enquête et aller plus loin.

— Également avec les autres filles.

— Pour cela, nous devrons être sûrs qu'elles sont bien toutes les filles que nous avons retrouvées.

* * *

Charlotte amena au laboratoire la brosse à dents et les cheveux de Jennifer. L'analyse serait lancée aussitôt. Elle devrait avoir le résultat assez vite, dès le lendemain.

Pour cette affaire, elle devrait travailler en collaboration avec les enquêteurs qui s'étaient occupés des disparitions. Alors qu'elle s'apprêtait à quitter le poste, elle reçut un appel de Martin. Leur tentative pour retrouver les empreintes des quatre victimes avait échoué. La peau était trop abîmée pour faire ressortir des stries d'empreintes irréfutables. Déçue, elle rentra chez elle.

Elle fut accueillie par sa petite Emily. Son mari Hugo avait longtemps travaillé avec elle sur les enquêtes. Il était psychologue et avait également des dons de médium. Il avait été le « profileur » de la police de Montréal et avait ainsi permis aux enquêteurs de clore un certain nombre de dossiers.

Depuis, il avait décidé de diminuer sa collaboration avec les forces de police et de passer plus de temps avec sa clientèle privée. Il avait ouvert un cabinet dans leur appartement. Cela lui permettait aussi d'être plus présent pour leur fille. Lorsqu'ils travaillaient ensemble sur les enquêtes, leurs horaires ne leur permettaient pas de passer beaucoup de temps en famille. Bien entendu, Emily était ravie de la présence de son père. C'était une fille épanouie, pleine de vie et toujours souriante.

Après que Charlotte eut envoyé sa fille au lit, elle détailla à Hugo la nouvelle enquête qui venait de lui être attribuée. Malgré tout, il continuait à s'intéresser au travail de Charlotte et pouvait même l'aider de temps en temps.

— Ce gars me semble assez malin, dit-il. Tu vas devoir te montrer plus maligne que lui si tu veux le démasquer. Quand tu seras plus avancée sur l'identité de ces filles, je pourrais essayer de te faire son profil.

— Je te remercie. C'est ce que je voulais te demander. J'ai l'impression qu'il va nous donner du fil à retordre. C'est un vrai malade ce gars.

— Tu as raison, sauf que ça ne paraît pas. C'est quelqu'un qui a une vie tout à fait normale en dehors de son obsession pour les jeunes filles qu'il veut transformer en un idéal dont il rêve.

— C'est bien ce que je pensais. Je vais peut-être le croiser à un moment donné, même lui parler sans savoir que j'ai le coupable devant moi.

— C'est pour cela qu'il va falloir que toi aussi tu ruses. Tu dois avant tout en apprendre plus sur les victimes.

— Je le sais et c'est par là que nous allons commencer.

Chapitre 5

Le lendemain en arrivant au poste, Charlotte annonça à Gabriel la tentative vaine sur les empreintes des jeunes filles. Après avoir vérifié le dossier de Sophie, ils se rendirent au domicile de ses parents.

Ils se présentèrent devant une maison située dans le nord de Montréal. C'était un quartier simple, sans prétention. Lorsque la porte s'ouvrit, ils furent accueillis par une femme âgée d'une soixantaine d'années. Son mari la rejoignit aussitôt. Alors que Charlotte se présenta, ils furent priés de rentrer. Monsieur Lacasse était à la retraite depuis seulement quelques mois.

Comme pour Jennifer, Charlotte questionna les parents de Sophie sur ses habitudes avant sa disparition.

— Comment se fait-il, questionna monsieur Lacasse, qu'un autre enquêteur vienne nous interroger à nouveau sur sa disparition après tout ce temps?

Avant que Charlotte n'ait le temps de répondre, madame Savard, la mère de Sophie, les yeux grands ouverts et fixes, demanda à son tour.

— Est-ce vous qui enquêtez sur les corps retrouvés dans le sous-sol dont ils parlent tant aux nouvelles?

— En effet, dû répondre Charlotte après un instant d'hésitation.

— Oh! Seigneur, hurla madame Savard. C'est impossible, elle ne peut pas être là-bas. Vous devez vous tromper. Je sais qu'elle est encore en vie. Je le sens au plus profond de moi. Une mère ressent toujours ces choses-là. Tout le monde le dit.

Elle acheva sa phrase dans des sanglots et répétait sans cesse :

— Elle est encore en vie. Elle est encore en vie...

Son mari essayait de la calmer et regardait Charlotte en l'implorant de dire quelque chose.

— Madame Savard, c'est encore trop tôt pour confirmer l'identité des victimes. Je ne vous mentirai pas ni ne vous donnerai de faux espoirs. Si je suis ici, c'est pour en savoir plus sur votre fille et aussi vous demander un objet lui ayant appartenu comme sa brosse à dents ou sa brosse à cheveux. Cela nous aidera à faire une recherche d'ADN et ainsi nous permettre de savoir si oui ou non votre fille se trouvait là.

— Si vous ne le savez pas, pourquoi êtes-vous venu ici précisément?

— Nous visitons toutes les familles des jeunes filles disparues correspondant au même profil.

— Ah! répondit madame Savard, peu convaincue. Je vais vous chercher ce que vous avez demandé. Même si je sais que vous ne trouverez rien de concluant la concernant.

Elle se leva et, comme un automate, traversa le salon et sortit.

— Veuillez l'excuser, inspecteur. Depuis la disparition de Sophie, elle n'est plus pareille. Il y a des jours où je m'inquiète vraiment pour elle.

— Ne vous excusez pas Monsieur, je comprends très bien. Je n'aime pas annoncer de mauvaises nouvelles. Cependant, vous devez vous préparer, vous et votre femme, à recevoir la confirmation.

— Ça va prendre combien de temps pour le savoir?

— En sortant d'ici, je vais au laboratoire et d'ici vingt-quatre à quarante-huit heures, je devrais avoir la réponse.

— Combien en avez-vous identifié?

— Vous êtes la deuxième famille que nous contactons. Nous attendons les résultats des premières analyses.

— Alors nous attendrons votre appel. Il faut que ça cesse. En attendant, je vais parler avec ma femme afin que, au cas où, le choc soit moins brutal.

Madame Savard revint avec les deux brosses dans les mains. Charlotte ouvrit un sac et lui demanda de les mettre dedans.

— Vous nous les rendrez après vos analyses, car elle va en avoir besoin quand elle va rentrer… car elle va rentrer.

— Chérie, dit son mari en la serrant contre elle, il faut te préparer à l'éventualité qu'elle ne revienne jamais.

Des larmes coulaient le long des joues de madame Savard et elle fixait le sol.

— J'aimerais que vous me parliez des habitudes de Sophie, ce qu'elle faisait durant la semaine ou les fins de semaine.

Ce fut monsieur Lacasse qui commença. Sa femme s'était refermée sur elle-même.

— Nous avons adopté Sophie alors qu'elle n'était qu'un tout jeune bébé. Nous nous étions mariés tard. Nous avions essayé d'avoir un enfant, sans succès. Nous nous sommes donc tournés vers l'adoption. Lorsque nous sommes allés la chercher, ce fut le plus beau jour de notre vie. Nous avions tant d'amour à lui donner qu'on disait souvent qu'une seule vie ne suffirait pas. Nous l'avons élevée du mieux qu'on a pu et elle nous a apporté des années de joie immense.

Elle venait de fêter ses dix-huit ans lorsqu'elle a disparu. Elle était au Cégep et travaillait fort pour se faire un bon dossier et ainsi avoir le choix pour les universités. Ses études arrivaient au premier plan. C'est une fille intelligente. Nous sommes très fiers d'elle.

— Avait-elle un emploi?

— En effet, elle avait commencé quelques semaines plus tôt.

— Où était-ce?

— Dans un restaurant sur la rue Mont-Royal.

Voilà un lien qui unissait Jennifer et Sophie.

— Avait-elle un petit ami?

— Rien de bien sérieux. Les derniers temps, elle nous faisait rire, car elle disait : « À étudier et travailler tous les jours, je ne rencontrerai jamais l'homme de ma vie ».

— Elle devait bien avoir des amis avec qui elle sortait.

— Oh! Oui bien sûr.

— J'aimerais que vous me donniez leurs noms. J'aurais peut-être besoin de leur parler.

Madame Savard se leva tranquillement, revint avec une feuille et un répertoire. Elle écrivit des noms qu'elle relevait sur le carnet d'adresses.

— Avant de continuer, reprit Charlotte, est-ce que mon collègue peut jeter un œil dans la chambre de votre fille?

— Aucun problème. C'est la pièce au fond du corridor à gauche en sortant.

Gabriel s'y rendit.

— Pouvez-vous me parler du jour où elle a disparu?

— C'était le 21 janvier. Elle est partie pour l'école à sept heures le matin. Elle est revenue un peu après midi, n'ayant pas de cours l'après-midi. Elle a étudié dans sa chambre jusqu'à quinze heures. Ensuite, elle a pris son uniforme de travail et est allée rejoindre des amies dans un café avant de commencer. Comme elle n'avait pas d'école le lendemain matin, elle pouvait travailler plus tard ce soir-là.

— Comment était-elle en partant l'après-midi?

— Comme elle était toujours, de bonne humeur. Chaque fois qu'elle sortait, elle venait nous embrasser et nous disait tout le temps : « Je t'aime ».

— Que s'est-il passé après son départ?

— Comme elle devait terminer tard, nous ne l'avons pas attendu et sommes allés nous coucher. Ce n'est que le lendemain matin que l'on s'est aperçu qu'elle n'était pas rentrée. Sa chambre était vide et son lit n'avait pas été défait. Sur le moment, nous avons pensé qu'elle avait raté le dernier métro et était restée dormir chez une amie qui habite proche du restaurant. Afin de ne réveiller personne, car il était encore tôt, nous avons attendu une heure décente pour téléphoner. La maman de son amie est allée vérifier et nous a annoncé que Sophie n'était pas là. Nous avons alors fait le tour de toutes celles que nous connaissions. Elle n'était nulle part et personne ne l'avait vue après son travail. Nous devions nous rendre à l'évidence, elle avait disparu. Ça ne lui ressemblait pas de nous laisser sans nouvelles. Nous avons alors appelé la police. Ils ont fait leur enquête pendant quelques semaines. Puis, nous n'avons plus eu aucun développement depuis. Et vous voilà aujourd'hui.

— Vous aurait-elle parlé de quelqu'un qu'elle aurait rencontré au restaurant?

— Vous voulez dire qui travaillait avec elle.

— Oui ou un client.

— Vous savez, Sophie est une belle fille, alors tous les clients étaient gentils avec elle. Elle leur donnait un bon service aussi. Mais, elle ne nous a pas parlé de quelqu'un en particulier.

— Serait-elle du genre à suivre une personne qu'elle ne connaît pas ou peu?

— Absolument pas. Elle avait la tête sur les épaules et elle n'était pas naïve à ce point.

— Était-elle satisfaite de son emploi?

— Oui, elle aimait ça. Toutefois, elle aurait préféré un endroit où les pourboires auraient pu être plus importants. Seulement, étant étudiante, elle a pris ce qui se présentait.

— Donc, si un individu lui avait proposé un emploi qui lui convenait mieux, vous pensez qu'elle aurait pu aller voir.

— Si elle se sentait en confiance, peut-être. Il fallait qu'elle soit sûre de ce qu'on lui proposait. Elle se renseignait toujours avant de s'engager dans quoi que ce soit.

— Avez-vous questionné ses amis au sujet d'une rencontre qu'elle aurait pu faire?

— Pas exactement, mais je suppose que la police a dû le faire.

— Je vous remercie Madame, Monsieur. Je viendrai vous revoir dès que j'aurai des nouvelles.

— Merci inspecteur.

Gabriel était revenu avant la fin de l'entretien. Monsieur Lacasse les raccompagna jusqu'à la porte. Alors, qu'ils s'apprêtaient à sortir, il ajouta :

— Je vais faire venir le médecin de ma femme, c'est un ami. Je voudrais qu'il soit là lorsque vous reviendrez.

— C'est une bonne idée. Je suis désolée pour tout ça monsieur.

— Vous n'y êtes pour rien. Au revoir.

* * *

Charlotte apporta les brosses de Sophie au laboratoire pour comparaison. Elle en profita pour demander où en était l'analyse pour Jennifer. Elle devrait attendre encore quelques heures, mais au plus tard en fin de journée.

Après avoir pris un léger dîner, les deux inspecteurs se rendirent à l'adresse de Daniella Brisson, la troisième victime éventuelle.

Charlotte appuya sur la sonnette. La porte s'ouvrit devant un jeune garçon.

— Bonjour, est-ce que tes parents sont là? demanda Charlotte.

— Ce n'est pas ma maman c'est ma gardienne.

Puis il appela :

— Jacqueline une dame et un monsieur pour toi.

Une femme, fin de la trentaine, s'approcha.

— Oui, qu'est-ce que c'est?

— Madame Brisson?

— Oui.

— Êtes-vous la maman de Daniella Brisson?

Charlotte vit le visage de la femme se modifier. Son regard interrogateur devint rempli d'angoisse.

— Oui. Qu'est-ce que vous voulez? Lui est-il arrivé quelque chose?

— Je suis l'inspectrice Charlotte Thomas et voici mon collègue Gabriel Després. Pouvons-nous vous parler, s'il vous plaît?

— Oui, entrez, je vous prie.

Puis, alors qu'ils furent installés, madame Brisson demanda :

— Puis-je connaître la raison de votre visite?

— Nous venons au sujet de la disparition de votre fille Daniella.

— Ah! D'accord. Que puis-je faire pour vous? Je ne comprends pas votre visite.

Charlotte avait du mal à comprendre la réaction de cette mère dont la fille avait disparu depuis plus de six mois.

— Vous avez bien déclaré que votre fille avait disparu il y a plusieurs mois?

— Oui, en effet, mais c'est terminé cette histoire-là.

— Terminé, comment ça?

— Elle est revenue.

— Revenue! Vous voulez dire que votre fille est réapparue? répéta Charlotte incrédule, qui ne s'attendait pas à une telle réponse.

— Exactement.

— Il y a longtemps?

— Plusieurs semaines.

— Vous ne l'avez pas signalé à la police?

Madame Brisson comprit à ce moment-là l'étonnement de Charlotte.

— Oh! En effet, je m'excuse. J'étais tellement contente de la voir revenir. Ensuite, la vie a repris son cours. Je n'ai absolument pas pensé à vous avertir. Je n'avais aucune nouvelle de vos collègues depuis des mois, je pensais que vous aviez classé le dossier. Je m'excuse encore.

— Est-elle ici?

— Non, elle est à l'école et ne revient qu'en fin d'après-midi.

— Vous a-t-elle dit ce qui s'était passé?

— Avant sa disparition, on avait souvent des différends et on se disputait fréquemment. Alors, elle a décidé de partir quelque temps.

— Où est-elle allée?

— Elle ne me l'a jamais dit.

— Comment était-elle en revenant?

— Dans un triste état, je dois dire. Je l'ai questionnée. Elle ne cessait de me répéter que ce qu'elle avait vécu était trop dur, qu'elle voulait l'oublier et qu'elle préférait qu'on ne lui pose plus jamais de questions.

— Vous n'avez pas cherché à en savoir plus?

— J'ai préféré respecter son choix. Depuis son retour, tout se passe très bien entre nous deux. Notre relation a énormément changé et nous n'avons plus aucune dispute. Son absence est un épisode de sa vie qui l'a fait beaucoup évoluer et je suis satisfaite comme cela.

— Nous aimerions quand même lui parler. Vous pensez que ce sera possible?

— Je peux toujours le lui demander.

— Je vous laisse ma carte. J'attends votre appel pour avoir sa réponse.

— Je m'excuse que vous vous soyez déplacés pour rien, inspecteurs. Je n'aurai pas pensé avoir de vos nouvelles un jour.

— Ça ne fait rien, Madame. Je suis heureuse que tout se soit bien terminé pour votre fille. Ce n'est pas toujours le cas. Au revoir Madame Brisson et appelez-moi.

Une fois dans l'auto, Gabriel demanda :

— Tu penses que Daniella est la cinquième fille, celle qui s'est évadée? C'est son prénom qui était

71

gravé sous la tablette. Elle devait être détenue dans la pièce où on a retrouvé les corps.

— C'est possible. C'est pour cela que nous devons lui parler. C'est quand même étonnant une fille qui disparaît et qui ne veut rien raconter.

— Sauf si elle a réellement fugué et a vécu une mauvaise expérience, elle ne doit pas se sentir fière. Surtout à cet âge-là.

— Espérons qu'elle veuille nous raconter cet « épisode ». Il se peut aussi que son histoire soit vraie et qu'elle n'ait rien à voir avec notre enquête.

* * *

En arrivant, ils se rendirent au laboratoire.

— Salut Claude, comment ça va?

— Hey! Charlotte. Pas mal de travail avec cette affaire.

Claude Roberge était le chef du laboratoire. C'était un homme de cinquante-cinq ans qui adorait son travail. Les techniciens qui travaillaient avec lui étaient choyés. Le laboratoire et ses employés étaient sa maison et sa famille. Tout le monde se respectait.

Cela permettait de faire avancer les enquêtes plus vite. Lorsqu'il y avait une urgence, tout le monde s'y mettait. Il était inutile de le demander, c'était systématique, les volontaires ne manquaient pas. Claude Roberge se promenait toujours avec ses lunettes posées sur le bout de son nez. Il avait une chevelure abondante où apparaissaient, çà et là, quelques cheveux blancs. Ses yeux foncés étaient fatigués par les nombreuses analyses et les recherches d'indices aussi petits soient-ils, depuis de longues années. Quand il donnait ses résultats, il était sûr de lui. Ses témoignages, lors des procès, éclairaient les jurés et les juges dans des termes faciles à comprendre et pas seulement par des scientifiques. Il était très apprécié de tous les enquêteurs.

— As-tu les résultats sur les cheveux, si certains ont subi une teinture?

— Oui, tu avais vu juste Charlotte. Deux des filles ont eu les cheveux teints en blond. Elles étaient brunes avant. La dernière teinture remonte peu de

73

temps avant leur mort, il n'y a pratiquement aucune repousse.

— O.K. Nous pouvons donc retenir les deux autres disparues.

— N'êtes-vous pas allés voir une autre famille aujourd'hui?

— Oui, nous en arrivons, mais la jeune fille est rentrée chez elle.

— Ah! C'est une bonne nouvelle pour eux au moins.

— Oui, surtout quand on doit annoncer à d'autres parents que leur fille a été retrouvée morte, ça remonte le moral un peu. As-tu d'autres choses pour moi?

— Pas pour le moment, mais je t'appelle aussitôt.

— Merci Claude pour ton travail, comme d'habitude.

— C'est un plaisir, Charlotte, tu le sais.

Alors qu'elle s'apprêtait à sortir du laboratoire, elle fut interpellée :

— Charlotte attend. Le résultat des premiers échantillons sort à l'instant.

Charlotte rejoignit la technicienne.

— Il ne me reste plus qu'à le comparer avec ceux prélevés sur les corps, dit celle-ci.

Quelques secondes plus tard.

— Voilà. C'est confirmé. L'un des corps est bien celui de Jennifer Blanchet.

— Merci. Je peux aller annoncer la triste nouvelle à ses parents.

— Pour la deuxième, je vais pouvoir te confirmer cela demain dans la matinée.

— Merci. Bonne soirée.

Charlotte prévint Gabriel du résultat et de son intention d'aller prévenir les parents de Jennifer elle-même. Elle préférait se présenter en personne et décida d'y aller le matin avant le départ de monsieur Blanchet.

* * *

En quittant son appartement, elle s'était rendue directement au domicile de monsieur Blanchet et madame Martinet. Lorsqu'ils ouvrirent la porte, en la voyant, ils comprirent qu'elle venait leur apporter la nouvelle qu'ils redoutaient depuis si longtemps. Charlotte n'eut pas besoin de parler.

— Notre Jenny était dans ce sous-sol, c'est ça? lui demanda madame Martinet.

— Je suis désolée, Madame, Monsieur. Son ADN correspond. Toutes mes condoléances.

Elle partit, les laissant à la peine qui les submergeait, mais surtout à la fin de leur calvaire.

De retour à son bureau, Charlotte s'approcha de Gabriel :

— Comment a réagi Victoria? s'enquit-il.

— Elle n'était pas là quand je suis arrivée.

— Ils vont devoir se refaire une vie sans elle.

— Oui, leur deuil peut commencer vraiment.

Charlotte prit les deux dossiers restants. Il s'agissait de Barbara Gillman et Alexandra Murphy.

Leur disparition à toutes les deux datait de la même période. Barbara était âgée de dix-huit ans alors qu'Alexandra n'avait que seize ans.

— Est-ce qu'on prend rendez-vous avec leurs parents aujourd'hui? demanda Gabriel.

— Autant en finir au plus vite. Si c'est possible, on commencera par Barbara. Son prénom est gravé sur le morceau de bois. Il se peut que ce soit elle.

— Entendu, je les appelle tout de suite.

— Merci Gabriel.

Le chef Langlois entra.

— Charlotte, où en êtes-vous dans l'enquête?

Joseph Langlois était le supérieur de Charlotte. Alors qu'elle était en poste à Trois-Rivières, celui-ci avait besoin de recruter de bons inspecteurs pour renforcer sa brigade. Il avait alors suivi les résultats de Charlotte et de ses collègues en Mauricie. Il leur avait proposé de se joindre à son équipe de Montréal. Travailler dans la métropole les tentait et ils acceptèrent rapidement. Un seul point avait fait hésiter Charlotte. À Trois-Rivières, elle avait son père et sa belle-mère qui vivaient proche. Ils lui étaient d'une grande aide pour sa fille Emily quand elle était trop occupée dans ses enquêtes. Lorsqu'elle leur parla de la proposition du chef Langlois, son père trouva aussitôt la solution.

« Qu'à cela ne tienne! Nous allons déménager à Montréal nous aussi ».

Tout fut donc réglé et quelques mois plus tard, elle et ses collègues se joignaient aux membres de la police de Montréal. Bien qu'ils venaient d'une brigade de région, ils n'eurent aucun mal à se faire accepter par les inspecteurs en place.

— Bonjour Chef. Nous avons pu identifier formellement une victime. J'attends les résultats d'une deuxième. Nous pensons bien en ajouter deux autres au plus vite.

— Avez-vous pu en apprendre plus sur les deux premières?

— Quelques points se regroupent, mais il faudrait voir avec les deux autres si le mode opératoire est le même. Je pense que notre Roméo repère ses victimes dans les restaurants où elles travaillent. Il gagne leur confiance et doit leur proposer ce dont elles ont besoin ou ce qu'elles désirent à ce moment-là. Enthousiastes, elles le suivent et disparaissent pour être retrouvées dans le sous-sol de la maison quelques mois plus tard. Nous allons devoir reprendre les dossiers des disparitions et certainement réinterroger les amis, la famille et toutes les personnes qui ont eu un contact avec ces jeunes filles. Aucun regroupement n'avait été fait entre chaque dossier au moment des disparitions. Ils ont été traités indépendamment alors que je suis pratiquement persuadée qu'il s'agit du même individu. Avec les points communs, ça agrandit notre champ d'investigation et, je l'espère, on aura plus de chance de confirmer comment Roméo procédait et ainsi nous permettre de cerner le personnage plus précisément et enfin finir par le démasquer.

— Je te le souhaite. Tiens-moi au courant du développement de l'enquête. Le public veut des réponses et les médias ne cessent de me harceler.

— Nous faisons notre possible chef. Moi aussi je veux savoir qui est ce malade qui croit avoir le pouvoir sur ces jeunes filles. C'est un calvaire pour les familles.

— Bonne chance à vous deux.

— Merci Chef.

Gabriel avait contacté les deux dernières familles. Monsieur Gillman et madame Girardin les recevraient dans la matinée. Monsieur Murphy et madame Cyr les attendraient dans l'après-midi.

Chapitre 6

Monsieur Gillman accueillit Charlotte et Gabriel. Âgé début de la cinquantaine, il avait beaucoup de charme. Ses cheveux blonds et épais le rajeunissaient. Seules quelques rides sur le bord des yeux trahissaient son âge. Une femme, plus jeune, le rejoignit aussitôt suivie par deux jeunes enfants.

— Voici ma femme Nicole, présenta-t-il. Ma seconde femme, en fait. Et voici nos deux enfants Jérémy et Nicolas.

Les deux garçons étaient intimidés et restaient collés à leur mère.

— Êtes-vous la maman de Barbara? lui demanda Charlotte.

— Non.

— Ma première femme est morte quand Barbara avait dix ans, précisa monsieur Gillman. Nous nous sommes mariés quelques années plus tard. Barbara s'entend très bien avec Nicole et c'est réciproque.

C'était impératif pour moi. Je ne voulais pas que ma fille souffre d'une présence à laquelle elle ne tenait pas. Je suis chanceux et heureux, elles ont sympathisé tout de suite.

— Quel était le caractère de Barbara et pouvez-vous nous dire ce qu'elle aimait et quelles étaient ses habitudes?

— Jusqu'au décès de sa mère, c'était une fille toujours de bonne humeur et très espiègle. Lorsque sa mère nous a quittés, elle a eu tendance à se replier sur elle-même. J'ai alors réussi à prendre une année sabbatique pour m'occuper d'elle. C'était une très bonne décision, car cela nous a fait du bien à tous les deux et nous a encore plus rapprochés.

Charlotte se reconnaissait dans l'histoire de Barbara. Elle aussi avait perdu sa mère au même âge et, alors qu'elle avait douze ans, son père avait décidé de quitter l'Angleterre avec elle et de venir s'installer au Québec. Lui aussi s'était remarié et avait eu un petit garçon prénommé Antoine.

— Après cette année-là, continua-t-il, nous avons repris une vie normale, si on peut dire. Barbara recommençait à rire de plus en plus. J'ai commencé à fréquenter Nicole avec appréhension, car je ne savais pas comment Barbara réagirait. À leur première rencontre, tout s'est bien passé. Par la suite, elles ont appris à se connaître et très vite sont devenues complices. Je dirais que Nicole est la meilleure amie de Barbara plutôt que sa nouvelle maman. L'arrivée de nos deux enfants a rendu ma fille encore plus heureuse. Elle s'en occupe très bien.

— Ils ne cessent de me demander où elle est et quand elle va revenir, précisa Nicole Girardin. Elle leur manque énormément et à nous deux aussi.

— Racontez-moi maintenant ses journées avant sa disparition.

— Elle était au Cégep et voulait s'orienter dans la médecine. C'était une bonne élève et très studieuse.

— Avait-elle un emploi?

— Depuis quelques mois.

— Quel genre?

— Serveuse dans un restaurant. C'est le seul travail où elle pouvait moduler ses horaires avec ses heures de cours.

— Quel restaurant?

— Un petit restaurant de quartier proche de son Cégep.

— Quand y a-t-elle travaillé pour la dernière fois?

— Le jour de sa disparition.

— Avait-elle un petit ami?

— Pas à ce moment-là. Elle venait de vivre une rupture difficile.

— Vous a-t-elle dit si elle avait fait la connaissance de quelqu'un au restaurant?

— Vous voulez dire un homme?

— Pas précisément, seulement si elle avait créé des liens avec d'autres personnes?

— Elle s'entendait bien avec les autres employés, même son patron.

— Dans la clientèle, y avait-il des clients réguliers?

— C'était la majorité. Elle parlait d'un couple de personnes âgées qui venaient tous les soirs. Elle trouvait ça charmant. Autrement, elle se faisait régulièrement draguer par des hommes seuls.

— Vous en a-t-elle nommé un en particulier?

— Elle nous a raconté un jour qu'un gars ivre était trop entreprenant vis-à-vis d'elle. Un autre est intervenu, lui demandant de la laisser tranquille. Elle l'a remercié.

— Cela se passait quand?

— Quelques jours avant sa disparition. Deux jours avant, elle nous avait dit que son bienfaiteur était revenu manger.

— Vous a-t-elle décrit cet homme?

— Elle a seulement dit qu'il était charmant et bien élevé.

— Était-elle satisfaite de son emploi?

— Complètement. Elle s'était liée avec ses collègues et certains clients. Elle était toujours contente d'aller travailler.

— Que s'est-il passé le jour de sa disparition?

— C'était un samedi, le 2 février. La veille, elle était sortie et était rentrée tard. Le samedi matin, elle a dormi plus longtemps, puis ses frères sont allés la réveiller à dix heures et trente. Elle ne travaillait que le soir. Elle s'est occupée des deux garçons puis, vers seize heures, elle est partie. Le restaurant ne ferme jamais bien tard alors elle devait retrouver sa bande d'amis quelque part au centre-ville. Nous ne l'avons jamais revue. Le dimanche matin, c'est Jérémy qui est venu nous dire que Barbara n'était pas là et que sa chambre était bien rangée. Nous avons appelé toutes les amies qu'elle devait rejoindre. Elle n'est jamais allée au rendez-vous. Elles avaient pensé qu'elle était fatiguée et ne l'ont pas attendue.

— Qu'avez-vous fait ensuite?

— J'ai appelé au restaurant. Elle était partie à vingt heures trente. La salle était presque vide.

— Était-elle sortie seule?

— Ils n'ont pas fait attention. Après ça, nous avons appelé la police. Ils ont mené leur enquête pendant quelques semaines puis nous n'avons plus eu aucune nouvelle. J'ai appelé régulièrement et on me répondait qu'il n'y avait rien de nouveau, que s'il y avait des développements nous serions avertis. J'ai essayé de mener ma propre enquête, mais je suis très vite arrivé devant un mur. C'était comme si elle s'était volatilisée en sortant du restaurant. Je ne sais plus quoi faire aujourd'hui.

— Je suis désolée, Monsieur, de vous faire revivre tout ça. Je vous remercie pour votre temps.

Comme pour les deux autres filles, Gabriel était allé dans la chambre de Barbara, accompagné de Nicole et des deux garçons. Lorsqu'ils revinrent, monsieur Gillman finissait son récit et semblait abattu. Gabriel avait récupéré la brosse à cheveux de Barbara et un échantillon de son écriture pour comparer avec le morceau de bois.

— Une dernière question, s'il vous plaît, Barbara avait les cheveux de quelle couleur?

— Brun, pourquoi?

— Les avait-elle teints en blond?

— Non pas du tout. Elle était très fière de ses cheveux.

— Merci pour cette précision. Dès que nous aurons les résultats des analyses, nous vous les communiquerons aussitôt.

— Merci inspecteurs. Cette attente devient insoutenable. Il faut que l'on sache ce qui lui est arrivé, peu importe le résultat.

— Comptez sur moi, je viendrai personnellement vous donner la réponse. Au revoir, Madame, Monsieur.

Au laboratoire, la technicienne en ADN attendait l'arrivée de Charlotte pour se mettre au travail sur l'identité d'une troisième victime. Elle avait aussi des résultats à lui transmettre. Comme pour Jennifer, les résultats des analyses confirmèrent l'identification d'une autre victime de Roméo. Il s'agissait bien de Sophie Lacasse.

Charlotte se rendit ensuite voir le graphologue pour comparer l'écriture sur le morceau de bois avec celle de Barbara. Comme pour Jennifer, on pouvait remarquer un certain stress chez la personne qui avait gravé le bois. Mais le tracé des lettres et leur forme permettaient d'affirmer que la même personne avait écrit sur les deux échantillons.

Avant de se rendre au domicile de la famille Murphy, Charlotte alla annoncer la triste nouvelle aux parents de Sophie. Ce fut un moment terrible. Madame Savard s'effondra et hurlait de douleur. Son médecin n'eut pas le choix de lui administrer un calmant. Il pensait même la faire admettre à l'hôpital, craignant que son état empire.

Charlotte sortit de chez eux très affligée. Elle pensait à sa petite Emily et se mettait à la place de cette mère qui venait de perdre son seul enfant. Ça devait être abominable et souhaita ne jamais vivre ça.

* * *

Pour terminer, ils se présentèrent devant une maison cossue du quartier Outremont. Une femme élégante était assise en avant, une tasse de café à la main. En voyant les deux inspecteurs, elle se leva et vint à leur rencontre.

— Bonjour Madame, inspectrice Charlotte Thomas et voici l'inspecteur Gabriel Després.

— Martine Cyr. Bonjour, je vous attendais. Veuillez entrer, mon mari est à l'intérieur.

Madame Cyr avait une démarche gracieuse. Elle était grande et élancée. Ses cheveux auburn tombaient sur ses épaules. En entrant, elle ôta ses lunettes, dévoilant de grands yeux bleus, maquillés très légèrement. Elle accompagna Charlotte et Gabriel dans leur salon où son mari lisait le journal assis dans un fauteuil à côté de la cheminée. Monsieur Murphy se leva pour les accueillir et les pria de s'asseoir. Il portait des vêtements décontractés et chics. On pouvait apercevoir quelques rides de stress au bord des yeux. La visite des inspecteurs leur ramenait des émotions encore vives.

— Vous avez retrouvé Alexandra? C'est pour cela que vous êtes ici n'est-ce pas? demanda-t-il.

— On ne connaît pas encore l'identité de toutes les victimes.

— Vous voulez qu'on aille l'identifier alors?

— Je ne veux pas vous faire de la peine, mais il est très difficile de reconnaître les corps retrouvés.

Seules les analyses nous diront si oui ou non l'une d'elles est votre fille.

Madame Cyr revenait avec un plateau contenant des tasses de café. Elle resta figée en avant de la porte en entendant les dernières paroles de Charlotte.

— On ne pourra pas la voir, alors, dit-elle après avoir repris le contrôle.

— Je ne vous le conseille pas. Si nous sommes ici, c'est pour en apprendre plus sur votre fille. Pouvez-vous nous parler d'elle s'il vous plaît?

— Que voulez-vous savoir?

— Quel genre de fille est-elle? Ce qu'elle aime faire, ses habitudes, son emploi du temps?

— Alexandra a eu seize ans, deux mois après sa disparition. Nous avons une autre fille de dix-neuf ans qui étudie à Toronto. Alexandra aurait dû finir son secondaire cette année. Elle aime l'école même si elle a quelques difficultés dans certaines matières. Elle veut s'orienter dans le tourisme. Elle a quelques amies de longue date qui viennent souvent ici, ou bien Alexandra va chez elles.

— Avait-elle un petit copain?

— Non, pas à ce moment-là. De toute façon, ce n'était que des petits flirts. Elle était dans une école privée non mixte, alors elle était entourée seulement de filles.

— Avant qu'on en arrive au jour de sa disparition, est-ce que mon collègue Gabriel peut aller dans sa chambre? Il pourrait peut-être trouver des indices importants pour notre enquête.

— Mais oui bien sûr, pas de problème, accepta madame Cyr en se levant. Suivez-moi, je vous accompagne.

— Monsieur Murphy, je sais que ma visite vous ramène à de mauvais souvenirs. Est-ce que ça va aller?

— Oui, oui. Il faut bien avancer. Nous voulons savoir si nous devons nous raccrocher à l'espoir de la retrouver ou si nous devons faire notre deuil. Après tous ces mois, on ne sait plus quoi penser.

— Je vous comprends. Parlez-moi du jour de sa disparition.

— C'était le 30 janvier. Une de ses amies, Amélie, devait fêter son anniversaire de naissance ce jour-là. Amélie travaillait et elles devaient toutes se retrouver à la fin de son service chez l'une d'entre elles, je ne me rappelle plus qui. Après ses cours, Alexandra était allée acheter le cadeau pour Amélie. Elle était revenue se changer puis elle était allée rejoindre Amélie sur son lieu de travail.

— Où travaillait-elle?

— Dans un restaurant.

— Est-ce qu'Alexandra y travaillait aussi?

— Non, elle ne travaillait pas, elle n'en avait pas besoin, nous sommes capables d'assumer ses besoins.

Une question se posa à Charlotte. Si Alexandra ne travaillait pas et qu'elle est bien la dernière victime, comment se fait-il qu'on l'ait retrouvée vêtue d'un uniforme? Elle devra confirmer avec monsieur Murphy le moment venu.

— Allait-elle souvent dans ce restaurant?

— Oui assez souvent. Parfois, elle y allait pour étudier ou alors elles s'y retrouvaient plusieurs et discutaient en attendant qu'Amélie termine.

— Continuez, je vous en prie.

— Elle devait rentrer vers minuit, après la fête, mais nous ne l'avons jamais revue. Vers une heure du matin, ma femme s'est levée. Elle ne l'avait pas entendue et était inquiète. Elle est allée voir dans sa chambre. Son lit n'était pas défait. Elle est venue me réveiller. Je lui ai dit qu'elle avait dû rester dormir chez son amie comme elle l'avait souvent fait. Seulement dans ces cas-là, elle nous appelait toujours pour qu'on ne s'inquiète pas. J'ai pensé qu'elle n'avait pas vu le temps passer et que, vu l'heure tardive, elle n'avait pas osé nous téléphoner.

— Qu'avez-vous fait?

— J'ai rassuré ma femme, surtout qu'on n'appelle pas chez les gens à une heure du matin. Nous nous sommes recouchés. Le lendemain matin, nous avons reçu un appel de l'école nous signalant qu'Alexandra ne s'était pas présentée à ses cours. Ça non plus ça ne lui ressemblait pas. On a vraiment commencé à

94

nous inquiéter. Nous avons appelé ses amies, les unes après les autres. Aucune ne l'a vue à la fête.

— Était-elle allée au restaurant comme prévu?

— Oui, elle y était. Quand Amélie a eu terminé son service, elle l'a cherchée partout. Un certain moment, elle l'a vue assise à une table. Amélie a été occupée en arrière dans les cuisines et quand elle est revenue, Alexandra n'était plus là. Elle a pensé qu'elle avait dû trouver le temps long et qu'elle la retrouverait à la fête. Seulement, elle n'y est jamais arrivée.

— Ses amies ne se sont pas inquiétées de son absence?

— Au début oui, mais elles croyaient qu'elle arriverait d'un moment à l'autre.

— Aurait-elle pu rencontrer quelqu'un et être partie avec cette personne?

— Alexandra avait tendance à parler avec tout le monde et quand elle s'installait au restaurant elle allait souvent vers les clients et discutait. Amélie l'a souvent vu en pleine discussion avec des personnes seules à table.

95

— Y avait-il quelqu'un en particulier qui revenait souvent?

— Je ne sais pas.

— Aurait-elle pu suivre quelqu'un?

— Si elle le connaissait et avait confiance, peut-être, mais toujours dans des endroits publics.

— Pourriez-vous me donner le nom de ses amies et le nom du restaurant?

— Bien sûr, si ça peut vous aider. Mais j'ai déjà donné tout ça aux agents lorsque j'ai signalé sa disparition. Ça n'a rien donné. Après quelques semaines, je n'ai plus eu aucun appel. Qu'est-ce que ça va changer aujourd'hui?

— À ce moment-là, la disparition de votre fille a été traitée comme un cas unique. Aujourd'hui, nous avons relevé des similitudes entre tous les autres cas. En regroupant tous les témoignages, on arrivera peut-être à découvrir ce qui s'est réellement passé.

— Je l'espère sincèrement. C'est difficile de ne rien savoir. Certains jours, on est très confiant, ensuite on entend des nouvelles à la télé et on se dit qu'elle est morte. On a beaucoup de mal à gérer tout ça. Quand allez-vous savoir pour Alexandra?

— Le Laboratoire attend un échantillon d'ADN pour la comparaison. On en saura plus demain au plus tard.

— Combien vous en reste-t-il à découvrir?

— Une seule. Deux ont déjà été identifiées. On attend les résultats d'analyses d'une troisième

Gabriel et Martine Cyr revenaient.

— Une dernière question, Madame Cyr, qu'elle était la couleur des cheveux de votre fille?

— Ils sont bruns.

— Est-ce qu'elle les avait teints?

— Non pas du tout. On lui disait tellement souvent qu'elle avait des cheveux magnifiques. Nous n'avons jamais compris pourquoi ils étaient aussi frisés alors que dans la famille nous avons tous les cheveux fins et raides.

— Je vous remercie pour votre temps. Je viendrai vous apporter les résultats aussitôt. Au revoir.

— Merci beaucoup inspecteur. C'est très gentil à vous.

Gabriel avait parlé un peu avec madame Cyr pendant qu'ils étaient dans la chambre.

— Est-ce que votre fille tenait un journal?

— Pas à ma connaissance. Mais, je n'en suis pas sûre. Je sais qu'elle l'a fait quand elle était toute jeune puis, un jour elle l'a jeté. Je n'ai aucune idée si elle en avait refait un.

— Me permettez-vous de fouiller au cas où je trouverai quelque chose?

— Bien sûr, je vous en prie.

— Il va nous falloir aussi une brosse lui ayant appartenu. Nous devons faire une recherche d'ADN.

— Je vais vous la chercher tout de suite.

Elle revint presque aussitôt. Gabriel lui tendit un sac plastique ouvert et elle y déposa la brosse à dents.

— Comment s'entendait-elle avec sa sœur?

— Très bien. Elles ont toujours passé beaucoup de temps ensemble. Depuis que sa sœur est à Toronto, Alexandra s'ennuie plus. Elles s'appelaient très souvent. Je sais aussi qu'elles s'envoyaient des courriels presque tous les jours.

— Pourrais-je emporter son ordinateur? Elle lui a peut-être écrit des informations qui pourraient nous aider.

— Bien entendu. Mais dans ce cas-là, Stéphanie nous en aurait parlé et l'aurait dit aux agents lorsqu'ils sont venus nous interroger.

— Elle a peut-être pensé que ce n'était pas important sur le moment.

— Si ça peut vous amener à découvrir ce qui lui est arrivé, je n'y vois pas d'inconvénient.

Gabriel avait regardé partout. Il n'avait trouvé aucun journal, aucune note, aucun renseignement qui puisse leur être utile. Il prit l'ordinateur et la brosse à dents et ils rejoignirent Charlotte et monsieur Murphy au salon.

Pendant que Charlotte se rendait au laboratoire, Gabriel ouvrit l'ordinateur d'Alexandra. Il y trouva un dossier de photos, un fichier contenant ses recherches pour ses cours, puis un document sans nom qu'il ouvrit. Il s'agissait d'un journal créé trois mois avant le jour de sa disparition. La dernière journée inscrite était le 30 janvier à seize heures, soit juste avant de partir pour le restaurant. Gabriel survola rapidement le journal et imprima les pages importantes. Ensuite, il ouvrit la boîte de courriels et, là aussi, imprima ceux qui pouvaient contenir des informations majeures.

De retour du laboratoire, Charlotte s'approcha de Gabriel.

— Demain soir, nous serons fixés sur les deux autres filles. J'ai l'impression que les résultats ne vont pas nous surprendre. As-tu trouvé quelque chose?

— Alexandra tenait un journal dans son ordinateur. J'ai aussi ressorti les conversations qu'elle avait avec sa sœur. J'ai imprimé toutes les pages du journal et des e-mails où elle parle des rencontres qu'elle a faites.

Sur le bureau de Gabriel, certaines feuilles étaient étalées et certains passages étaient surlignés.

— Y a-t-il des choses intéressantes? lui demanda Charlotte.

— Je pense que oui. Environ trois semaines avant qu'elle disparaisse, elle écrit au sujet de la première conversation qu'elle a eue avec un client du restaurant où travaille son amie Amélie. Écoute :

« Ça fait plusieurs jours que je l'ai remarqué. C'est un bien bel homme. Je me demande quel âge il peut avoir. Aujourd'hui, il m'a parlé pour la première fois. Je l'ai trouvé bien drôle dans son approche. Il n'est pas seulement beau, il est charmant et me fait rire. Ce soir, il faut que j'en parle à Stéphanie ».

— Qui est Stéphanie?

— C'est sa sœur, précisa Gabriel. Ensuite, j'ai lu le courriel du même jour et voilà ce qu'elle lui écrit en plus de ce qu'elle a noté dans son journal.

« … Écoute, j'ai éclaté de rire à la première phrase qu'il m'a dite. Il a commencé : "Mademoiselle, je vous regarde depuis quelque temps. Je suis

impressionné par votre beauté et par ce que vous dégagez. J'ai essayé de trouver votre prénom. J'en ai déduit, et je suis certain de ne pas me tromper, que vous vous appelez Juliette". Après avoir repris mon souffle tellement je riais, je lui dis que cette fois-là son intuition était mauvaise, que mon nom était Alexandra. Il m'a répondu : "Alexandra c'est joli aussi, mais pour moi, vous serez toujours Juliette". J'ai trouvé ça très romantique. J'ai failli lui demander s'il s'appelait Roméo. On a jasé encore un bon moment et avant que je parte il m'a dit : "Juliette, si tu veux, nos discussions seront un secret pour tout le monde. N'en parle pas. On va faire comme dans l'histoire". Et il m'a embrassé la main. J'ai dit d'accord. Tu es la seule à qui j'en parle alors ne dit rien, même aux parents ».

— Qu'a répondu sa sœur? demanda Charlotte.

— Elle lui a dit de faire attention qu'il fallait se méfier des gars qui veulent être trop gentils. Le lendemain, Alexandra la rassurait en disant qu'elle ne faisait que parler, qu'elle pensait qu'il était bien trop vieux pour elle. Elle trouvait juste drôle sa façon de parler.

— Voilà un témoignage sur sa façon d'aborder les filles. As-tu remarqué autre chose?

— Rien de précis. Elle raconte leur discussion. Elle a l'air de ne pas le prendre au sérieux et elle s'amuse. Elle le trouve bien plus intéressant que de parler aux autres clients.

— Crois-tu qu'elle en a parlé à ses amies?

— Je ne pense pas, mais on pourra toujours leur demander.

— Beau travail Gabriel. Je vais emmener tout ce qu'elle a écrit et je vais l'étudier ce soir avec Hugo.

* * *

Comme chaque soir, Charlotte fut accueillie par un cri de joie de sa fille. Emily lui raconta sa journée à l'école et ce qu'elle a fait avec son père lorsque celui-ci était sorti de son bureau. Hugo et Charlotte ne parlaient jamais de leur travail en présence de leur fille. Ils attendaient qu'elle soit couchée. Charlotte avait prévu de lire les copies qu'elle avait apportées. Puis, elle fit un résumé de son enquête à Hugo et lui demanda de lui faire un profil de l'individu se faisant passer pour Roméo.

— Ce gars joue de son charme auprès des jeunes filles. Il les analyse pendant plusieurs jours et essaie de découvrir ce qui leur ferait plaisir. Quand il les aborde pour la première fois, il commence d'emblée à les placer dans la condition qu'il veut. Il en fait « ses » Juliette. Peu importe leur prénom, il leur précise que pour lui elle sera toujours « sa » Juliette. Puis, il s'arrange pour qu'elles n'en parlent à personne. Il fait en sorte qu'elles prennent ça pour un jeu. Pour ces filles qui ont malgré tout la tête sur les épaules, c'est sans danger alors pourquoi ne pas s'y prêter? À cet âge-là, les jeunes filles sont sensibles au romantisme. Elles rêvent du prince charmant. Pendant qu'elles sont avec ce gars-là, elles vivent un petit conte de fées. Il connaît l'histoire de Roméo et Juliette et s'en sert pour les appâter. Après, il ne lui reste plus qu'à leur proposer une sortie ou peut-être simplement les raccompagner, ça on ne le saura jamais. Elles le suivent. Elles sont tellement sûres que c'est un gars très gentil et inoffensif qu'elles n'hésitent pas, elles sont en confiance. Malheureusement, en cours de route le conte de fées se transforme en cauchemar. Il arrive même à leur faire oublier tout ce qu'elles connaissent d'elles-mêmes. Il leur fait un lavage de cerveau et en fait ses objets, ses possessions sexuelles. Il en fait vraiment « ses » Juliette, mais contre leur volonté. Il les annihile.

— C'est le diable en personne.

— Exactement. Le pire c'est que personne autour de lui ne pourrait détecter qui se cache derrière sa façade. C'est comme s'il portait un masque. Il est très fort pour ne pas arriver à se trahir. Il a deux personnalités auxquelles il croit fermement et qu'il ne mélange jamais. Avant de devenir Roméo, il a dû se préparer un palais pour les accueillir.

— Penses-tu que quand il a vu le sous-sol de la maison de John Prescott, son plan s'est mis en place dans sa tête?

— Je le crois. Reste à déterminer si c'est la maison qui l'a inspirée ou s'il était à la recherche d'un endroit idéal pour assouvir ses pulsions. Cela peut changer beaucoup l'orientation de l'enquête.

— Le point de départ est la maison. Il l'a forcément visité avant d'y installer ces pauvres filles.

— Sais-tu si les séparations au sous-sol étaient déjà installées?

— Je ne sais pas. Je le demanderai au notaire demain.

Chapitre 7

— Monsieur Brochu, s'il vous plaît, demanda Charlotte à la secrétaire.

Elle voulait régler la question des cloisons avant de commencer sa journée.

— De la part de qui?

— Charlotte Thomas.

— Oh oui! Bien sûr, ne quittez pas.

Charlotte attendit un instant au son d'une musique classique.

— Rénald Brochu. Bonjour inspecteur. Que puis-je pour vous?

— J'aurais besoin de quelques précisions.

— Je vous écoute.

— Avez-vous, vous ou quelqu'un d'autre, fait visiter la maison de monsieur Prescott, à part à votre enquêteur bien entendu. Soit à des personnes intéressées à l'acheter ou pour toute autre raison?

— Vite comme ça, je ne crois pas. Il faudrait que j'y réfléchisse ou que je pose la question à ma secrétaire. De toute façon, tant que nous n'avons pas retrouvé les héritiers, nous ne pouvons pas la mettre en vente. Ça ne fait pas partie de mon mandat. Tant que nous avons les moyens de l'entretenir, rien ne presse.

— Pensez-vous que monsieur Prescott l'aurait, lui-même, fait visiter en prévision de la vendre avant de mourir?

— S'il l'a fait, il ne m'en a rien dit lorsqu'il est venu me rencontrer, ni dans ses instructions.

— Vous pensez qu'il aurait pu le faire?

— Franchement, je n'en ai aucune idée. Connaissant le personnage, c'est bien possible. Il était assez spécial et difficile à cerner.

— Autre chose. Lorsque vous y êtes allé, comment était le sous-sol?

— Que voulez-vous dire?

— Essayez de vous rappeler ce que vous avez vu?

— Attendez, il me semble que c'était vide, assez froid. Peut-être quelques boîtes en carton ici et là.

— Vous ne vous rappelez pas s'il y avait des pièces fermées ou des murs.

— Non aucune. Ça, j'en suis sûr. C'était une pièce unique.

— Vous parlez de boîtes en carton, rien d'autre.

— Non rien.

— Pas de meubles?

— Non.

— Pas de matelas?

— Non, non rien du tout. Pourquoi toutes ces questions?

— Eh bien, là où nous avons retrouvé ces jeunes filles, des divisions avaient été installées formant cinq pièces avec dans chacune d'elle un matelas posé à même le sol.

— Que dites-vous? Mais c'est impossible. Ça prend du temps pour installer tout ça. Avez-vous questionné les voisins? Ils ont dû voir quelqu'un y entrer.

— Nous l'avons fait. Je pense que celui qui a fait ça devait connaître les habitudes du quartier. Personne n'a rien vu. D'ailleurs, certains voisins ne savaient même pas que monsieur Prescott était décédé.

— C'est incroyable. Quel drôle de monde dans lequel nous vivons! Plus personne ne fait attention aux autres autour de lui.

— C'est bien vrai.

— Y a-t-il autre chose?

— Non pas pour le moment, je vous remercie monsieur Brochu.

— Ça me fait plaisir. Si vous voulez d'autres renseignements, n'hésitez pas à m'appeler. Je voudrais connaître celui qui s'est permis ça.

Charlotte raccrocha. Le mystère restait entier. Si monsieur Prescott avait fait visiter sa maison avant de mourir, comment le savoir? Pas par les voisins de toute façon!

— Gabriel, nous devons retourner sur place avec les techniciens du labo. Qu'ils fassent des relevés sur les matériaux et recherchent des indices. On pourrait peut-être trouver l'origine ou le lieu d'achat du bois ou de tout ce qui a été utilisé.

— O.K., j'appelle les gars tout de suite.

— Demande-leur qu'ils nous rejoignent sur place.

Vingt minutes plus tard, Charlotte et Gabriel se retrouvaient dans le sous-sol. Maintenant qu'elle connaissait l'identité de certaines victimes, Charlotte se sentait plus proche d'elles et pouvait imaginer ce qu'elles avaient dû vivre, durant tous ces mois, enfermées ici, sous la domination de ce malade.

En silence, elle fit le tour des pièces et essayait de se mettre à leur place. Seulement, c'était difficile à concevoir, même impensable. Soudain, elle pensa à la fille qui avait pu s'échapper. Si elle était encore en vie, elle passerait le reste de son existence avec le souvenir de ces moments abominables gravés au plus profond de sa mémoire.

Claude Roberge ramena Charlotte à la réalité.

— Salut Charlotte. Que veux-tu qu'on fasse?

— Ces divisions ont été installées par le tueur. Il faut tout passer au crible, tous les morceaux de bois jusqu'à la moindre vis. Recherchez des empreintes. Faites des analyses sur des échantillons. Essayez de trouver d'où proviennent les matériaux et où ils ont été achetés. Ensuite, attaquez-vous à tout ce qui se trouve dans ce sous-sol. Notre gars a passé pas mal de temps avec les filles, il a forcément laissé des indices quelque part.

— Ce n'est pas une petite recherche que tu nous demandes.

— Je le sais. Prenez le temps qu'il faudra, mais chaque parcelle de ce sous-sol devra être examinée.

— Et pour le reste de la maison, on fait quoi?

— Ce serait mieux, là aussi de tout vérifier au cas où il serait allé dans d'autres pièces.

Gabriel s'approcha.

— Charlotte as-tu remarqué quelque chose de bizarre ici?

— À part le fait que quatre jeunes filles ont été séquestrées, que peut-il y avoir de plus bizarre?

— Il n'y a pas de toilette au sous-sol. Et on sait que les filles sont restées enfermées ici pendant plusieurs mois, elles ont bien dû utiliser celles se trouvant à l'étage.

— Tu as bien raison. Il devait les y amener durant ses visites.

— Il les nourrissait aussi. Servait-il des repas préparés ou cuisinait-il ici?

— Vous avez entendu les gars, disait Charlotte à l'équipe technique. Voilà au moins deux pièces à vérifier. Commencez par ici en bas et continuez avec le reste de la maison.

— O.K. Charlotte, dit Claude Roberge, je vais demander des renforts pour aller plus vite.

— Merci Claude. Je vais faire un tour en haut avant de partir. Appelle-moi aussitôt que tu as du nouveau.

— Compte sur moi. Il n'y a pas un seul endroit qui ne sera pas passé sous mon microscope.

— Je ne suis pas inquiète. Je suis sûre que, après ça, tu vas connaître la maison dans ses moindres recoins. Bon courage les gars.

En remontant, Charlotte visita toute la maison. Gabriel, qui l'avait déjà inspectée lors de la découverte des corps, la guida. La maison ne comprenait qu'un seul étage au-dessus du sous-sol. Il y avait une cuisine ouverte sur une salle à dîner et un salon en prolongement. Ensuite, un petit corridor desservait une salle de bain complète avec bain et douche, ainsi que deux chambres dont une, plus grande, avait dû être celle du propriétaire. Toutes les pièces étaient encore meublées de ce qui avait appartenu à monsieur Prescott. On retrouvait les origines du propriétaire dans le style du mobilier et dans la décoration. Après l'intérieur, ils firent le tour à l'extérieur.

— Regarde Charlotte, je pense qu'il devait cacher son véhicule ici et rentrer par cette porte.

La maison possédait un terrain entouré d'une grande haie de cèdres. Un chemin en gravier partait de la route jusqu'en arrière le long de la haie, sur le côté droit de la maison. Une porte sur le côté du patio, donnait accès directement dans la cuisine. Charlotte revint vers la porte, actionna la poignée qui tourna et ouvrit.

— Roméo a dû pénétrer dans la maison par ici. Restait-elle fermée à clé ou a-t-elle été déverrouillée lors de la visite du tueur? Regarde, il suffit de tourner le loquet et elle donne un accès libre à tout intrus.

— Il n'avait pas besoin de clé. Dans ce quartier, personne n'oserait pénétrer dans le jardin du voisin et essayer d'ouvrir une porte.

— Exact. Un accès sûr pour qui connaissait la maison.

Puis Charlotte vérifia depuis la route. Il était impossible de voir si quelqu'un se trouvait là. De plus, la haie était tellement haute que les voisins ne pouvaient rien voir non plus.

— Avec ces graviers, précisa Gabriel, impossible de relever des traces de pneus.

— Non, mais peut-être y a-t-il des traces d'huile ou de liquide provenant de son moteur. Il faudra vérifier.

— Je vais prévenir les équipes en bas.

— Merci Gabriel.

Charlotte fit le tour de la cour en arrière. La pelouse était entretenue régulièrement. Soudain, elle eut une autre interrogation. Elle prit son cellulaire.

— Monsieur Brochu, inspecteur Thomas. Je m'excuse de vous déranger à nouveau. Je suis en ce moment à la maison de monsieur Prescott. Je vois que l'entretien paysager est fait.

— Effectivement.

— Qui s'en occupe?

— J'ai fait appel à la même compagnie qu'il utilisait. Ils étaient habitués et connaissaient les lieux. En plus, ils ne chargeaient pas trop cher.

— Avaient-ils un horaire régulier ou était-ce aléatoire?

— En juillet et août, pendant les chaleurs, ils venaient un lundi sur deux, sauf en cas de pluie. Les autres mois, c'était tous les lundis. Si ce n'était pas nécessaire, ils repartaient. Ils m'envoyaient la facture chaque mois.

— Vous êtes certain qu'ils venaient impérativement à chaque fois le lundi?

— Je n'ai pas vérifié, mais je sais que monsieur Prescott voulait que ce soit toujours le même jour. Il aimait la routine. Eux aussi préféraient cela.

— Autre chose, monsieur Brochu. La porte donnant accès à la cuisine était-elle verrouillée?

— Je le suppose.

— Vous n'en êtes pas certain?

— J'avoue que je n'ai jamais vérifié. Je rentrais par la porte principale.

— N'êtes-vous jamais allé dans la cour en arrière?

— Une seule fois. Après ma première visite, lorsque je suis sorti par en avant j'ai fait le tour.

— Donc vous ne pouvez pas affirmer si cette porte était fermée à clé.

— En effet. Je suis désolé.

— Possédez-vous une clé pour cette porte?

— C'est très possible, mais je ne pourrais pas vous dire laquelle il s'agit.

— Merci Monsieur Brochu. Voilà un point qui s'éclaircit.

— C'est par là qu'il est entré?

— Il y a de fortes chances.

— Alors c'est de ma faute. J'aurais dû vérifier lors de ma première visite.

— Ne vous accablez pas. Il nous manque encore pas mal de réponses. De toute façon, si ça n'avait pas été cette porte il aurait trouvé un autre moyen. Merci pour ces précisions. J'aurai aussi besoin des coordonnées de l'entreprise de paysagement.

— Aucun problème. Je vous les transmettrai à votre bureau. Au revoir.

Charlotte en était de plus en plus convaincue. Le gars se faisant passer pour Roméo avait étudié minutieusement les habitudes du quartier. Il en savait plus que n'importe qui sur la maison et son voisinage. Lorsqu'ils retournèrent à leur bureau, Charlotte rajouta au tableau les renseignements fournis par le notaire.

Elle communiqua avec l'entreprise chargée de l'entretien du gazon. Elle parla avec le propriétaire. Étant donné les exigences de monsieur Prescott, il s'occupait personnellement de la tonte. Il était lui aussi d'origine anglaise et c'est pour ça que monsieur Prescott l'avait engagé, mais à la seule condition qu'il fasse lui-même le travail. Son client ne voulait personne d'autre sur son terrain. Donc, ils s'étaient entendus sur le lundi, car c'était ce qui arrangeait le plus le propriétaire de l'entreprise. Même après la mort de monsieur Prescott, rien n'avait été modifié dans l'organisation et c'était encore lui qui y allait.

— Charlotte, intervint Gabriel, je pense que Daniella Brisson est la fille qui s'est échappée. On a retrouvé son prénom en dessous de l'étagère. En plus, il n'y a pas d'autres disparitions qui correspondent.

— C'est bien possible.

— Daniella n'est pas un prénom très courant.

— C'est vrai. Nous devons vraiment la rencontrer. Elle doit nous raconter son histoire à tout prix. Moi aussi, je pense que c'est notre cinquième victime. Elle a dû subir un tel choc qu'elle préfère oublier.

— Oui, mais si c'est elle, c'est notre seul témoin. Elle peut nous aider à trouver ce malade.

— Tu as raison, je vais appeler sa mère.

Avant qu'elle ne saisisse le téléphone, celui-ci se mit à sonner. Il s'agissait de la technicienne du laboratoire. L'ADN des échantillons fournis par la troisième famille correspondait également à une autre des victimes. Il s'agissait bien de Barbara Gillman. Charlotte la remercia et attendait son appel pour les derniers tests. Elle raccrocha et en fit part à Gabriel. Avant d'aller annoncer la nouvelle aux parents de Barbara, elle appela madame Brisson.

Puis, après avoir composé le numéro.

— Madame Brisson, bonjour. Inspectrice Charlotte Thomas.

— Oh! Inspecteur. Vous appelez pour Daniella.

— Oui. C'est exact. Il faut vraiment que nous lui parlions.

— C'est ce que je lui ai dit.

— Et?

— Elle refuse. Elle veut qu'on la laisse tranquille.

— Madame Brisson, autant vous le dire. Nous pensons que Daniella était enfermée avec les autres filles que nous avons retrouvées mortes dans le sous-sol de la maison.

— Mais c'est impossible. Elle me l'aurait dit.

— Si nous avons raison, elle est un témoin important et nous devons l'interroger. Elle peut nous aider dans notre enquête. Je comprends que ça a dû être très difficile pour elle, mais elle doit venir nous parler.

— Vous n'êtes pas sûre qu'elle y était, alors pourquoi la forcer à faire ce qu'elle ne veut pas.

— Madame, des analyses sont en cours. Si nous prouvons que votre fille se trouvait réellement là, alors nous pourrons l'obliger à venir répondre à nos questions.

— Mais vous ne pouvez pas lui imposer de revivre tout ça.

— Il ne faut surtout pas qu'elle s'inquiète. Nous prendrons soin d'elle et, si elle veut, elle pourra être accompagnée par quelqu'un de confiance.

— Vous voulez dire que je pourrais être là?

— Bien entendu, si tel est son désir. Également, nous avons un psychologue qui nous aide de temps en temps lors d'interrogatoires difficiles ou avec des témoins qui ont subi de gros traumatismes physiques ou mentaux. Il pourrait lui-même lui poser les questions.

— Je ne sais pas quoi vous dire.

— De plus, le fait d'en parler peut lui faire beaucoup de bien. Fait-elle des cauchemars la nuit?

— Certaines nuits je l'entends crier. Quand j'arrive dans sa chambre, elle est toute en sueur, mais elle me dit que ce n'est rien. Je vous avoue qu'elle est de plus en plus fatiguée. Elle n'a pas dû passer une seule nuit complète et reposante depuis longtemps.

— Vous savez, le psychologue dont je vous ai parlé pourra la suivre ensuite et l'aider à passer au travers.

Tout à coup, Charlotte entendit une voix en arrière de madame Brisson.

— Est-ce que c'est Daniella que j'entends?

— Oui, elle vient de rentrer.

— Je vous en prie madame, passez-lui le téléphone.

— Daniella, viens ici. Tiens, c'est pour toi.

— Allô, dit une petite voix hésitante.

— Bonjour Daniella. Je m'appelle Charlotte Thomas. J'aimerais beaucoup qu'on se rencontre toutes les deux.

— Pour quoi faire? Je ne vous connais pas.

— Votre mère ne vous a pas parlé de moi?

— C'est vous la femme police?

— Oui, c'est moi.

— Je n'ai rien à vous dire. Vous n'avez pas le droit de m'obliger à vous parler.

— Attendez Daniella, écoutez-moi. Je ne vous veux aucun mal, mais je peux vous aider.

Charlotte entendait madame Brisson tenter de calmer sa fille et lui demander de laisser parler Charlotte, qu'elle déciderait ensuite.

— Daniella, vous avez besoin d'aide. Peu importe où vous étiez durant tout ce temps, ce que vous avez vécu va vous ronger tout au long de votre vie. Vous ne pourrez pas vous en sortir toute seule. Comme je l'expliquais à votre mère, vous pourriez avoir le soutien d'un psychologue qui pourrait vous aider à retrouver une vie à peu près normale. Plus vous vous enfermerez dans votre secret et plus vous revivrez ces moments affreux. Vous devez en parler, faire sortir ces souvenirs de votre mémoire pour pouvoir les surmonter. C'est la seule façon.

Charlotte n'entendait que la respiration de Daniella.

— Vous êtes sûre que je vais cesser de faire des cauchemars toutes les nuits?

— Je vais vous raconter une histoire. À l'âge de cinq ans, mon petit frère s'est fait kidnapper. Il n'a pas subi de violence sexuelle, mais des violences physiques. Son kidnappeur l'a initié dans le vol des résidences. S'il n'était pas assez efficace, il le punissait et le frappait. Nous l'avons finalement retrouvé dix-huit ans plus tard. Il a été suivi par ce psychologue et aujourd'hui il va bien. Il a réussi à faire en sorte que cet épisode fasse partie de sa vie et il le maîtrise. Il a repris ses études et c'est maintenant un bon architecte. Si vous désirez vous en sortir, avec de la patience, vous aussi vous y arriverez.

— Si j'étais sûre que ça marcherait sur moi. Seulement, je n'ai aucune garantie.

— Je peux vous proposer quelque chose. Voyez le psychologue, parlez-lui et, si vous vous sentez en confiance, on pourra se voir.

— Peut-être, mais je ne veux pas aller à la police.

— Pas de problème. On peut venir vous voir chez vous. Votre mère pourrait rester près de vous si vous le voulez.

— Ça, je ne le sais pas. C'est que je ne veux pas qu'elle souffre à cause de moi.

— Écoutez Daniella. Tout d'abord, vous n'êtes pas responsable de tout ça. Vous êtes une victime. Même si ça peut être dur pour votre mère, elle est là pour vous soutenir.

— Il va venir quand votre psy?

— Je vais l'appeler pour savoir quand il peut être disponible. Le plus tôt sera le mieux pour vous et, je vais être honnête, pour notre enquête. S'il peut se libérer aujourd'hui, êtes-vous prête à le voir?

— O.K. Mais ça ne veut pas dire que je devrais obligatoirement vous parler après?

— Non, c'est exact. C'est vous qui décidez.

Charlotte avait tellement confiance en Hugo et dans sa façon de travailler qu'elle était certaine de parler avec Daniella après leur entrevue.

— Bon d'accord, dans ce cas, je veux bien lui parler.

— Merci Daniella. Je le contacte tout de suite et je vous rappelle aussitôt.

Elle téléphona à Hugo, lui expliqua l'entente avec Daniella. Il était libre et pourrait y aller tout de suite. Elle lui donna l'adresse de madame Brisson. Il attendrait sa confirmation avant de s'y rendre.

— Daniella, ici Charlotte Thomas, il peut venir dès maintenant. Est-ce que vous êtes d'accord?

— Oui. J'en ai parlé avec ma mère. Elle va rester avec moi.

— C'est mieux comme ça. Il s'appelle Hugo Fournier. Il va être chez vous très vite. Ne soyez pas inquiète, ça va bien se passer.

— Au revoir.

— J'espère que Hugo va la convaincre de nous parler, dit Gabriel qui avait suivi toute la conversation.

— Je n'en doute pas. Elle était moins résistante qu'au départ. Et puis, tu sais comment il peut mettre les gens en confiance.

— C'est sûr que l'exemple de ton frère a dû l'encourager.

— Oui, mais chaque personne qui subit ce genre de blessures réagit différemment. Tout dépend du caractère de chacun.

— C'est vrai. Hugo va avoir pas mal de travail à faire avec elle.

— Bon maintenant je vais prévenir les parents de Barbara. Pendant ce temps, va voir Claude s'il a besoin d'aide.

* * *

Charlotte sonna au domicile des Gillman. Lorsqu'elle entra, Nicole Girardin emmena ses deux garçons à l'extérieur.

— Vous avez déjà les résultats, demanda le père de Barbara avec un tremblement dans la voix.

— Oui. Je suis navrée, Monsieur. Votre fille était parmi celles que nous avons retrouvées à Westmount.

Monsieur Gillman porta ses mains devant son visage et laissa échapper quelques sanglots.

— Voulez-vous que je vous laisse seul?

— Non, ça va aller. Je m'étais fait une raison et je m'attendais à recevoir ce genre de nouvelle, mais sans confirmation, on garde toujours l'espoir de la voir revenir. Savez-vous ce qui s'est passé et comment s'est-elle retrouvée là-bas?

— L'individu qui l'a enlevée a, a priori, procédé de la même façon avec les autres filles. Les trois autres que l'on a pu identifier travaillaient dans un restaurant. Il a tout fait pour gagner leur confiance. Puis, il est arrivé à les convaincre de le suivre et les a enfermées dans le sous-sol qu'il avait auparavant aménagé. Il les a gardées ainsi de longs mois. Nous pensons qu'elles devaient être cinq en tout. Puis, il a décidé d'en finir et les a tuées. Nous ne savons pas encore de quelle façon.

— Vous dites qu'elles étaient cinq, pourtant vous n'avez retrouvé que quatre corps.

— C'est vrai. Les indices retrouvés dans le sous-sol le confirment. Une des victimes a laissé des lettres dissimulées entre les pierres. Sur l'une d'elles, elle écrit qu'une fille se serait échappée, ce qui aurait rendu fou le kidnappeur.

— Où est-elle cette fille? Est-elle venue vous voir?

— Non, nous ne connaissons pas encore son identité. Nous essayons de la retrouver, car c'est un témoin important.

— Mais si elle était venue vous parler, vous auriez pu sauver les autres et arrêter ce malade.

— Pour le moment, nous ne savons même pas si elle est encore vivante ou s'il l'a rattrapée et tuée elle aussi.

— C'est une catastrophe, comment vais-je l'annoncer aux deux garçons?

— J'aurais aimé vous apporter une bonne nouvelle. Je vous présente mes condoléances. Nous allons reprendre l'enquête sur la disparition de votre fille. Plusieurs points, dans trois des cas, se regroupent. On va pouvoir travailler plus en détail.

— Quand allez-vous me rendre son corps?

— Dès que l'autopsie sera terminée ainsi que toutes les analyses. Je vous préviendrai le moment venu.

— Est-ce que je peux aller la voir?

— Ce ne serait pas une bonne idée. Je suis désolée. Nous n'avons pas pu identifier ces pauvres filles. Ce serait mieux que vous gardiez en mémoire une belle image de votre fille plutôt que celle que vous verriez dans nos locaux.

— Vous avez raison. Je vous remercie de votre franchise.

— Encore une fois, toutes mes condoléances, termina Charlotte en se levant. Au revoir Monsieur Gillman. Je vous ferai part des développements de l'enquête.

— Merci inspecteur de votre gentillesse. Je n'aimerais pas faire votre travail.

Charlotte sortit et pensa que, malgré les mauvaises nouvelles qu'elle apportait aux proches, elle aimait son travail et remerciait son père de l'avoir toujours encouragée dans son choix. Rendre justice aux victimes et à leurs familles était la récompense de tous les efforts et de toutes les peines durant les enquêtes. Maintenant, ces parents pourront enfin commencer leur deuil.

* * *

— Bon Gabriel, dit-elle en arrivant, en attendant les résultats pour Alexandra, reprenons les dossiers des enlèvements.

Charlotte commença par celui de Jennifer. Les renseignements fournis par les parents étaient tous retranscrits. L'enquêteur chargé du dossier n'avait, à ce moment-là, pas parlé avec Victoria, sa jeune sœur. Il n'était donc pas noté le fait qu'elle avait discuté avec un homme plus vieux. Ses amies avaient toutes été interrogées. Aucune n'était au courant d'un intérêt quelconque pour un client. Jennifer aimait la vie et voulait s'amuser avec ses amies avant de penser à sortir avec un gars. Ensuite, le propriétaire du restaurant n'en avait pas appris plus à l'enquêteur. Jennifer faisait très bien son travail. Elle arrivait toujours à l'heure et était aimable avec la clientèle. Elle s'entendait bien avec les autres employés. Il n'avait pas remarqué un client en particulier qui semblait s'intéresser à elle. Le soir de sa disparition, il s'en souvenait très bien. À la fin de son service, ne la voyant plus dans la salle, il croyait qu'elle était déjà partie. Il avait même pensé qu'elle devait être pressée d'aller s'amuser pour partir ainsi sans dire au revoir. Ça ne lui ressemblait pas. Puis, tout à coup, il l'a vu sortir de la salle de bain toute bien habillée et maquillée. Elle avait souhaité une bonne St-Valentin à toute l'équipe. Un cuisinier lui avait dit : « Tu es bien pressée et heureuse d'aller retrouver ton Valentin pour une soirée en amoureux ». Elle avait alors répondu en riant : « Ce n'est pas ce que j'ai prévu, mais on ne sait jamais ».

Le restaurant et les alentours avaient été fouillés. Rien n'avait été retrouvé. Pas de sac, pas d'uniforme. Aucun indice, aucun fait nouveau n'avaient permis de faire avancer l'enquête. L'enquêteur avait écrit une note indiquant que ça ressemblait plus à une fugue bien préparée, mais que rien dans la vie ni dans le comportement de la jeune fille ne venait corroborer cette hypothèse.

Ensuite, le dossier était resté dans les cas non résolus, en attente de nouveaux indices.

— Nous pourrons retourner au restaurant. C'est le point central de l'affaire. Aujourd'hui, nous savons que c'est là qu'il choisissait ses victimes. Ça explique aussi les uniformes que toutes portaient. Il doit bien y avoir quelqu'un d'autre qui l'a vu.

— Ils l'auraient dit lors de la première enquête, dit Gabriel.

— Personne à ce moment-là ne parlait d'un petit ami ou d'un gars s'intéressant à elle. Nous venons juste de l'apprendre par Victoria. C'est vrai qu'après plusieurs semaines d'enquête, vu l'âge de la disparue, l'hypothèse de la fugue pouvait être la plus probable. Aucun vêtement ni aucun corps n'avaient été retrouvés.

— Ce que je ne comprends pas, c'est que Jennifer était la cinquième fille à disparaître. Pourquoi les enquêteurs n'ont pas fait le lien et traité ces cinq dossiers en une seule affaire?

— C'est ce que nous leur demanderons.

— Une autre chose me dérange. Dans le cas d'Alexandra, son ordinateur n'a pas été vérifié par l'agent chargé du dossier. Il s'agissait de la troisième disparition en moins d'un mois. Il a mené son enquête avec légèreté, je trouve.

— Ça peut y ressembler, mais ne portons pas de jugement hâtif. Continuons.

Ils étudièrent, ainsi, les dossiers les uns après les autres. À aucun moment, il n'avait été fait mention d'un éventuel lien avec une autre disparition. Tous les renseignements étaient les mêmes que ceux que Charlotte avait recueillis auprès des familles des jeunes filles.

Après lecture des cinq dossiers, elle se rendit compte qu'elle ne trouverait rien pouvant les faire avancer dans ce dossier de meurtre. Elle voulait quand même parler avec les cinq enquêteurs qui avaient travaillé sur ces cas. Elle les appela et les pria de venir la voir le plus vite possible.

Chapitre 8

Vingt minutes plus tard, cinq hommes se présentèrent au bureau de Charlotte. Ils s'installèrent tous dans la salle de conférence. Charlotte leur expliqua ce qu'elle attendait de chacun d'eux.

— Les gars, merci d'être venus. Comme vous le savez, Gabriel et moi enquêtons sur les filles retrouvées à Westmount. Ces quatre victimes, plus une qui a réussi à s'échapper, correspondent aux cinq dossiers de disparition dont vous vous êtes occupés.

— Tu penses qu'on a mal fait notre travail.

Celui qui venait de parler s'appelait Gérald Doucet. Il avait enquêté dans le dossier de Sophie. Ses yeux noirs montraient de la colère et il avait les poings fermés. Il fixait Charlotte prêt à se défendre de toute attaque.

— Je n'ai jamais dit ni pensé ça. La raison pour laquelle je vous ai contacté, c'est pour avoir votre opinion sur chacune des enquêtes. Nous avons relu vos dossiers et nous aurions quelques précisions à vous demander.

— O.K. Charlotte, mais je ne voudrais pas qu'on nous accuse d'avoir bâclé les enquêtes et que, par notre faute, les filles soient mortes.

— Je sais que vous avez fait tout ce que vous avez pu. Pour commencer, parlons de la première disparition, Daniella Brisson.

Louis Angers était assis juste à côté de Gabriel. Il avait les cheveux complètement gris et son visage était marqué de rides très prononcées. Avec ses cinquante-cinq ans, il était le plus âgé des cinq agents. Il y a quelques années, il était à la section criminelle, mais il avait de plus en plus de mal à se détacher des dossiers dont il s'occupait. Alors, il avait demandé son transfert dans la division des délits mineurs. Il voulait terminer ses années de services en élucidant des cas plus simples. La disparition de Daniella l'avait bouleversé. Au début, il avait refusé le dossier, mais devant la persistance de son chef, il s'en était occupé. Il était sûr que ce serait vite réglé.

— Dis-nous ce que tu en as pensé, lui demanda Charlotte.

— Lorsque j'ai parlé avec la mère, elle ne cessait de dire que c'était de sa faute. Elle élevait sa fille toute seule. Ça ne se passait pas très bien entre les deux. Elle voulait qu'elle travaille pour l'aider, ne serait-ce que pour payer ses vêtements. Mais Daniella préférait s'amuser. Finalement, sur l'insistance de sa mère, elle a trouvé un emploi dans un restaurant. Les premiers jours, elle rechignait à y aller. Petit à petit, elle a commencé à aimer son travail et elle parlait même de quitter l'école pour ne faire que ça et voler de ses propres ailes. Ce fut un autre sujet de dispute entre la mère et la fille. Ça ne finissait pas. Puis un jour, elle est partie travailler et n'est jamais revenue. Ce matin-là, elles s'étaient encore disputées et Daniella avait menacé de partir vivre toute seule. Elle disait qu'elle avait hâte d'avoir dix-huit ans et de vivre enfin sa vie comme elle le voulait.

— Je vois que tu es allé au restaurant et interrogé ses amis.

— Ses amis, parlons-en. Des jeunes blasés de la vie. Ils me disaient tous qu'elle avait eu raison de s'en aller et que c'était bien fait pour sa mère. Aucun d'eux ne savait où elle était ni avec qui. Au restaurant, ils n'ont pas été surpris de savoir qu'elle avait fugué même s'ils ne se sont pas aperçus qu'elle le projetait. À chaque dispute avec sa mère, elle arrivait tout énervée. Elle finissait par se calmer et était très sympa avec tout le monde.

— As-tu demandé pour un éventuel copain?

— Bien sûr. Ils n'ont vu personne qui venait la chercher ou qui demandait après elle.

— Pas de client qui aurait été plus familier avec elle?

— Rien ne m'a été dit dans ce sens. Mais, je dois avouer que je n'ai pas posé la question exactement dans ces termes. J'ai juste pensé au petit copain.

— Ce n'est pas grave, on pourra aller demander confirmation sur place. Merci Louis. Si tu repenses à autre chose, ne te gêne pas. Ensuite, Sophie Lacasse.

Charlotte ouvrit le second dossier que lui tendait Gabriel.

— Sophie, c'est moi, dit Gérald Doucet.

Il était vêtu d'un costume sport. Il avait vingt-cinq ans et était le plus jeune des cinq. Il avait intégré les effectifs à peine un an avant la disparition. C'était sa première enquête en tant qu'agent responsable. Il y avait mis toute son énergie et avait tout fait pour arriver à la retrouver, mais en vain.

— C'était une catastrophe pour ses parents. Une bien triste histoire. Sophie était toute leur vie. Ils ont tenté de lui donner le maximum pour qu'elle grandisse dans une famille heureuse. Lorsque je les ai rencontrés la première fois, sa mère pensait qu'ils avaient échoué et que c'était pour ça qu'elle était partie. Après qu'ils m'aient expliqué qui était leur fille et comment était sa vie, je les ai rassurés en leur disant qu'elle n'avait sûrement pas fugué. Cela m'a été confirmé par ses amies. Elles-mêmes ne comprenaient pas ce qui avait pu arriver. L'après-midi, avant sa disparition, elle les avait rejointes. Elles avaient parlé de leur cours. Sophie adorait l'école.

C'était la première à pousser une fille à étudier et elle aidait celles qui avaient des difficultés. J'ai questionné ses professeurs et ils m'ont tous dit la même chose; une élève studieuse toujours prête à s'investir auprès des autres.

— Ses amies ne t'ont pas parlé d'un copain?

— Il n'y en avait pas « d'officiel » comme elles m'ont dit. Par contre, Sophie parlait souvent, les derniers jours, d'un super beau gars très charmant qui discutait avec elle.

— A-t-elle dit son nom, ou l'aurait-elle décrit?

— Non, à part qu'il était très beau et très romantique.

— Était-ce un client du restaurant?

— Elles s'en doutaient sans que Sophie l'ait confirmé. Une d'entre elles m'a dit que Sophie craignait peut-être qu'elles aillent voir de quoi il avait l'air. Elles la taquinaient souvent avec ça. C'était plus un jeu entre elles. Par contre, elles m'ont toutes dit que, si ça avait été plus loin avec ce gars, Sophie leur en aurait dit plus.

— Au restaurant, ont-ils remarqué quelque chose?

— Ils m'ont bien parlé d'un client qui s'asseyait toujours dans sa section et qui parlait toujours avec elle. Mais, ça n'avait pas l'air d'être plus qu'un client pour elle.

— Leur a-t-elle parlé d'une proposition pour travailler dans un autre endroit?

— En effet. Une autre serveuse l'a entendu discuter avec ce fameux client. Il avait l'air de lui vanter son propre restaurant qu'il allait ouvrir très prochainement, qu'il venait recruter son personnel auprès de celles qu'il rencontrait et qui correspondaient à ses critères. Cette serveuse était un peu jalouse de Sophie. Elle ne voyait pas pourquoi elle n'avait pas été approchée, elle aussi, surtout qu'elle travaillait à temps plein.

— Est-ce que les autres employés ou le propriétaire étaient au courant?

— Non. La serveuse a demandé des explications à Sophie qui lui a répondu qu'elle n'avait pas l'intention de changer, qu'elle ne croyait pas ce que le client lui disait. Seulement, si elle découvrait que le restaurant existait réellement, elle parlerait d'elle au beau client. Quand je l'ai interrogée, elle se sentait coupable. Elle pensait que Sophie avait disparu par sa faute. À tout instant, elle ne cessait de lui demander si elle avait vérifié parce qu'elle voulait vraiment changer d'emploi. Le jour de la disparition de Sophie, elle avait insisté pour qu'elle lui demande plus de précision et qu'elle lui parle d'elle. Durant son service, elle l'a vue en grande discussion avec ce client. Sophie devait rester jusqu'à la fermeture, elle a souhaité bonne nuit à tout le monde et elle est sortie. Contrairement à cette serveuse, les autres employés n'ont rien remarqué de spécial.

— Quelle heure était-il?

— Vingt-trois heures vingt. Elle n'est jamais réapparue. Personne n'a vu si elle était partie seule ou avec quelqu'un.

— La serveuse a-t-elle décrit le client?

— Beau gars, bien habillé, très gentil.

— C'est tout, pas de détail physique?

143

— Juste un beau sourire. Je n'en revenais pas. Elle n'a pas été capable de me donner plus de précisions. Elle était tellement jalouse de Sophie que ça a affecté ses facultés d'observation. Ajouté à sa culpabilité, ça n'arrange rien.

— Bon, nous retournerons peut-être la voir. Après tout ce temps, elle va peut-être se souvenir de quelque chose.

— Tu peux toujours essayer.

— Y a-t-il autre chose?

— Non. J'ai fouillé partout. J'ai questionné tous ceux qui la connaissait ou qui était en contact avec elle, rien. Aucun indice la reliant à qui que ce soit. Je n'ai pas pu le prouver, mais j'étais persuadé que ce n'était pas une fugue.

— Merci Gérald. Parlons maintenant d'Alexandra Murphy.

— O.K. C'est moi, dit Clément Guérin.

Clément Guérin venait, comme Charlotte, d'une autre région avant d'intégrer les équipes de Montréal. Il avait demandé son transfert et l'avait obtenu après plusieurs mois. Il avait prouvé son efficacité dans plusieurs dossiers. Il n'était pas un adepte des enquêtes criminelles, mais était excellent dans les autres délits plus ou moins mineurs. Il était âgé de quarante-sept ans et portait les cheveux très courts, presque ras. Une barbichette au menton lui donnait un certain charme. Il était marié et père de deux adolescentes.

— Lorsque j'ai vu la maison des parents, commença-t-il, j'ai tout de suite pensé à un kidnapping avec demande de rançon. Je les ai interrogés sur cette hypothèse. Bien qu'ils m'affirmaient que c'était impossible, je n'ai pas écarté la possibilité. J'ai même posé la question à leur autre fille et elle aussi, réfutait cette éventualité. Quant à la fugue, je n'y ai pas trop cru. Jeune fille de bonne famille, s'entend bien avec ses parents et sa sœur, réussit dans ses études, bien-aimée de ses amies. Je n'ai eu que des compliments sur elle. Elle allait très souvent dans le restaurant où travaillait sa meilleure amie. J'ai interrogé le propriétaire et les employés. Elle ne dérangeait pas du tout au contraire. Parfois même, de temps en temps, elle donnait un coup de main. Elle tenait compagnie aux clients seuls à table et qui voulaient discuter. Il y avait souvent des femmes âgées qui étaient contentes de la voir.

— Ont-ils parlé d'un client en particulier qui parlait beaucoup avec elle?

— Ils m'ont bien mentionné un client qui, pendant un moment, venait régulièrement et pratiquement à chaque fois qu'Alexandra était là. Puis un beau jour, il n'est plus revenu. Ça correspondait à la période de sa disparition. Au début, ça les a étonnés, mais par la suite, d'autres clients ont cessé de venir parce qu'elle n'était plus là.

— Ont-ils pu le décrire?

— Très succinctement. Bel homme, poli, généreux en pourboire. Mais rien sur son aspect physique. Le gars qui cherchait à passer inaperçu, toujours discret.

— Lorsque tu as interrogé sa sœur, a-t-elle parlé de cet homme et de ce qu'Alexandra lui en avait dit?

— Je lui ai demandé si elle avait un copain. Elle est restée évasive sans confirmer ni infirmer le fait.

J'ai voulu avoir des précisions et elle a juste dit que sa sœur se laissait complimenter, mais qu'elle ne prenait rien au sérieux.

— Pourquoi n'as-tu pas emporté son ordinateur?

— Ses parents m'ont affirmé qu'elle y passait peu de temps, uniquement pour donner des nouvelles à sa sœur. Étant donné que je l'avais interrogée, je n'en ai pas trouvé la nécessité.

— Avant de passer à un autre dossier, on se demandait pourquoi vous n'avez pas travaillé les trois ensembles et relié les trois disparitions?

Les trois enquêteurs se regardèrent et finalement ce fut Clément Guérin qui répondit :

— Il y avait certaines similitudes, mais en même temps, les dossiers étaient très différents.

— Pour moi, ajouta Louis Angers, dans le cas de Daniella, je n'avais aucun doute. Elle avait exactement le profil d'une fugueuse.

— En effet, reprit Guérin, alors que moi ça ressemblait plus à un kidnapping avec rançon.

— Seule Sophie correspondait à une disparition sans mobile valable, conclut Gérald Doucet. C'est vrai qu'on s'est parlé, mais finalement, on a opté pour les traiter individuellement. Avoir su, on aurait insisté et on aurait peut-être réussi à les sauver.

— On ne le sait pas et on ne le saura peut-être jamais. Continuons avec Barbara Gillman.

— Je me suis occupé de ce dossier.

Robin Glen, âgé dans le début de la trentaine, parlait avec un fort accent anglais. Il s'était vu confier ce dossier parce que monsieur Gillman était lui aussi un anglophone qui parlait très bien le français. Il était habillé de style très classique, avait les cheveux châtain qui lui retombaient sur le front et derrière les oreilles. Des yeux vert clair ressortaient de son visage bronzé. Un homme élégant qui faisait très attention à son apparence.

— J'ai moi aussi pensé à une fugue au début.

— Explique-toi, lui demanda Charlotte.

— Elle avait perdu sa mère alors qu'elle était enfant. Puis, son père s'était remarié très vite avec une femme plus jeune que lui. Ensuite, deux garçons étaient nés de ce mariage. Elle se sent rejetée par son père alors que ses deux frères lui prennent toute son attention. Elle travaille dans un restaurant où elle créé des liens avec ses collègues et certains clients habitués. C'était pour moi la recette idéale pour une fugue. J'ai quand même questionné son entourage. À part le fait que c'était une jeune fille pratiquement toujours de bonne humeur quand elle se trouvait avec d'autres personnes, son amie la plus proche m'a avoué que, de temps en temps, elle parlait de sa mère décédée et avait encore de la peine.

— C'est quelque chose qui te reste toute ta vie, dit Charlotte qui savait ce qu'avait pu ressentir alors Barbara.

— Je suis d'accord. Elle disait aussi que parfois les deux garçons étaient fatigants. Par contre, elle racontait toujours ce qu'elle faisait avec ses frères, qu'elle les adorait et qu'elle était heureuse que son père se soit remarié.

— Au restaurant, qu'as-tu appris?

— La même chose. Une fille qui rit tout le temps, proche de la clientèle. Se plaignait parfois de ses frères, mais juste après, disait qu'elle était heureuse de les avoir.

— Ont-ils parlé du client qui l'importunait?

— Oui. C'est une autre serveuse qui me l'a raconté. Ce client était déjà ivre quand il est entré. Il a commandé une bière avant de lire le menu. Lorsque Barbara est venue lui amener son assiette, il lui a attrapé le bras et a essayé de la faire asseoir sur ses genoux. C'est alors que le gars assis à la table voisine s'est levé, a forcé le client à la lâcher en lui demandant de la laisser faire son travail, qu'il n'était pas le seul client. Barbara l'a remercié et n'a plus été importunée. Le patron s'apprêtait à mettre le client gênant dehors lorsque tout est rentré dans l'ordre. Il a fini son assiette et est sorti sans rien dire. Barbara a même lancé, à la blague : « Il aurait au moins pu me laisser un meilleur pourboire pour s'excuser ».

— L'ont-ils revu une autre fois?

— Non. Personne ne l'avait vu avant et il n'est jamais revenu après. Un client de passage. Par contre, celui qui l'a aidée était venu plusieurs fois. Après les évènements, Barbara parlait souvent avec lui. Quand elle n'est plus venue travailler, ce gars a cessé de venir. Un employé en cuisine a même avancé que Barbara en pinçait pour ce gars et qu'elle était partie avec lui.

— Ont-ils pu le décrire?

— Juste un bel homme avec des cheveux blonds, élégant, mais très discret. En fait, chacun faisait son travail et ne s'occupait pas des clients des autres. N'ayant pu trouver autre chose, l'hypothèse de la fugue restait la plus sensée.

— Merci Robin. Terminons avec Jennifer Blanchet. Yves, je t'écoute.

Yves Aubé, cinquante-deux ans, était rentré dans la police comme deuxième carrière. Après de longues années dans le milieu des assurances, il découvrait les arnaques et était surpris de tous les subterfuges utilisés par les assurés. Il avait alors décidé, à presque quarante ans, de changer de métier et d'intégrer la police. Son expérience dans les assurances l'avait aidé dans sa formation.

Malheureusement, cette nouvelle orientation lui avait coûté son mariage. Sa femme n'avait pas apprécié sa baisse de revenu et la diminution de son train de vie, sans compter les horaires moins réguliers. Elle lui reprochait son manque d'ambition. Seulement, lui était plus heureux. Alors après dix-huit ans mariage, le divorce fut prononcé. Il avait eu la garde de son fils et sa femme celle de sa fille qu'il voyait régulièrement. Cette épreuve avait laissé des traces visibles sur son visage, même après toutes ces années. Il ne s'était jamais remarié et avait consacré tout son temps à son nouveau travail.

— Cette histoire m'a beaucoup attristé, raconta-t-il. J'ai une fille du même âge que Jennifer. Bref, famille unie, belle relation entre elle et ses parents. Même avec sa petite sœur ça se passait bien. Jeune fille sérieuse. Au restaurant où elle travaillait, aucune jalousie avec les autres employés. Elle faisait bien son travail, rien à lui reprocher. Idem avec ses amies. Lorsqu'elle promettait quelque chose, elle tenait promesse.

— Victoria m'a dit qu'elle n'était pas du genre à ne pas aller à un rendez-vous, précisa Gabriel.

— Effectivement. Si toutefois elle avait un empêchement, elle prévenait toujours. C'est pourquoi le soir de sa disparition, son amie Caroline s'est inquiétée. Ne la voyant pas arriver, elle a d'abord appelé au resto. Puis, comme elle était partie depuis au moins une heure, elle a appelé ses parents. C'est à ce moment-là que Caroline s'est doutée que quelque chose de grave lui était arrivé. Ça ne ressemblait pas à Jennifer de ne pas avertir ou de se tromper d'heure ou de lieu de rendez-vous.

— Avait-elle parlé d'un client charmant avec ses amies?

— Très vaguement. Elle a juste dit qu'un gars, qui avait des allures de prince charmant, venait manger à chaque fois qu'elle travaillait. Il lui avait demandé ses horaires, car disait-il, il préférait être servi par une très belle fille qui lui rappelait de belles histoires d'amour qu'il avait lues. Elle trouvait ça très drôle et disait que les jeunes gars de son âge étaient loin de penser et de parler comme lui le faisait.

— A-t-elle dit son nom?

— Non jamais. Elle l'appelait son prince charmant. Aucune de ses amies ne l'a vu une seule fois. Comme pour les autres filles au restaurant, elles sont restées vagues quant à sa description. Je n'ai rien retrouvé de ses affaires. Après son service, elle s'est changée, a souhaité une bonne St-Valentin à tout le monde puis elle est partie. Elle portait un sac contenant son uniforme. Sac qui n'a jamais été retrouvé. Après quelque temps, aucun indice nouveau, aucun élément. J'avais épuisé toutes les recherches. J'ai gardé le dossier sur mon bureau un moment. Je le relisais de temps en temps, me demandant ce que j'avais pu oublier ou ce qui m'avait échappé. Puis, j'ai été mis sur d'autres affaires importantes. Je n'ai jamais oublié Jennifer, mais je ne savais plus quoi ni où chercher. Elle s'était littéralement volatilisée.

— Merci Yves. À tous, si toutefois un détail vous revenait, venez m'en faire part. Si j'ai encore besoin de vous, je vous le ferai savoir. Bonne fin de journée à vous. J'ai de quoi travailler dans mon enquête.

Chapitre 9

Après que les cinq agents eurent quitté la salle de conférence, Gabriel prit enfin la parole.

— Maintenant, on sait comment le gars choisissait ses victimes. Je trouve étrange qu'on n'ait pas une description plus précise. Plein de gens l'ont vu tout de même.

— Il nous reste Daniella, ne l'oublie pas. Elle a réellement été en contact avec lui.

— C'est vrai. Et puis, je ne comprends pas qu'ils n'aient pas fait le lien entre les disparitions. Les trois premières pouvaient être différentes, mais ensuite avec les deux autres, ils auraient pu comprendre.

— De toute façon, on ne sait pas si ça aurait pu changer quelque chose. Chacun a fait son travail correctement. Rien n'a été laissé au hasard. Ils sont tombés sur une impasse à chaque fois. Même si tu compiles les cinq investigations pour n'en faire qu'une seule, tu n'arrives pas dans la maison de monsieur

Prescott à Westmount. Rien ne pouvait emmener les enquêteurs à chercher à cet endroit-là. Elles auraient très bien pu être des victimes de trafic humain.

— Si seulement Daniella était venue nous trouver, on aurait pu sauver les autres.

— Ne la blâmons pas pour ça. Ce qu'elle a vécu a dû être horrible. Inutile de lui ajouter un autre traumatisme. Attendons que Hugo nous dise ce qu'il en pense.

— Penses-tu que Roberge est revenu avec ses échantillons? demanda Gabriel pour changer de sujet.

— Je ne sais pas. On pourrait aller le voir en attendant.

Ils prirent la direction du laboratoire. À mi-chemin, ils rencontrèrent Hugo.

* * *

— Ah! Charlotte. As-tu un instant? Salut Gabriel.

— Salut Hugo, répondit Gabriel.

156

— Viens, on va s'installer dans mon bureau, dit Charlotte en changeant de direction. Comment ça s'est passé avec Daniella?

— Pauvre fille. Elle a vécu l'enfer pendant plusieurs mois.

— Elle t'a raconté?

— Pas en totalité. Juste quelques passages. Mais, c'est surtout dans son regard et son comportement. Elle a vraiment essayé d'oublier en n'en parlant pas à personne. Elle a enfoui ces images au plus profond de son subconscient, mais ça refait surface tout le temps. Elle fait des cauchemars affreux.

— Est-elle d'accord pour nous parler?

— Ça n'a pas été facile, mais je crois qu'elle a compris que ça pourrait l'aider. Elle a bien aimé ton approche face à elle et surtout quand tu lui as parlé d'Antoine. Elle a confiance en toi. Elle avait peur aussi de parler devant sa mère. Elle ne voulait pas qu'elle apprenne tout ce qu'elle a subi et qu'elle souffre pour ça. Finalement, sa mère lui a avoué qu'elle aimerait mieux savoir ce qui est arrivé à sa fille, même si ça doit être dur à entendre et qu'elle aimerait être là pour la soutenir. Daniella préférerait vous rencontrer chez elle. Je serais présent également.

— Merci Hugo pour ton aide.

— Ce n'est rien. Pour aujourd'hui, elle voudrait rester avec sa mère, lui parler un peu afin que ce ne soit pas trop dur devant nous. J'ai proposé de la rencontrer demain matin vers huit heures trente.

— C'est parfait. Il est inutile de la brusquer. On prendra tout le temps qu'il faut.

— C'est ce que j'ai pensé aussi. Elle a besoin d'être rassurée. J'ai dû travailler fort, car elle se sentait responsable de ce qui est arrivé.

— Responsable de quoi? demanda Gabriel surpris.

— Quand elle a réussi à s'échapper, elle a bien pensé venir en parler à la police. Ça lui a pris du temps pour savoir où elle était et pour retrouver le chemin menant jusque chez elle. En même temps, elle voulait oublier. En plus, c'est la première qui a été enlevée et enfermée dans ce sous-sol. Alors, elle s'est dit que, comme elle avait été une proie facile et qu'il n'avait pas eu de mal à la duper, il avait dû prendre confiance en lui et ça lui avait permis d'en enlever quatre autres. Sa culpabilité augmentait au fur et à mesure qu'elle entendait une nouvelle fille arriver. Elle était tellement persuadée d'être coupable qu'elle pensait aller en prison.

— Mais c'est insensé, se choqua Gabriel.

— Oui! C'est vrai pour quelqu'un de sensé justement, mais il lui a pratiquement lavé le cerveau. Elle en arrivait à croire tout ce qu'il disait. Elle s'est obligée à écrire son prénom dans sa cellule pour avoir un contact avec sa réalité.

— C'est vrai, on l'a retrouvé, dit Charlotte. C'est comme Jennifer qui a écrit toutes ces lettres. Elle ne voulait pas oublier qui elle était réellement. Je n'ose pas imaginer ce que ces pauvres filles ont pu vivre.

— Lorsque Daniella a pu s'enfuir, elle était persuadée que les autres filles la suivaient et elle comptait sur l'une d'elles pour le dénoncer. Quand elle a appris la découverte dans le sous-sol, elle s'est effondrée et s'est encore plus renfermée sur elle-même. Sa mère a vu une nette différence dans son comportement, mais n'a pas fait le lien avec l'affaire. Même quand vous être allés la voir, elle ne comprenait pas. Elle était inquiète pour sa fille qui n'allait pas bien et qui ne voulait rien dire.

— Gabriel, demain matin, rejoins-nous à huit heures et trente devant chez madame Brisson.

— Entendu.

— Bon, moi je vous laisse. Je vais rentrer préparer son dossier avec tout ce qu'elle m'a déjà dit. Je pense que je vais travailler avec elle sur une longue période.

— Merci Hugo, à ce soir.

* * *

Ils reprirent le chemin du laboratoire. C'était la fin de la journée, Claude Roberge et son équipe en avaient passé la plus grande partie dans la maison de monsieur John Prescott. Ils avaient recueilli une grande quantité d'échantillons et d'indices. Ils avaient démonté certaines parties des cloisons, avaient également emporté tout ce qui se trouvait dans le sous-sol. Un gros travail d'analyse les attendait. Tous les techniciens étaient sur cette enquête. Heureusement, à Montréal, il n'y avait pas d'autres enquêtes importantes en cours. Claude pouvait ainsi se concentrer sur celle-ci.

— Salut Claude, lança Charlotte en entrant. Comment ça a été?

— Il n'y a pas une parcelle que nous n'avons pas regardée. On vient juste d'arriver. Nous allons être occupés.

— Je m'en doute, dit Charlotte.

— Avez-vous prélevé des gravillons dans la cour en arrière? se renseigna Gabriel.

— Oui et aussi du gazon. On a fait un tour complet à l'intérieur comme à l'extérieur. Cette maison n'a plus aucun secret pour nous.

— Je savais qu'on pouvait compter sur toi Claude, le remercia Charlotte.

— C'est mon travail. On commencera les analyses demain matin. Aujourd'hui, il se fait tard.

— Sans problème. Bonne soirée et à demain, conclut Charlotte.

— À vous aussi.

À nouveau, Charlotte fut interpellée par la technicienne. Les analyses étaient terminées et la quatrième victime était identifiée. Il s'agissait d'Alexandra Murphy. Charlotte la remercia pour sa rapidité sur les quatre analyses et dit à Gabriel :

— Je vais aller prévenir ses parents.

— Veux-tu que je t'accompagne?

— Non, ça va aller. Pendant ce temps, note sur le tableau tout ce qu'on a appris en partant des dates de disparition de chaque fille, également les activités de chacune, les amis, bref tout ce qu'on sait. Ensuite, rentre chez toi et rejoins-nous chez Daniella demain matin.

* * *

Charlotte était assise à la même place que lors de sa première visite. Face à elle, elle avait deux visages tristes et angoissés.

— Monsieur Murphy, Madame Cyr, je suis navrée, mais les analyses confirment que votre fille Alexandra se trouvait dans le sous-sol de la maison à Westmount. Je vous présente toutes mes condoléances.

Monsieur Murphy avait passé son bras autour des épaules de sa femme. Celle-ci avait les yeux grands ouverts et fixes par l'horreur qu'elle venait d'apprendre. Elle se tourna vers son mari, se serra contre lui et se mit à pleurer.

Charlotte s'apprêtait à se lever et les laisser dans l'intimité de leur douleur. Monsieur Murphy lui demanda de rester un moment.

— Pouvez-vous nous dire ce qui s'est passé et pourquoi se trouvait-elle là?

— C'est encore tôt pour avoir toutes les réponses, mais nous pensons qu'elle a dû suivre un individu pour une raison quelconque. Ensuite, il l'a enfermée dans une pièce dans ce sous-sol. Elle y est restée, avec les autres filles, jusqu'à ce que, pour une raison qui reste à confirmer, il devienne fou et les tue les unes après les autres. S'il n'y avait pas eu le problème d'aqueduc, nous n'aurions pas encore retrouvé leur corps.

— Quand allez-vous nous la rendre?

— Aussitôt que l'autopsie sera terminée. Je vous préviendrai. Maintenant que nous connaissons les quatre victimes, nous allons regrouper toutes les informations que nous avons recueillies. Nous allons ainsi pouvoir orienter notre enquête dans la bonne direction.

— Pouvez-vous nous tenir informés des développements?

— Comptez sur moi. J'aurai certainement d'autres questions à vous poser, à vous et à votre fille aussi.

Martine Cyr éclata en sanglots en disant :

— Nous allons devoir lui annoncer. Ça va être un drame pour elle. Quand Alexandra a disparu, elle voulait arrêter ses études et revenir ici jusqu'à ce qu'on la retrouve.

— Il y a une chose que je ne comprends pas. Vous m'avez dit qu'Alexandra ne travaillait pas.

Pourtant, nous l'avons retrouvée vêtue d'un uniforme de restaurant. En possédait-elle un?

— Non aucun. Je ne vois pas où elle l'aurait trouvé et surtout pourquoi.

— Peut-être par son amie?

— Elle n'en a jamais parlé. Je suis pratiquement sûre que ce n'était pas à elle. C'est certainement le tueur qui lui a fourni.

— Peut-être. Merci pour cette précision. Je suis vraiment désolée, Monsieur et Madame.

Charlotte se leva.

— Au revoir, ne vous dérangez pas, je vous en prie.

— Merci pour tout inspecteur, lui dit monsieur Murphy en essayant de réconforter sa femme.

Chapitre 10

À peine la sonnette eut retenti que la porte s'ouvrit. Madame Brisson avait les traits tirés et les yeux rouges. Elle fit entrer ses visiteurs et les installa au salon. Sur la table en avant du canapé, cinq tasses attendaient d'être remplies de café. Daniella était assise sur un fauteuil. C'était la première fois que Charlotte la voyait. Elle fut troublée par sa beauté visible malgré toute la souffrance qu'on pouvait lire sur son visage. Elle possédait de grands yeux vert clair. Elle avait attaché ses longs cheveux blonds frisés. Elle n'osait regarder en face d'elle. Hugo s'approcha et lui demanda :

— Est-ce que ça va Daniella?

— Je crois que oui, répondit-elle d'une voix douce.

— Nous irons à votre rythme.

Madame Brisson avait proposé du café et remplissait les tasses. Hugo s'était assis en face de

Daniella, Charlotte à sa droite. Madame Brisson s'installa sur une chaise à côté de sa fille et Gabriel prit un autre fauteuil à côté du canapé.

Charlotte prit la parole.

— Bonjour Daniella. Je m'appelle Charlotte Thomas et voici mon collègue Gabriel Després. Je suis ravie de faire votre connaissance. Je veux aussi vous dire que vous n'avez rien fait de mal et qu'on ne vous en veut pas.

— Merci inspecteur. Ma mère a essayé de m'expliquer ça hier, mais j'ai encore du mal à m'en persuader.

— Ne vous inquiétez pas, intervint Hugo, ça viendra avec le temps.

— Avant que je commence à tout vous raconter, je veux vous avertir que certains souvenirs sont très difficiles et j'ai beaucoup de mal à en parler sans émotion.

— Comme vous l'a dit Hugo, nous ne vous pousserons pas. Allez-y comme vous voulez, comme vous vous sentez le mieux. Si, à un moment donné, vous voulez faire une pause, dites-le-nous.

— Mais... C'est que je ne sais pas par où commencer.

— Parlez-nous de votre travail au restaurant.

Daniella prit une grande respiration, redressa ses épaules et commença :

— Au début, je ne voulais pas travailler. Avec ma mère, c'était un sujet quotidien de dispute. Quand j'ai commencé, je n'aimais pas ça du tout. Ce n'était pas mon choix. Là-bas, tout le monde était gentil avec moi, mais moi je ne voulais pas y être. Alors, j'étais toujours de mauvaise humeur. Puis petit à petit, j'ai commencé à me sentir bien. J'aimais parler avec les clients. J'avais de bons rapports avec les autres employés. Ça me sortait de ma routine de l'école et de la maison. Puis un jour, un homme est entré. Il est resté un moment devant la porte. Il avait l'air de se demander s'il restait ou pas. Il regardait autour de lui. Finalement, il est venu s'asseoir dans ma section. Quand je me suis approchée pour lui apporter le menu, il m'a regardée, m'a fait un grand sourire et m'a demandé mon prénom. Sur le coup, j'ai été surprise. C'était la première fois que ça m'arrivait. J'ai hésité un moment puis je le lui ai dit. Il a commandé, a mangé et est parti en laissant un généreux pourboire. Le lendemain, je ne travaillais pas. L'autre serveuse m'a raconté qu'il était revenu, s'était renseigné sur moi. Il avait été déçu d'apprendre que je n'étais pas de service. Il n'a pas demandé son prénom à ma collègue. Les jours qui ont suivi, il voulait connaître mes horaires. On a commencé à parler de toutes sortes de sujets. Il était charmant et ça me faisait du bien d'avoir une bonne conversation sans dispute.

Daniella regarda sa mère avant d'ajouter :

— Excuse-moi maman.

— Ne t'excuse pas. Tu n'étais pas la seule responsable.

Daniella serra la main de sa mère et essuya les larmes qui lui coulaient le long des joues.

— Avant que vous continuiez, osa l'interrompre Charlotte, pouvez-vous nous le décrire?

— Assez grand, pas gros, tous les jours avec une barbe naissante, des cheveux blonds ondulés, des yeux noirs.

— Avait-il un accent?

— Non aucun. Il parlait toujours calmement. Il faisait des phrases bien structurées avec des mots qu'on n'emploie pas souvent. Au début, je me moquais de lui, mais ensuite, je trouvais ça beau.

— Pourriez-vous nous aider à en faire un portrait-robot?

Daniella fixa Charlotte d'un regard figé. Hugo lui prit la main.

— Est-ce que ça va? lui demanda-t-il.

Elle prit à nouveau une grande respiration.

— Je crois que oui. C'est que son image dans ma cellule m'est revenue. Ce n'était plus l'homme charmant du restaurant. Alors, faire un portrait de ce malade…

— Ce n'est pas grave Daniella, continuez si vous voulez.

Elle prit une gorgée de café, essuya ses larmes et reprit.

— Donc, j'avais de bonnes conversations avec lui. Ça me faisait du bien de lui raconter ce que je vivais et combien je me sentais mal. Il me réconfortait. En l'écoutant, je n'avais qu'une seule envie. Je voulais lâcher l'école, travailler à temps plein et me louer un appartement. Je voulais être indépendante. Je lui en ai parlé et il m'a dit qu'il pourrait m'aider si c'est ce que je voulais vraiment. Puis, le jour où...

— Ça va aller ma chérie, la réconforta sa mère.

— Le matin avant de partir, j'en ai parlé à ma mère. Encore une fois, nous nous sommes disputées. Je suis sortie en claquant la porte en espérant ne plus jamais remettre les pieds ici. Je ne pensais pas que ça pouvait se passer comme cela.

— Veux-tu prendre une pause ma chérie?

— Non, c'est correct. Pas tout de suite, maman.

Elle prit sa tasse de café, serra ses deux mains autour comme pour se réchauffer. Elle s'avança sur le bord du fauteuil, regarda le sol, les yeux dans le vide.

— Vers midi, il s'est installé dans ma section, comme à chaque fois. Lorsque je l'ai vu arriver, j'étais décidée à lui demander son aide. Mais je n'ai pas eu besoin, il s'est proposé de lui-même. Il m'a dit : « J'ai beaucoup pensé à toi ces derniers temps. Je crois que je t'ai déniché un petit appartement très sympa où tu vas te sentir bien. Il est tout meublé et, en plus, si tu ne fais pas assez d'heures ici, je pourrais te proposer quelque chose en complément ». J'avais du mal à croire ce que je venais d'entendre. Mes prières venaient d'être exaucées. J'étais tellement en colère le matin que je ne me suis pas posé plus de questions. C'est vrai, après tout, je ne le connaissais pas plus ce gars-là. Je ne lui ai même jamais demandé ni son nom ni ce qu'il faisait dans la vie. Je savais juste qu'il était gentil avec moi et que, grâce à lui, j'allais vivre la vie que je voulais. Donc, à la fin de mon service, il est venu me chercher en auto. Il m'a offert quelque chose à boire. Je ne sais pas ce que c'était. Il m'a dit qu'on devait fêter ma nouvelle vie. Puis, j'ai commencé à me sentir toute drôle. Les sons résonnaient dans ma tête, ma vue était brouillée. Je pense que j'ai perdu connaissance, car je ne me rappelle pas ce qui s'est passé ensuite. Quand je me suis réveillée, il faisait pratiquement noir. Je tremblais, j'avais froid et mal à la tête. Je portais mon uniforme de travail. J'ai réussi à me mettre debout. Lorsque mes yeux se sont habitués à la noirceur, je n'en revenais pas. Je pensais être en plein cauchemar. Je me trouvais dans une pièce sombre avec, pour tout équipement, un matelas posé à même le sol et, sur le mur du fond, des étagères. Deux murs étaient faits en planches de bois. La porte, en bois elle aussi, était fermée par un cadenas de l'extérieur. Sur un mur, suspendue à un crochet, j'ai trouvé une robe comme on en voit dans les films du moyen âge. Je n'y comprenais plus rien. J'ai crié, j'ai appelé. Assez vite, je me suis rendu compte que j'étais toute seule et que j'étais loin de ce dont j'avais rêvé. Je me suis effondrée et j'ai dû pleurer pendant plusieurs heures. Je demandais pardon à ma mère et à tous ceux que j'avais pu blesser par mes paroles. Je me disais que, peut-être, si mes pardons étaient entendus on viendrait me chercher ici.

Daniella reposa sa tasse.

— Maman, tu devrais resservir du café, je voudrais m'arrêter un instant.

Madame Brisson regarda sa fille avec anxiété.

— Ne t'inquiète pas maman, je vais bien. Je veux juste me recentrer sur mon récit et ne rien oublier.

Puis s'adressant à Hugo, elle ajouta :

— Monsieur Fournier, est-ce que je peux vous parler, s'il vous plaît?

— Mais oui bien sûr.

Ils sortirent du salon et allèrent jusqu'à la cuisine. Madame Brisson tendit la tasse de café à Charlotte.

— Je m'excuse inspecteur de la façon dont je vous ai reçu la première fois. Je n'avais aucune idée de ce que ma fille avait vécu. Je m'en veux tellement de ne pas avoir insisté pour en savoir plus. Si j'avais pu deviner.

— Vous n'y êtes pour rien Madame. Les personnes qui vivent ce genre de drames ont beaucoup de mal à en parler. Elle essayait de se recréer une vie en voulant oublier cet épisode. Ce que je trouve bien, c'est qu'elle ne vous ait fait aucun reproche sur ce qui lui est arrivé.

— Elle aurait pu. C'est un peu ma faute. Si j'avais été plus conciliante, on aurait eu moins de dispute et elle n'aurait pas suivi le premier venu.

— Ne dites pas ça. Il y serait arrivé d'une autre façon. Les autres filles n'avaient aucun problème avec leur famille. Il a usé d'autres stratagèmes. C'est un malin. Il cherche leur point faible et s'en sert.

— Oui peut-être. Mais, j'aurais quand même pu vous avertir dès qu'elle est revenue, vous auriez pu sauver les autres filles.

— Ne vous reprochez rien. Ça ne vous aidera pas à aller de l'avant pour soutenir Daniella.

Pendant ce temps, dans la cuisine.

— Comment vous sentez-vous Daniella?

— Jusque-là, ça va à peu près. Je trouve que c'est fatigant juste de raconter.

— C'est normal. Ce n'est pas juste un récit. Il y a beaucoup d'émotions qui s'ajoutent aux souvenirs. Pensez-vous être capable de revivre votre captivité?

— Je pense que oui. Je ne dis pas que je ne craquerai pas à certains moments, mais je vais faire mon possible.

— C'est bien. Rappelez-vous que plus vous en parlerez, plus vous vous libérerez.

— C'est ce que j'essaie de me mettre dans la tête. Déjà, en parler à ma mère hier m'a fait du bien. J'ai senti que je n'étais plus seule à garder ce poids énorme. Je vous remercie d'être là et de m'aider.

— Ce n'est rien. Après ça, si vous le voulez, nous pourrions travailler ensemble afin d'arriver à vous redonner une vie la plus normale possible.

— Oui, j'aimerais bien. L'inspecteur Thomas m'a parlé de son frère et de ce que vous avez fait pour lui.

— C'est un travail que nous devons faire à deux. Si vous désirez vraiment passer au travers, nous y arriverons. Ce ne sera pas facile, car ce que vous avez vécu est très dommageable sur votre psychisme. Vous allez avoir des hauts et des bas. Quand vous ne vous sentirez pas bien, il ne faudra pas hésiter à m'appeler. Il n'est pas bon d'attendre trop. Autrement nous devrons revenir en arrière.

— Oui, je comprends. Bon, je me sens mieux, on peut y retourner.

— Allons-y.

Lorsqu'ils revinrent dans le salon, madame Brisson scruta le visage de sa fille. Celle-ci lui sourit pour la rassurer.

— O.K., dit-elle, je m'excuse pour ce petit arrêt, je suis prête maintenant.

— C'est correct Daniella, dit Charlotte.

— Reprenons. Donc, j'étais toute seule. Je suis restée ainsi dans le noir, couchée sur un matelas très longtemps. J'ai eu l'impression que ça avait duré plusieurs jours. Puis, j'ai entendu un bruit. J'étais à la fois affolée et contente. Enfin, je ne serais plus seule, abandonnée dans cette cave, mais en même temps, je craignais de ce qui pouvait m'arriver. Il y a eu un bruit de cadenas puis la porte s'est ouverte. Une faible lumière brillait au fond. Il est entré et m'a dit :

« Bonjour, ma belle Juliette. Comment te sens-tu? Tu dois avoir faim. Je t'ai apporté un bon déjeuner.

Mais avant, il va falloir que tu deviennes réellement ma Juliette ».

Je ne comprenais rien de ce qu'il me disait. Pourquoi il m'appelait Juliette? Je reconnaissais sa voix. Alors, pourquoi il ne m'appelait pas par mon vrai prénom. Alors, je lui ai dit :

« Je ne m'appelle pas Juliette, mon prénom est Daniella ».

Il s'est mis à hurler que je n'avais pas à discuter. Que j'étais devenue Juliette en le suivant et que je lui appartenais. J'ai eu tellement peur que je n'ai pas osé répondre. Il m'a donné la robe qui était accrochée et m'a ordonné de la mettre. Ensuite, il m'a coiffé les cheveux. Il est allé chercher un plateau qu'il a déposé sur le matelas. Il y avait du café, un jus d'orange, des croissants et de la confiture. C'est là que je me suis rendu compte que j'avais faim. Je me souviens avoir trouvé que le jus d'orange goûtait étrange. Il m'a obligée à tout boire et à tout manger. Il ne voulait pas que sa Juliette dépérisse comme il a dit. Très vite, je me suis sentie toute bizarre. J'ai commencé à voir flou. Je me suis allongée, je n'arrivais plus à résister.

Mais en même temps, je n'ai pas perdu connaissance. J'ai senti qu'il me couchait sur le dos puis il s'est étendu d'abord à côté de moi, ensuite sur moi. J'essayais de le repousser, mais mes muscles ne répondaient plus. J'ai voulu crier, mais les sons ne sortaient pas. Il me parlait. J'entendais tout ce qu'il disait, mais je ne pourrais pas répéter ce qu'il m'a dit. J'étais trop paniquée. Je l'ai senti soulever la robe et... il m'a... il m'a violée...

Daniella essuya les larmes. Dans le salon, personne ne parlait ni ne bougeait. Madame Brisson fixait sa fille pour lui faire comprendre qu'elle la soutenait. Après une grande respiration, Daniella reprit :

— Quand il a eu fini, il a remis la robe en place, il a épongé mes larmes avec un mouchoir en disant :

« Ces larmes montrent le plaisir que tu as eu. Ma belle Juliette, nous sommes unis jusqu'à la fin des temps et nous aurons encore bien d'autres moments comme celui-là. Ne sois pas trop impatiente, je reviendrai vite. Là, il faut que je parte, mais avant, je vais remettre ta robe à sa place. Il ne faut pas qu'elle se froisse. Nous allons encore en avoir besoin ».

Je n'oublierai jamais ces mots. C'est ce qu'il a fait. Il m'a déshabillée, m'a remis les vêtements que je portais et il est sorti. Après un moment, j'ai retrouvé mes sensations normales. Je me suis mise à hurler et à pleurer. J'ai compris qu'il avait ajouté une drogue dans le déjeuner. Je me suis jurée de ne plus rien avaler de ce qu'il m'apporterait. Je préférais mourir de faim plutôt que subir ça à nouveau. Malheureusement, je l'ai sous-estimé. Je me suis vite rendu compte que je n'avais aucun choix et aucune décision à prendre. Il revenait trois fois par jour et c'était à chaque fois la même chose. Parfois, il prenait son temps. Il récitait des passages de Roméo et Juliette. Il m'obligeait à faire les dialogues de Juliette. Il me donnait une feuille que je devais apprendre très vite. Si je me trompais, il me battait.

— Daniella, interrompit Gabriel, je m'excuse, mais comment faisiez-vous pour aller aux toilettes?

— Lorsqu'il arrivait, il m'emmenait en haut. Dans la journée, il me laissait un seau que je devais vider et nettoyer chaque fois que je montais.

— Merci Daniella.

— C'est vrai que j'avais oublié de le préciser. Ça a duré comme ça plusieurs jours. Je ne sais pas combien exactement.

— Est-ce que ses visites se faisaient toujours aux mêmes heures? demanda Charlotte.

— Je ne sais pas. Je n'avais pas de montre et aucune notion de l'heure. Je sais que c'était trois fois par jour. Il m'apportait de quoi manger qu'il me forçait à avaler. Puis en repartant la troisième fois, il me souhaitait bonne nuit. C'est ce qui me faisait penser que c'était la fin de la journée, car je vivais tout le temps dans le noir ou presque.

— Que s'est-il passé ensuite? l'encouragea Charlotte.

— Une nuit, je dormais et j'ai été réveillée par un gros bruit. J'ai ensuite entendu le son de la clé dans la serrure. J'étais découragée. Il me semblait qu'il était parti peu de temps avant. Je me suis vite aperçue que ce n'était pas ma porte qui s'ouvrait. J'ai perçu un gémissement suivi d'un râle. Lui, il ordonnait de rester tranquille, que tout irait bien. Sur le moment, je ne comprenais rien de ce qui se passait. Ensuite, le calme est revenu et je pense que je me suis rendormie. Quelques heures plus tard, j'ai entendu une voix féminine. Elle pleurait et demandait où elle était et s'il y avait quelqu'un. Je lui ai répondu. Elle m'a dit s'appeler Sophie. Moi, ça m'a pris un bon moment pour lui dire mon vrai prénom. Je commençais à l'oublier. Heureusement que je l'avais écrit sous la tablette. Sophie ne comprenait rien de ce qui s'était passé. Elle m'a raconté qu'elle travaillait dans un restaurant. Un client lui avait proposé de l'embaucher dans son propre établissement et il devait lui montrer l'emplacement. Elle était montée dans sa voiture puis elle ne se rappelait plus rien. Elle s'était retrouvée dans le sous-sol. Elle m'a demandé où on était et qu'est-ce qui allait se passer. Je ne voulais pas trop l'affoler, mais en même temps j'avais envie de parler avec quelqu'un. Alors, je lui ai dit tout ce que je vivais depuis plusieurs jours. Elle s'est mise à hurler si fort qu'elle en a perdu la voix. Vous savez le pire dans tout ça, c'est que je ne me sentais pas mal pour elle et je ne regrettais pas. En fait, j'étais heureuse qu'elle soit là. Je me suis dit que, maintenant qu'on était deux, le supplice serait partagé. Je ne m'étais pas trompée. Ce jour-là, il n'est pas venu me voir. J'ai entendu Sophie crier, se défendre, lutter. Je voulais lui faire comprendre que ça ne servait à rien, que plus on se débattait et pire c'était. Maintenant, quand j'y pense, je me fais peur et j'ai honte. J'ai espéré qu'il la préfère à moi et qu'il décide de me relâcher. Pendant plusieurs jours, il a partagé ses visites entre nous deux. Puis, à nouveau en pleine nuit, j'ai été réveillée. J'ai compris qu'il venait d'emmener une autre fille. Le lendemain, c'est Sophie qui lui a expliqué ce qui l'attendait. J'ai eu l'impression qu'elle se vengeait. Je suis presque sûre qu'elle a eu le même sentiment que moi. Maintenant, nous étions trois. Lui n'apparaissait pas plus souvent. Alors, nos tortures s'espaçaient. Quand ce n'était pas mon tour, il ouvrait seulement la porte pour y déposer mon plateau avec mon repas et me faisait monter aux toilettes. J'espérais qu'il en amène encore d'autres. La troisième fille a dit s'appeler Alexandra. Déjà, Sophie ne se rappelait plus de son nom. Elle s'est nommée Juliette. Là, j'ai eu de la peine pour elle. J'ai essayé de lui dire que son vrai nom n'était pas Juliette, mais Sophie. Elle m'a crié que je disais ça parce que j'étais jalouse, que Sophie n'était pas un joli nom. Elle y croyait fermement. Le lendemain de l'arrivée d'Alexandra, il est venu la chercher et est monté avec elle. Nous avons entendu des bruits d'eau après un certain temps. Lorsqu'elle est revenue en bas, elle nous a expliqué qu'il lui avait teint les cheveux en blond, qu'elle trouvait ça affreux.

Charlotte écrivit quelque chose sur une feuille qu'elle tendit à Gabriel; « appelle Claude Roberge et demande-lui s'il a fait des prélèvements dans le siphon du lavabo ou du bain ».

Pendant que Daniella parlait, Gabriel sortit du salon en composant le numéro du laboratoire. Effectivement, ils avaient retrouvé des résidus au fond et, après analyses, il confirma que c'était bien de la teinture de cheveux qu'on trouve dans n'importe quelle pharmacie. Ils avaient même prélevé deux teintures différentes.

Gabriel nota quelques mots sur la feuille et la remit à Charlotte; « prélèvements effectués, deux teintures différentes découvertes ».

Daniella ne s'était pas préoccupée de l'absence de Gabriel et avait continué.

— Tout de suite après l'arrivée d'Alexandra, une autre fille est arrivée. Elle a dit se nommer Barbara. Elle aussi a subi la teinture de ses cheveux. On a pu l'entendre crier que c'était laid, qu'elle n'aimait pas ça. On a très bien perçu le son de son corps tomber. On n'arrivait pas à comprendre exactement ce qu'il disait, mais je n'aurais pas voulu être à sa place à elle. Lorsqu'elle est revenue, elle pleurait.

Daniella prit un temps d'arrêt. Elle regarda tour à tour sa mère, Gabriel, Charlotte et Hugo. Aucun n'osait parler. Enfin, elle dit :

— Excusez-moi. Je vais bien, mais j'avais besoin de reprendre un peu mon souffle. Ça fait longtemps que je parle.

— Est-ce que je peux vous poser des questions en attendant? demanda Charlotte,

185

— Bien sûr.

— Pensez-vous qu'il faisait la même chose avec les autres filles qu'avec vous?

— Je le crois. Elles ne m'ont pas raconté en détail, mais d'après ce que j'ai pu entendre, j'en ai bien l'impression. Il nous a fait jouer le rôle de Juliette à chacune de nous et il voulait la perfection dans notre jeu. Pas seulement le texte, mais on devait y mettre de l'émotion. Ça, c'était le plus difficile. Jouer le rôle d'une amoureuse alors qu'on est séquestrée contre notre gré.

— Même s'il ne venait pas vous voir, mettait-il quelque chose dans votre nourriture pour vous droguer?

— Oui à chaque repas. On finissait, à la longue, par devenir vraiment Juliette. Je devais faire de gros efforts pour me souvenir de ma vie.

— Pourquoi manger s'il ne restait pas avec vous?

— Je n'avais pas le choix. Lorsqu'il venait ramasser le plateau, s'il restait quelque chose, il nous frappait. J'ai bien essayé la première fois, mais je l'ai payé. Il faut aussi comprendre qu'à la longue on ne réagissait plus. On lui était soumise.

— Lorsqu'il vous violait, mettait-il un préservatif?

— Oui, à chaque fois. Ensuite, quand il avait fini, il le jetait dans le seau qui nous servait de toilettes et nous devions le vider quand il nous faisait monter.

— Merci Daniella. Est-ce que ça va?

— Oui, oui. Je peux continuer maintenant. Où en étais-je?

— Lorsque Barbara est arrivée et qu'il lui a teint les cheveux, précisa madame Brisson.

— C'est vrai. Nous étions quatre. Nous avions tellement peur de lui qu'on n'osait pas se parler. Nous subissions chaque jour ses violences l'une après l'autre. Encore, après plusieurs jours, une cinquième fille est arrivée. Je sais qu'elle s'appelait Jennifer. Au début, elle essayait de nous parler, mais on n'osait pas lui répondre. On connaissait la punition qui nous attendait. Elle aussi l'a vite appris. Elle a fini par se taire comme nous toutes. Je l'ai entendu faire du bruit, comme si elle fouillait dans quelque chose. Puis plus rien. Je ne sais pas ce qu'elle pouvait trouver, il n'y avait rien dans nos cellules.

— Pas dans la sienne, précisa Charlotte. Il y avait une boîte en carton contenant du papier et un crayon. Elle a écrit des lettres qu'on a retrouvées entre deux pierres dans le mur. C'est par ses lettres que nous savions que vous étiez cinq et que l'une de vous avait réussi à s'échapper.

— Ah, je comprends maintenant.

— Quand vous est venue l'idée de fuir?

— J'y ai pensé dès le premier jour. J'ai fait le tour de ma cellule, aucune fenêtre. La seule porte était fermée par un cadenas. Lorsque je montais à l'étage, j'essayais de mémoriser les lieux et voir par où je pourrais sortir.

— Comment avez-vous fait?

— Je me disais que la première chose était d'être capable de sortir de ma cellule. Je devais trouver un moyen. Je tâtonnais partout. C'est là que je me suis rendu compte que le mur de planche avait une faiblesse. Un des piliers dans le sol bougeait et la dernière planche en bas avait du jeu. Alors, petit à petit, jour après jour, je m'arrangeais pour augmenter le jeu jusqu'à ce qu'elle finisse par céder. Bien sûr, il ne devait s'apercevoir de rien. Une fois, je me suis blessée à la main. Il l'a vu et m'a demandé comment je m'étais fait ça. J'ai dû inventer une histoire. Je lui ai dit que je marchais dans la pièce et que j'avais perdu l'équilibre, que je ne savais pas que j'étais proche des étagères, que j'avais trébuché et, qu'en voulant me rattraper, je m'étais écorchée sur le bord de la tablette. Enfin une nuit, j'ai réussi à passer dans l'espace que j'avais créé. Sans bruit, je suis montée, j'ai ouvert la porte de la cuisine qui donne dans le jardin en arrière. Je suis passée au travers de la haie et je me suis retrouvée dans une rue. J'ai marché longtemps. J'étais tellement contente d'être sortie, que sur le moment, je n'ai pas pensé aux autres filles. Je me forçais à me rappeler de la vie que je menais avant, à ma mère. Je devais retrouver mon appartement. J'errais dans les rues ne sachant pas où j'étais. Après de longues heures de marche, j'ai reconnu le quartier. À partir de là, je savais où aller. Je suis arrivée ici au petit matin. Ma mère n'était pas levée. J'ai sonné. Quand elle a ouvert la porte, elle n'en croyait pas ses yeux. J'étais sale et dans un piteux état. Je lui ai dit : « Je m'excuse maman, je vais t'écouter maintenant » et je me suis mise à pleurer. Bien sûr, elle a voulu savoir où j'étais tout ce temps. J'ai insisté en disant : « C'est du passé. Je préfère ne pas en parler. Tout va bien aller maintenant ». Et elle ne m'a plus jamais rien demandé, jusqu'à ce que vous veniez l'autre jour. Mais j'avoue que malgré ça, je n'ai jamais réussi à oublier. Chaque nuit, je fais des cauchemars. Je pense aux pauvres filles que j'ai abandonnées là-bas et qui sont mortes par ma faute.

— Vous n'auriez pas pu les libérer toutes sans vous faire prendre. S'il vous avait surprise, il vous aurait certainement tuée avec les autres. Alors qu'aujourd'hui, vous pourrez nous aider à l'arrêter avec votre témoignage.

— Dites bien à leur famille que je suis désolée. J'aurais dû en faire plus pour elles, ça les aurait peut-être sauvées.

— Vous aviez été droguée durant une longue période. Le temps que vous repreniez vos esprits, elles auraient été mortes de toute façon. D'après la dernière lettre de Jennifer, lorsqu'il s'est aperçu de votre évasion, il est devenu fou furieux et les a tuées les unes après les autres. Je suis sûre que vous ne deviez même pas savoir où se trouvait cette maison.

— C'est vrai. J'ai tellement marché. Je me disais que plus je marchais, plus je m'éloignais de cette maison de malheur. Je ne sais même pas encore aujourd'hui où c'était.

— Votre récit est très important pour nous. Ça va beaucoup nous aider. Pourrions-nous faire un prélèvement de vos cheveux? Ainsi on pourrait découvrir avec quoi il vous a droguée.

— Euh! oui, aucun problème.

— Si d'autres choses vous revenaient en mémoire, pourriez-vous nous appeler s'il vous plaît?

— Évidemment. Maintenant, je n'hésiterai pas, comptez sur moi.

— Reposez-vous maintenant Daniella. C'est très bien ce que vous venez de faire. Je sais que ça n'a pas été facile. Vous êtes courageuse de revivre tout ça. Votre mère peut être fière de vous.

— Merci beaucoup inspecteur.

Charlotte et Gabriel se levèrent et prirent congé. Daniella avait demandé à Hugo de rester. Madame Brisson raccompagna les inspecteurs. Elle était éprouvée par le récit de sa fille.

— Je n'aurais jamais imaginé que quelqu'un puisse faire subir de telles choses à des jeunes filles sans histoire. Comment peut-on devenir un tel monstre?

— C'est toujours difficile de comprendre pourquoi un être humain peut devenir une telle personne. Prenez soin de Daniella, Madame, elle va avoir besoin de votre présence et de votre soutien. Ça va lui prendre pas mal de temps avant de retrouver une vie quasi normale, si on peut dire. Au revoir.

— Merci beaucoup inspecteur de votre gentillesse et votre patience.

Chapitre 11

Il approchait midi lorsque Charlotte et Gabriel quittèrent Daniella et sa mère. Ils se rendirent directement au laboratoire scientifique. Claude Roberge devait avoir certains résultats d'analyse à leur donner.

Les matelas avaient été analysés. Ils avaient retrouvé l'ADN des cinq filles, mais rien d'autre. Aucune trace d'une autre personne.

— Ça paraît insensé qu'on n'y retrouve rien. Penses-tu qu'il aurait pu mettre un drap ou autre chose lorsqu'il les violait et qu'il enlevait ensuite?

— C'est très possible, expliqua Claude Roberge. D'ailleurs, nous avons retrouvé des résidus de plastique sur les matelas. Il faisait bien attention à ne laisser aucune empreinte corporelle ou génétique. Sur tout ce que l'on a analysé jusqu'à maintenant, nous n'avons retrouvé aucune présence masculine. C'est un petit malin ce gars-là, il sait ce qu'il fait.

— Espérons qu'il ait fait une petite erreur quelque part, autrement ça va être difficile de rendre justice à ces filles. As-tu autre chose? Dans le reste de la maison, avez-vous retrouvé des empreintes?

— Aucune. Il devait porter des gants constamment. Nous avons passé chaque vis, chaque clou, chaque morceau de bois, rien. Mais nous n'avons pas fini. Nous savons dans quelle chaîne de magasins il a acheté les matériaux. Reste à déterminer dans quelle succursale et il vous restera à aller enquêter sur place.

— Merci Claude. Appelle-moi dès que tu as ces informations.

— Ne sois pas inquiète, je connais ton numéro par cœur.

Charlotte reçut un appel sur son cellulaire. C'était Martin Davis.

— Salut Charlotte. Nous avons pu identifier une des substances. C'était en plus grande quantité dans les tissus. Il s'agit du *Cisatracurium*.

— Qu'est que c'est? Je n'ai jamais entendu ça.

— C'est une drogue à base de curare. C'est un relaxant musculaire. On ne peut absolument pas faire un seul mouvement. Même parler est impossible. Par contre, la personne qui en a absorbé est bien consciente et entend tout. Son efficacité est très rapide, environ cinq minutes et les effets durent jusqu'à près d'une heure.

— Ça confirme ce que Daniella a dit. Elle ne pouvait pas bouger.

— Ce n'est pas le seul produit que l'on a retrouvé. Mais, nous n'avons pas encore pu déterminer de quoi d'autre il s'agit.

— Merci Martin. On continue à chercher.

Après avoir raccroché, elle composa le numéro de Daniella. Elle devait confirmer tout de suite.

— Daniella, je m'excuse de vous rappeler aussi vite.

— Non c'est correct. Je vous en prie.

— J'aimerais confirmer deux points. Lorsqu'il était avec vous, portait-il des gants?

195

— Euh!... En effet, je n'ai jamais senti le contact direct de ses mains. Il avait toujours ces gants en plastique qu'on trouve dans les hôpitaux.

— Même lorsqu'il vous emmenait en haut?

— Oh oui, tout le temps.

— Ensuite, sur les matelas, y avait-il un drap?

— Oui un simple drap sur le matelas et une couverture pour nous couvrir... Mais, j'y pense maintenant, lorsqu'il venait pour me... violer... il mettait une toile en plastique à la place du drap. Il disait que le bruit du mouvement du corps dessus l'inspirait et que ça donnait chaud d'y être collé. C'était très désagréable. En sortant. Il l'emportait avec lui et je remettais le drap lorsque je retrouvais l'usage de mes mouvements.

— Vous pensez qu'il utilisait la même toile avec les autres filles?

— J'en suis sûre. Il nous mettait même en compétition, à savoir laquelle transpirait le plus. Il disait que ça l'excitait de sentir et toucher la sueur après, quand il était chez lui.

196

— Merci Daniella pour ces précisions.

— De rien.

Gabriel avait suivi la conversation par le haut-parleur.

— C'est un vrai malade. Penses-tu qu'il a gardé cette toile chez lui?

— Je ne sais pas, j'en parlerai à Hugo ce soir. Si c'est le cas, ça nous fera une bonne preuve quand on l'arrêtera.

— Dans le sous-sol, on n'a retrouvé ni les draps, ni les couvertures, ni les seaux.

— Il a dû les emmener après avoir tué les filles. Voilà comment je vois la scène. Le matin, il arrive et se rend compte que Daniella s'est sauvée. Il est en pleine panique. Il ne sait pas depuis combien de temps elle est partie. Il suppose qu'elle va aller à la police, même si la drogue qu'elle a absorbée prendra du temps à s'estomper. Alors, pour ne pas prendre de chance et risquer de se faire arrêter, il tue les filles et supprime toutes les traces. Il enlève ce qu'il peut emporter facilement. Les matelas étaient trop gros. Il ne pouvait pas se permettre de se faire remarquer par des allers et retours surtout en déménageant de gros morceaux.

— Oui, mais il l'a bien fait quand il a aménagé le sous-sol?

— Sauf qu'il devait le faire de nuit et il a pris son temps. Là, il ne pouvait pas attendre. Il ne savait pas combien de temps mettrait la police pour arriver. Je pense qu'il a empoisonné chaque fille dans leur cellule et qu'il a disposé les corps par la suite là où nous les avons trouvées.

— Il a quand même été chanceux que Daniella ne vienne pas tout de suite à la police. Ça a dû lui prendre quand même un certain temps pour éliminer quatre filles et emmener tout ça. On aurait pu arriver avant qu'il ait eu fini.

— Il devait compter sur le fait que Daniella ne devait pas savoir où elle se trouvait. Il l'a droguée avant de l'amener et durant toute sa captivité. Il savait que sa mémoire était défaillante et que ça serait difficile pour elle de se retrouver. N'oublie pas que chaque jour, elles avalaient leur dose.

Charlotte s'apprêtait à reprendre les notes qu'elles avaient prises chez Daniella lorsque Hugo entra.

— Hugo! dit-elle, comment se sent-elle? Pas trop éprouvée par ce long témoignage?

— Je ne le pense pas.

— Je l'ai trouvée très forte et courageuse.

— En effet. Moi aussi. Je m'attendais à ce qu'elle craque à plusieurs reprises. Je pense que d'en avoir parlé à sa mère avant l'a beaucoup aidée. J'ai eu l'impression qu'elle se détachait du récit, comme si elle ne s'associait pas à ce qu'elle racontait. C'est ce que j'ai essayé de lui expliquer hier. Faire en sorte que tout ce qu'elle dira ne lui appartient pas. Un peu comme en hypnothérapie, tu es le spectateur de ce que tu revis. De cette façon, les émotions sont moins fortes.

— Comme dans l'affaire des quatre tueurs qui avaient été hypnotisés pour les ramener dans le cabinet de la voyante et sur les lieux de leur crime, confirma Gabriel.

— Exactement. Mais là, Daniella n'était pas en hypnose. Ce n'est pas facile à faire ce qu'elle a fait.

— Vas-tu la suivre en thérapie?

— Oui. On en a parlé après votre départ. Je lui ai expliqué comment on allait procéder. Au besoin, on pourra y aller avec des séances d'hypnothérapie. Lorsque je lui ai expliqué, elle n'était pas sûre de vouloir le faire. Elle avait un peu peur. Je vais essayer de la mettre en contact avec des patients qui ont suivi ces thérapies et qui s'en sont sortis. Elle pourra leur poser toutes les questions qu'elle veut. Si ça peut la rassurer, alors tant mieux.

Lors d'une enquête à laquelle Hugo avait participé, les enquêteurs avaient eu recours à un hypnothérapeute. Quatre individus avaient assassiné quatre homosexuels et blessé un cinquième. Lors de leur arrestation, ils n'avaient aucun souvenir de ce qu'ils avaient fait et clamaient haut et fort leur innocence. L'hypnothérapeute avait, par une seule séance d'hypnose, ramené dans leur conscient tous les faits et gestes qu'ils avaient posés et toutes les paroles qu'ils avaient prononcées. Hugo avait été tellement impressionné par le résultat qu'il avait décidé de suivre une formation lui permettant de proposer cette thérapie à certains de ses patients. Les bienfaits étaient plus rapides et très efficaces. Évidemment, le patient devait être en confiance avec le thérapeute et y croire. C'était une thérapie encore peu reconnue et qui faisait peur à la majorité. Par contre, ceux qui en avaient eu recours, n'avaient jamais regretté. Certains même, reprenaient rendez-vous lorsqu'ils vivaient des moments difficiles dans leur vie. Hugo avait été témoin de vies complètement transformées après une ou plusieurs séances. Il recevait régulièrement des courriers de remerciements et des témoignages relatant les bienfaits qu'ils avaient ressentis.

Hugo était confiant de pouvoir trouver des personnes qui seraient intéressées à aider Daniella à prendre une décision.

* * *

Gabriel inscrivait sur le tableau les renseignements que lui dictait Charlotte. Ils purent ainsi établir une chronologie des évènements depuis le premier contact de « Roméo » avec Daniella jusqu'à la découverte des corps. Hugo était resté et observait toutes ces informations. Après avoir noté quelques mots sur une feuille, il prit la parole.

— Votre suspect est un homme âgé entre trente et quarante ans. Il a reçu une très bonne éducation dans une famille respectée et respectable. Il a suivi de brillantes études et il fait un métier qu'il adore. Je dirais qu'il doit être en relation avec le public, peut-être un représentant ou quelque chose d'approchant. Il doit être autonome et gérer ses horaires lui-même. Maintenant son caractère. Il est très sûr de lui, mais ça ne date pas de bien longtemps. Bien qu'il ait un caractère bien défini, il n'a pas toujours décidé de ses choix. Durant son enfance, ce sont ses parents qui choisissaient ses relations. Un peu comme dans la vieille aristocratie. Je pense qu'il a dû tomber en amour avec une jeune fille. Peut-être que celle-ci, ne faisant pas l'affaire de ses parents, a été écartée. Par éducation et plus par obligation, il a cessé cette relation. Mais, au fond de lui, il ne l'a jamais oubliée. Voilà pourquoi il rejoue l'histoire de Roméo et Juliette. Il est possible même que cette jeune fille ressemblait à Juliette. Il a dû se jurer qu'il la retrouverait et qu'ils vivraient un amour inconditionnel et sans interdiction. Cet homme n'a jamais été marié. Il attend de trouver son âme sœur. Il est possible que ses parents soient décédés récemment et que, n'ayant plus de compte à leur rendre, il parte à la conquête de sa « Juliette ». Seulement une ne lui suffisait pas. Je crois qu'il les a « essayées » avant d'être sûr de son choix. Il ne voulait plus revivre une nouvelle déception.

— Sauf que maintenant il n'en a plus aucune, précisa Gabriel.

— C'est exact. Il a pris un certain plaisir à son jeu. Il dominait ces pauvres filles et il aimait ça. La roue avait tourné pour lui depuis son enfance. Il était désormais maître de sa vie, alors pourquoi ne pas en profiter au maximum.

— Cela veut dire qu'aujourd'hui, intervint Charlotte, il est revenu à la case départ. Daniella est venue contrecarrer ses plans. Penses-tu qu'elle soit en danger?

— Ça se pourrait. Pendant plusieurs mois, il vivait un amour tel qu'il avait toujours rêvé et par sa faute à elle, tout s'écroule.

— Nous devons la mettre sous surveillance.

— Connaissait-il son adresse? Est-il au courant qu'elle vous a parlé? Tout ce temps après son évasion, la police n'avait pas découvert son massacre. Si ce n'avait été de la fuite d'eau, ces jeunes filles seraient toujours là-bas et toujours dans les dossiers de disparition non réglés. Une chose est sûre, il est en contrôle et vit comme monsieur tout le monde.

— Pourrait-il être à la recherche de nouvelles « Juliette »?

— Je ne penserais pas, en ce moment. Ça ne veut pas dire qu'il ne le fera plus. Il doit retrouver un autre endroit pour les enfermer. La découverte des quatre cadavres a fait la une des médias. Il doit attendre que ça s'estompe pour se remettre en chasse.

— On devrait faire passer un communiqué pour mettre en garde les filles correspondant au profil.

— Ce serait bien.

— Sauf que, s'il ne récidive pas, ajouta Gabriel, on ne mettra jamais la main dessus.

— Tu as raison, mais en même temps je ne pense pas que toutes les filles de Montréal vont suivre à la lettre les consignes de mise en garde. Tu sais ce que c'est, mais tant que l'enquête fera l'actualité, je ne crois pas qu'il recommence.

— Je vais contacter Sandra, conclut Charlotte. Il faut aussi protéger Daniella. Je vais parler à Langlois pour ces deux points. Merci Hugo pour ce profil. Ça va nous aider.

Après le départ de Hugo, Charlotte se rendit dans le bureau de Langlois. Elle lui résuma le portrait établi du tueur et lui parla des deux mesures à prendre.

— C'est plus prudent en effet, approuva-t-il. Occupe-toi de ton amie journaliste. Elle nous a toujours été utile quand on en a eu besoin. De mon côté, je vais m'arranger pour installer Daniella et sa mère dans un lieu sûr, le temps de l'enquête. Je te donnerai l'adresse.

— Merci Chef.

Elle retourna à son bureau et composa un numéro de téléphone.

— Bonjour Madame Brisson, inspecteur Thomas.

— Bonjour inspecteur.

— Je suis désolée de vous déranger à nouveau. J'aurais une petite chose à vérifier avec Daniella.

— C'est qu'elle se repose en ce moment.

— Oh! Je comprends.

— Peut-être que je peux vous aider, elle m'en a tellement raconté depuis hier.

— Je me demandais si, à un certain moment, elle a communiqué son adresse à son ravisseur.

— Ça, je ne peux pas vous le dire. Elle ne l'a p...

Charlotte avait entendu une voix au loin.

— Excusez-moi inspecteur. Daniella ne dort pas et veut savoir ce que vous voulez. Je vais aller lui demander.

Après deux bonnes minutes d'attente, Charlotte entendit :

— Inspecteur, elle est presque sûre qu'elle ne lui a pas dit. Il n'a même jamais posé la question. Il voulait juste connaître ses horaires de travail.

— Parfait. Merci Madame Brisson, ce sera tout.

— Je vous en prie. Au revoir inspecteur.

Ensuite, Charlotte appela Sandra Moreau. Celle-ci était journaliste pour la télévision. Charlotte avait quelquefois fait appel à elle pour mettre en garde la population durant certaines enquêtes difficiles. Elles s'étaient connues plusieurs années auparavant. Sandra respectait le travail des enquêteurs, ce qui lui valait l'exclusivité des avancées d'enquête. C'était toujours elle qui était contactée lorsque certains membres de la police en avaient besoin. Au fil du temps, elle avait su se faire apprécier par tout le corps policier de Montréal.

— Salut Sandra, commença Charlotte. Comment vas-tu?

— Allô Charlotte. Toujours occupée. J'ai vu que tu étais chargée de l'affaire des filles dans le sous-sol. Encore une grosse enquête?

— Comme tu dis! J'aurais besoin de ton concours.

— À ton service. C'est toujours un plaisir d'apporter mon aide. Qu'est-ce que je peux faire?

— Il faudrait mettre en garde les jeunes filles contre un gars se prenant pour Roméo.

Elle lui expliqua le mode opératoire du tueur et le profil de ses cibles.

— Tu ne crains pas qu'il se terre quelque part?

— C'est un risque à prendre. De toute façon, pour le moment, il doit se tenir tranquille. En même temps, il doit conserver sa vie telle qu'il la vivait jusqu'à maintenant. Peut-être qu'à un certain moment, il a abordé une autre fille et qu'elle décidera de venir nous en parler.

— Entendu, je vais écrire un article et je t'appellerai pour validation avant la diffusion.

— Merci Sandra. On se reparle plus tard.

— Bye Charlotte.

Pendant ce temps, Langlois avait pris les dispositions pour installer Daniella et sa mère dans un lieu sûr. Deux agents, un homme et une femme en tenue civile, s'étaient présentés à leur domicile, leur avait donné une lettre expliquant le pourquoi de cette procédure. Elles avaient mis quelques affaires dans un sac de voyage pour plusieurs jours. Escortées par les deux agents, elles furent installées dans un appartement mis à la disposition des services de police pour la sécurité des témoins. Seules quelques personnes connaissaient cette adresse. Langlois transmit à Charlotte où se trouvait Daniella et comment faire pour la rejoindre.

Sandra rappela Charlotte pour lui lire le communiqué qui serait diffusé au prochain bulletin de nouvelles. À aucun moment, l'article ne parlait de l'évasion de Daniella et de son entretien avec les enquêteurs.

Claude Roberge appela Charlotte.

— Ah! Claude. As-tu du nouveau?

— En effet, nous avons pu retrouver l'endroit exact où il a acheté les matériaux. Heureusement pour nous, il a tout pris au même endroit. Avec les numéros de lots imprimés sur le bois, nous sommes remontés jusqu'au magasin, la même chose avec les vis. Il s'agit de la succursale Home Dépôt située à Anjou.

— Beau travail Claude. Avez-vous trouvé d'où venaient les matelas?

— Pas encore, mais j'ai des gars qui travaillent dessus.

— O.K., on va attendre les résultats. À plus tard.

— Bye Charlotte.

Claude Roberge lui avait communiqué les numéros de lots des matériaux récupérés dans le sous-sol. Ils avaient le temps d'aller questionner les employés du magasin avant la fin de la journée.

Arrivée sur place, Charlotte demanda à parler au directeur. Ils furent introduits dans un bureau situé à l'étage qui offrait une vue sur tout le magasin.

— Alain Marchand. Je suis le directeur. Que puis-je faire pour vous?

— Merci de nous recevoir Monsieur Marchand. Lors d'une enquête, nous avons découvert que des matériaux avaient été achetés dans votre magasin. Nous aimerions savoir qui les a achetés.

— Ça ne devrait pas poser de problème, mais il nous faut certains renseignements.

— Nous avons les numéros de lots, que voici. Ils ont dû être achetés en décembre ou en janvier.

— Veuillez me suivre, nous allons vérifier tout ça dans l'ordinateur.

Ils descendirent au service à la clientèle. Marchand demanda ce qu'il cherchait à son employée. Celle-ci tapa les numéros fournis par Charlotte. Après quelques minutes et quelques notes prises, elle dit :

— C'est une commande qui a été enregistrée le 20 décembre dernier. Le client, ne pouvant pas être rejoint, a appelé le 21 décembre afin de savoir si tout était prêt et la livraison a eu lieu le 22.

— À quel endroit avez-vous livré? demanda Charlotte.

— Chez monsieur John Prescott sur l'avenue Grenville.

— Savez-vous qui a réceptionné la livraison?

— Monsieur Prescott lui-même. C'est ce qui avait été noté. Mais pour être plus sûr, il faudrait ressortir le bon de livraison.

— Qui a pris la commande?

— Le responsable des matériaux, Simon Holder.

— Nous avons besoin de parler à ce monsieur.

— Travaille-t-il en ce moment? interrogea le directeur à son employée.

— Oui, jusqu'à vingt et une heure ce soir, répondit celle-ci après avoir consulté le planning des employés.

— Dans ce cas, allons le voir.

— Merci Mademoiselle, remercia Charlotte avant de suivre Marchand jusqu'au rayon des matériaux de construction.

— Allô Simon, salua le directeur en arrivant dans la rangée.

— Bonjour Monsieur Marchand.

— Simon, je te présente des inspecteurs de police. Ils auraient des questions à te poser.

— Il y a un problème au magasin?

— Non, non pas du tout. C'est au sujet d'une commande.

Puis se tournant vers Charlotte, Marchand continua :

— Avez-vous encore besoin de moi?

— Non pas dans l'immédiat. Mais au cas où, on sait où vous trouver.

— Pas de problème. Je vous laisse entre de bonnes mains.

— Merci Monsieur Marchand.

— Comment puis-je vous aider, inspecteur? demanda Simon Holder.

— En décembre dernier, le 20 précisément, vous avez pris une commande pour du bois et des vis.

— C'est très possible, mais pour le moment ça ne me dit rien.

Charlotte lui montra le bon de commande imprimé par le service à la clientèle.

— Regardez. Ceci pourrait vous aider à vous souvenir.

— Oh, vous avez le numéro, ça va être plus facile pour moi.

Simon fouillait dans un dossier de commandes réglées. Après quelques instants, il revint au comptoir avec une pile de papier.

— Voilà, j'ai retrouvé. Voyons ça. Ben oui, je me souviens maintenant. Le client était venu avec un plan de son sous-sol. Regardez, il voulait le diviser en cinq pièces. Je devais calculer les matériaux dont il aurait besoin. J'ai préféré faire ça tout de suite devant lui. C'était plus facile, car il m'a dit qu'il n'avait pas de numéro de téléphone. En plus, il voulait que je lui explique comment installer les murs.

— Est-ce que vous vous souvenez de lui?

— Oh! Ça, c'est pas facile. Ça fait longtemps et je vois pas mal de monde tout au long de la journée. Ce que je me suis dit, par contre, c'est qu'il n'avait pas l'air très bricoleur. J'ai dû lui expliquer plusieurs fois certaines choses. Je m'attendais à le voir revenir pour d'autres explications, mais non, je n'ai jamais eu de nouvelles de lui.

— Y a-t-il autre chose?

— Il m'a demandé de tout livrer. Il était pressé. J'ai fait en sorte de programmer la livraison deux jours après sa visite. Ça me donnait une journée pour faire préparer la commande, car il était venu en fin de journée. Comme on ne pouvait pas le rejoindre, il nous a appelés le lendemain pour savoir si la commande était prête. Il y a une chose bizarre, qu'on ne voit que rarement dans mon rayon, c'est qu'il a payé en argent comptant. Ça faisait quand même une belle somme.

— Quel nom vous a-t-il donné?

— Voyons... John Prescott. La livraison devait se faire à Westmount, avenue Grenville.

— Avez-vous le bon de livraison signé?

— Oui, il est là, dit Simon en feuilletant ses documents.

Charlotte prit le bordereau. Il était effectivement signé et on pouvait bien distinguer le nom de John Prescott.

— Nous allons avoir besoin de vos documents, dit-elle. Je vais demander l'autorisation à votre patron. Je vous remercie Simon pour votre aide.

— Ça m'a fait plaisir. Je vais essayer de me rappeler à quoi il ressemblait.

— Si quelque chose vous revenait, vous seriez gentil de nous appeler, dit-elle en lui tendant une carte.

— Bien entendu.

Charlotte retourna au bureau de monsieur Marchand qui, bien entendu, lui permit d'emmener tout ce dont ils auraient besoin pour leur enquête.

Elle apporta le bon de livraison au laboratoire afin qu'ils analysent la signature. La graphologue l'examina tout de suite et expliqua :

— Regarde, on remarque une certaine hésitation quand il a commencé. On peut voir que son crayon n'était pas assuré quand il a formé le « J » puis quand il a continué avec le « o ». Ensuite, les autres lettres coulent facilement et sont bien liées entre elles. La personne qui a signé ne s'appelle pas John Prescott. Par contre, ce gars est sûr de lui.

— Peux-tu me dire autre chose?

— Je vais continuer à l'étudier. Dès que tu auras des échantillons d'écriture, je pourrai comparer.

— Merci pour ta première analyse rapide.

La journée s'achevait et avait été très chargée. De retour chez elle, Charlotte résuma les derniers développements à Hugo. Ça pouvait l'aider à compléter le profil du meurtrier.

Au bulletin de nouvelles de dix-huit heures, le reportage de Sandra fut diffusé. Elle était assez convaincante dans sa mise en garde. Encore une fois, Charlotte était satisfaite de sa collaboration. Elle avait parlé de l'enquête sans trop en dévoiler. Le présentateur insista sur la confiance que les jeunes filles accordaient à toutes les personnes qui les écoutaient et leur montraient de la compassion. Elles étaient des proies faciles pour ce genre de prédateur. Il s'adressa enfin aux parents de jeunes filles leur demandant de leur parler afin qu'elles comprennent le danger qu'elles encourent. Il conclut en se questionnant sur le genre de société dans laquelle on vivait où il devenait dangereux pour tout le monde de se fier à n'importe qui.

Charlotte trouva qu'il y allait un peu fort, mais finalement c'était avec des commentaires comme celui-ci que les mises en garde avaient plus de poids.

* * *

Après la diffusion du reportage, Sandra reçut un appel de Charlotte pour la féliciter. Elle était en réunion avec son chef d'antenne, Armand Lacerte, en train de faire le point sur l'actualité et les sujets à couvrir. Lorsque tout fut décidé et attribué pour le lendemain, Sandra sortit. Elle se dirigea jusqu'au parking souterrain. Elle portait un sac en bandoulière et tenait un dossier dans la main gauche. Avant d'atteindre sa voiture, son téléphone cellulaire sonna. Elle glissa le dossier sous son bras, prit son cellulaire dans sa main gauche tout en fouillant dans son sac à la recherche de ses clés. Elle était si concentrée sur ce qu'elle faisait, qu'elle ne vit pas l'homme caché derrière le véhicule voisin du sien. Soudain, un bruit attira son attention. Elle tourna la tête. Elle scruta les environs, mais ne vit rien ni personne. Il était tard et il faisait nuit. Elle n'était pas du genre à avoir peur de se promener la nuit, surtout dans son métier, mais elle gardait toujours à l'esprit qu'il pouvait y avoir du danger. Elle revint à sa communication qu'elle termina. L'homme, sans bruit, contourna le véhicule et s'approcha de Sandra. Dans sa main, il tenait un morceau de chiffon. Il se posta en arrière de sa proie et lui plaqua le chiffon sur le visage tout en la maintenant de son bras gauche. Prise par surprise, elle n'eut pas le temps de réagir et n'arriva pas à se débattre, il lui avait bloqué les deux bras. Elle lâcha le dossier qu'elle tenait sous son bras, son cellulaire tomba et glissa sous son auto. La pression sur sa bouche était tellement forte qu'elle perdit connaissance assez vite. Il n'y avait personne aux alentours et l'emplacement était retiré de l'entrée principale. L'homme n'eut aucun mal à la porter jusqu'à son pick-up stationné trois places plus loin. Il partit aussitôt emmenant Sandra inanimée, prise dans son piège. Bien qu'elle ne pouvait l'entendre, il lui dit :

— Tu mettais en garde les jeunes filles et bien tu aurais dû mettre toi-même tes conseils en pratique. Je ne suis pas aussi stupide que tu le penses, regarde je t'ai bien eu toi, la spécialiste.

Chapitre 12

En arrivant à son bureau, Charlotte avait un message de rappeler le directeur de Sandra.

— Armand Lacerte, répondit-il après que la secrétaire lui eut transféré l'appel.

— Salut Armand, Charlotte Thomas.

— Hey Charlotte! Comment ça va?

— Très bien merci, tu m'as appelée?

— As-tu des nouvelles de Sandra?

— Je lui ai parlé hier après la diffusion du reportage. Que se passe-t-il?

— Je ne voudrais pas m'affoler trop vite, mais je n'arrive pas à la joindre. Elle ne répond pas chez elle. On devait se voir au bureau tôt ce matin et elle n'est pas venue. Ce n'est pas son genre de rater un rendez-vous, ou alors elle prévient.

— As-tu essayé sur son cellulaire?

— Oui, je commence toujours par ça. Je tombe sans arrêt sur sa boîte vocale. J'essaie depuis plusieurs heures, mais rien.

Au même instant, quelqu'un entra dans le bureau d'Armand.

— Donne-moi une seconde Charlotte.

Elle entendait des voix étouffées.

— Je pense que tu devrais venir, lui dit-il enfin d'une drôle de voix.

— Qu'y a-t-il?

— Sa voiture est dans le stationnement. Un dossier est à terre. Ce n'est pas bon signe. J'ai un mauvais pressentiment.

— O.K. Que personne ne touche à rien. Envoie un agent de sécurité pour surveiller son auto, nous arrivons.

Gabriel était là et avait suivi la conversation. Charlotte lui demanda d'envoyer l'équipe technique sur place. Elle avertit son chef. Elle craignait que la disparition de son amie soit liée à son enquête.

Accompagnée de Gabriel, elle se rendit directement dans les locaux de la chaîne de télévision. Armand Lacerte attendait à la réception.

— Charlotte, je crains le pire.

— Ne nous affolons pas tout de suite, il y a certainement une explication. Était-elle sur un sujet délicat ces derniers temps?

— Rien qui justifierait sa disparition. À part le reportage concernant ton enquête, je ne vois pas.

— Fais-moi parvenir quand même tout ce qu'elle couvrait. On va aller au parking maintenant.

— Je vous y conduis.

Le directeur les emmena jusqu'à la place qui lui était réservée. Deux gardes étaient postés juste à côté.

Charlotte aperçut à quelques centimètres de la porte du conducteur, un dossier ouvert et les feuilles dispersées. En s'approchant, elle entendit une sonnerie de téléphone. Elle suivit le son, se pencha et vit le cellulaire sous la voiture.

Les techniciens arrivèrent au même moment.

— Prenez tout de suite une photo de son téléphone là en dessous. Je dois le récupérer.

Toutes les photos utiles pour l'enquête furent prises aussitôt. Un technicien alla récupérer le cellulaire et le donna à Charlotte. Elle regarda dans l'historique. À part les appels manqués d'Armand Lacerte, le dernier datait de la veille à vingt heures trente-cinq.

— C'est juste après notre réunion, précisa-t-il.

— Le numéro a été bloqué et la conversation a duré moins de deux minutes. Ça va être difficile de trouver qui l'a appelée, mais, a priori, c'est durant cet appel qu'elle a disparu. Armand, sais-tu si elle devait voir quelqu'un hier soir?

— Je n'en ai aucune idée. Durant la réunion, on a parlé de ton enquête. Mais tu la connais, même si elle en savait plus qu'elle n'en disait, on n'arrivait jamais à la faire parler.

— Oui, c'est vrai et c'est pour ça qu'on l'apprécie beaucoup dans le service. Je ne pense pas qu'elle ait pu commencer à mener sa propre enquête. Je ne lui ai parlé qu'hier après-midi. Elle a juste eu le temps de préparer le reportage.

— C'est ce qu'elle a fait. Seulement, entre son reportage et la fin du bulletin de nouvelles, elle aurait pu contacter certains de ses indics.

— Y a-t-il une personne dans la rédaction qui en saurait un peu plus sur les sujets qu'elle couvrait?

— Tu pourrais peut-être demander à son assistante Audrey. Je ne vois qu'elle.

— O.K. Je vais lui parler tout de suite.

Puis s'adressant aux techniciens :

— Passez-moi le parking au peigne fin. Il faut à tout prix trouver des indices. Gabriel, reste ici, interroge le gardien et tous ceux qui ont une place de stationnement attribuée ici.

Elle remonta à la rédaction. Armand la conduisit au bureau de Sandra et alla chercher Audrey.

Audrey était une jeune femme de vingt-deux ans. Elle était l'assistante de Sandra depuis un an. Elle paraissait bouleversée. C'était elle qui avait vu sa voiture dans le stationnement et le dossier éparpillé.

Charlotte ne l'avait jamais rencontrée bien que Sandra lui avait souvent parlé de l'aide appréciée qu'Audrey lui apportait.

— Bonjour Audrey, je suis l'inspecteur Thomas.

— Bonjour inspecteur. Sandra m'a souvent parlé de vous. J'aurai aimé vous rencontrer en d'autres circonstances.

— Étiez-vous au courant des sujets qu'elle suivait?

— Elle m'en parlait un peu. Parfois, elle me demandait de faire des recherches pour l'avancer dans ses enquêtes.

— En ce moment, est-elle sur un cas spécial?

— Eh bien non, c'est ça le plus surprenant. Elle n'avait rien d'important en cours.

— Hier, a-t-elle reçu un appel qui l'aurait dérangée ou inquiétée? Je ne sais pas, quelque chose dont elle ne s'attendait pas?

— Je ne crois pas. Du moins, pas jusqu'à la réunion. D'ailleurs, quand vous l'avez appelée, elle était ravie. Elle m'a dit qu'enfin elle avait un sujet palpitant. Elle a même ajouté qu'avoir une amie dans la police était utile pour ça.

— Entre son reportage et la réunion, qu'a-t-elle fait?

— Elle est venue à son bureau. Elle a regardé parmi ses contacts, lequel pourrait la renseigner sur votre enquête.

— A-t-elle passé des coups de fil?

— Non aucun.

— Sa liste de contacts, où est-elle?

— Si elle ne l'a pas emportée, elle est dans son tiroir fermé à clé. La clé est sur son trousseau.

Charlotte appela Gabriel.

— Y avait-il un trousseau de clés près de son auto?

— Attends, je demande... Non, ils n'ont rien trouvé.

— Ce n'est pas grave. On va s'y prendre autrement. Il me faut quelqu'un pour forcer une serrure.

— Entendu, j'appelle un serrurier et je te l'envoie.

— Merci Gabriel.

Puis revenant à Audrey.

— Elle doit bien avoir un ordinateur?

— Bien entendu. Hier soir, elle ne l'avait pas avec elle. Elle a dû le laisser chez elle. Elle est arrivée uniquement avec la feuille de son reportage.

— Vous pensez qu'elle avait un rendez-vous hier soir?

— Non. En partant, elle m'a dit qu'elle rentrait chez elle se mettre au lit. Elle était fatiguée.

— Merci Audrey. Sachez que Sandra vous apprécie beaucoup.

— C'est gentil inspecteur. Elle n'est pas comme certains journalistes sans cœur et prétentieux. Elle aime son travail et s'arrange toujours pour ne blesser personne dans ses articles ou ses reportages.

— Si vous apprenez quoi que ce soit, soyez gentille de me prévenir.

— Comptez sur moi.

Charlotte rejoignit Gabriel avant l'arrivée du serrurier.

— As-tu interrogé le gardien?

— Oui. Il n'a rien vu de spécial. Quand je lui ai demandé si un véhicule suspect était entré, il m'a dit qu'un pick-up gris s'est présenté dans la soirée. Le chauffeur a dit qu'il venait pour dépanner la voiture du chef d'antenne qui ne voulait pas démarrer. Inutile de te dire que c'est faux. Il n'a pas pu me le décrire précisément, car il portait une veste bleue et une casquette qui lui cachait presque tout le visage. Il était persuadé qu'il s'agissait d'un gars de garage. Puis, quand il est ressorti un moment plus tard, le gars a crié que tout était en ordre.

— Y a-t-il des caméras de sécurité?

— Oh... et bien, je n'ai pas pensé à demander. Je m'excuse.

— Ce n'est pas grave. Retournons le voir.

Lorsque Charlotte lui posa la question, celui-ci répondit dans l'affirmatif et que les enregistrements étaient conservés pendant une semaine. Il donna la bande qui correspondait au secteur et à la période approximative de l'enlèvement de Sandra. Elle le remercia et retourna dans le bureau d'Armand Lacerte. La cassette fut introduite dans le lecteur. Après quelques minutes de lecture avancée rapidement, Sandra apparaissait. Elle marchait en direction de sa voiture. Puis, pendant qu'elle parlait au téléphone, un homme s'approchait d'elle, lui plaquait la main sur la bouche. Sandra essayait de se débattre, mais, rapidement, elle perdit conscience. L'homme la souleva et l'emmena jusqu'à son véhicule resté plus loin. Malheureusement, il était impossible de bien distinguer l'individu. Il portait effectivement une casquette. En plus, il était toujours resté dos à la caméra. Quant à son pick-up, il était en partie caché par le véhicule voisin. Même lorsqu'il repartit, il était difficile de voir correctement les détails. Les images n'étaient pas de bonne qualité.

— Armand, dit Charlotte, ce serait bien si on avait tous les enregistrements. Peut-être qu'on pourrait voir sous d'autres angles l'homme ou son camion.

— Pas de problème je te les fais apporter. Je n'en reviens pas qu'une chose pareille puisse arriver chez nous. Qui peut bien en vouloir à Sandra? Elle ne fait que du bon travail. Elle n'a ja...

Armand fut coupé par la réceptionniste annonçant que le serrurier venait d'arriver.

— Entendu, nous arrivons.

Ouvrir le tiroir fut une chose facile et rapide. Avec la permission d'Armand, Charlotte fouilla à l'intérieur. Elle y trouva un petit carnet d'adresses qu'elle feuilleta. Comme elle s'y attendait, aucun nom n'était inscrit clairement. C'était juste des initiales ou des surnoms. Audrey n'était pas en mesure de les identifier. À aucun moment, Sandra n'avait parlé ni prononcé le nom d'un de ses indics. C'était monnaie courante dans le métier. Chaque journaliste protégeait les sources de leurs informations pour leur sécurité personnelle et celle de leurs informateurs. Charlotte demanda la permission de l'apporter ainsi que le cellulaire de Sandra.

De retour au poste, elle dit à Gabriel :

— Je suis presque certaine qu'elle s'est fait enlever par notre « Roméo ». Je m'en veux de lui avoir demandé ce reportage. C'est de ma faute. On aurait dû faire nous même une conférence de presse.

— Ça n'est pas de ta faute, essayait de la rassurer Gabriel. Pour le moment, on ne sait pas encore si ça a un rapport avec notre enquête. Ensuite, tu sais très bien que si on avait fait cette conférence de presse, on aurait été bombardé de questions dont on ne veut pas forcément y répondre. C'est ce qui nous pousse à demander la collaboration de Sandra.

— Tu as certainement raison, mais on aurait peut-être dû attendre un peu.

— Et risquer que d'autres filles se fassent kidnapper. Sandra connaît les risques de son métier. Elle saura mieux se défendre qu'une jeune fille prise par surprise.

— Je l'espère sincèrement.

Les cassettes, le cellulaire et le carnet de Sandra furent confiés au laboratoire pour essayer de trouver un indice pouvant les mettre sur la piste du ravisseur. Charlotte n'en démordait pas. Elle était sûre que

Sandra avait disparu à cause de son reportage. Au plus profond d'elle-même, elle en était convaincue.

Elle décida d'aller dans l'appartement de Sandra, car c'était là qu'elle se trouvait quand Charlotte l'avait appelée et où elle avait rédigé son communiqué.

Langlois vint la voir avant qu'elle ne quitte.

— Charlotte, j'ai appris pour Sandra. Je suis désolé.

— Merci chef, c'est gentil.

— Je peux mettre quelqu'un sur le dossier. Tu as déjà ton enquête en cours et puis tu es très liée avec elle.

— Non, je veux m'en occuper. De toute façon, je suis certaine que ça a un rapport avec cette affaire.

— Qu'est-ce qui te fait dire ça?

— D'après son assistante, elle ne travaillait sur aucun autre sujet important. Elle s'apprêtait à mener sa propre enquête. Notre gars est très intelligent. Il ne lui a pas laissé le temps de faire ses premières démarches. En la kidnappant, il nous fait comprendre qu'il est plus malin que nous, mais on finira par l'avoir.

— Fais attention à toi dans ce cas. S'il est si malin, il peut encore en surprendre d'autres. Ne fais rien, ou ne va nulle part toute seule. C'est compris?

— Entendu chef. Gabriel me suivra partout, ne vous inquiétez pas. Nous allons chez Sandra au cas où elle aurait écrit des notes.

— Bien. Si tu trouves ça difficile, dis-le-moi, je te déchargerai de l'affaire.

— C'est inutile. J'y arriverai et on la retrouvera. Au revoir, Chef. Je vous tiens au courant.

Elle rejoignit Gabriel et ils se rendirent à l'adresse de Sandra au centre-ville. En arrivant dans l'appartement, Charlotte sentit la culpabilité monter en elle. Si jamais il arrivait quelque chose à son amie à cause de son enquête, elle ne se le pardonnerait jamais. En plus, que penserait sa fille Emily, qui était très proche de Sandra. Elle le lui reprocherait sûrement. Comment lui annoncerait-elle la nouvelle? Mais, elle refusait de penser à l'irréparable. Elle finit par se ressaisir. Sandra était en vie et elle la retrouverait. Allez Charlotte, se dit-elle, fais ton travail et ramène-la chez elle. Gabriel se trouvait déjà devant le bureau de travail. En plein milieu, un bloc de papier recouvert de notes montrait que la journaliste n'avait pas perdu de temps.

— Regarde, dit-il, elle avait écrit toutes les informations que tu lui as données sur l'enquête. Elle est très organisée. Lui as-tu communiqué l'ordre des enlèvements?

— Non. Je lui ai juste parlé de cinq disparitions datant d'environ sept mois.

— Et bien, elle est rapide. Elle a retrouvé le nom des cinq filles et la date exacte.

— Elle a du vérifier dans les archives de sa rédaction. Elle ou quelqu'un d'autre à part Audrey, autrement elle nous l'aurait dit.

— Elle a pratiquement reproduit notre tableau au bureau.

— Depuis le temps qu'elle collabore avec nous, elle connaît nos méthodes de travail. Elle est très efficace. Je m'en doutais, mais là on en a la preuve. Tiens! Qu'est-ce qu'elle a écrit en bas de cette feuille?

— C'est un de ses codes à elle, peut-être le nom de ses indics.

— C'est bien possible, mais comment savoir qui ça peut être? Tu sais ce que c'est avec les journalistes, impossible de déchiffrer leurs codes.

— Mais toi qui la connais bien, tu n'as pas une idée de la façon dont elle opère?

— Je n'en sais absolument rien. De mon côté, je lui disais tout ce qu'elle devait savoir, ce qui pouvait devenir public ou n'était pas primordial pour le bon déroulement de l'enquête. Quant à elle, si elle me donnait des informations, elle me cachait ses sources et la façon dont elle les avait obtenues. C'était notre entente et on se respectait. Les rares fois où je suis venue ici, que ce soit en service ou non, elle cachait toujours ce sur quoi elle travaillait. Mais par contre, si elle découvrait un fait important ou avait recueilli des indices, elle me montrait seulement ce qu'elle voulait et qui pourrait nous aider. De plus, si on se voyait en dehors du travail, on n'en parlait jamais.

— Les journalistes en apprennent souvent plus que nous autres. Les témoins ou les indics ont plus confiance en eux qu'en nous. En plus, inutile de demander à un journaliste de dévoiler ses secrets. C'est comme si on demandait à un curé de divulguer des renseignements entendus lors d'une confession.

— C'est une bonne comparaison. Tu as raison. On sait maintenant qu'elle avait commencé ses recherches. Appelle la compagnie de son téléphone et de son cellulaire. Il nous faut l'historique de ses communications.

Pendant que Charlotte fouillait le reste du bureau, Gabriel avait rejoint les préposés et avait demandé la liste des appels qui lui serait envoyée par fax au poste.

Ne trouvant plus rien d'autre susceptible de les aider, ils quittèrent l'appartement. En route, alors que Gabriel conduisait, Charlotte mit Hugo au courant de l'enlèvement de Sandra. Celui-ci sut immédiatement comment Charlotte pouvait se sentir. Il la réconforta du mieux qu'il put par téléphone et lui rappela que, par son métier, Sandra courait les mêmes risques qu'elle. Il lui promit d'en reparler plus le soir. Charlotte se sentait un peu mieux. Elle avait bien fait de l'appeler. C'était une chance pour elle d'avoir Hugo à ses côtés.

Chapitre 13

Sandra ouvrit les yeux. Elle avait du mal à distinguer exactement où elle se trouvait. Sa tête lui faisait mal et elle avait un mauvais goût dans la bouche. Elle essayait de bouger. Elle était couchée sur le côté, ses pieds et ses mains attachés ensemble dans le dos. Elle sentait que son sang ne circulait plus correctement dans ses membres et ressentait une vive douleur. Elle tentait mentalement de ne pas céder à la panique. Il fallait qu'elle essaie de se rappeler ce qui s'était passé. Petit à petit, elle reprit complètement ses esprits.

« Le reportage... l'enquête de Charlotte... les jeunes filles mortes... mon indic... l'avais-je rejoint au téléphone? Je me souviens l'avoir appelé, mais il n'y avait pas de réponse... La réunion après le reportage... le parking... un appel... mais, qui ça pouvait être?... Allez Sandra, cherche dans ta tête. Qui t'a appelée?... Ah oui, le bruit derrière moi... mais, je n'ai rien vu. Et puis, ce bras autour de ma gorge et cette drôle d'odeur... et puis... plus rien. Un gros trou noir jusqu'à ce que je me réveille ici ».

Elle ne voyait rien, il faisait nuit. Combien de temps était-elle restée inconsciente? Où était-elle? Qui était ce type qui l'avait embarquée? Elle se mit tout à coup à penser aux quatre filles retrouvées dans le sous-sol.

« Et si c'était le même gars qui s'en prenait à moi ».

Elle avait beau essayer de se contrôler, elle ne put contenir les larmes et la peur qui montait en elle.

« Pourquoi moi? Je n'entre même pas dans les critères. J'ai passé la trentaine depuis longtemps et j'ai les cheveux courts. Alors, c'est à cause du reportage. Pourtant, je n'ai rien dit qui pourrait inquiéter qui que ce soit. C'est parce que j'ai commencé à monter un dossier, alors... Mais comment a-t-il pu savoir? Je n'avais pas avancé beaucoup. Je n'ai même pas réussi à rejoindre un seul de mes contacts. De toute façon, je ne sais même pas comment elles sont mortes. Alors, si ce n'est pas ce Roméo, qui a bien pu m'enlever »?

Sandra se força à repenser à toutes les enquêtes qu'elle avait menées depuis plusieurs mois et qui pourraient expliquer ce qui lui arrivait. Même en remontant le plus loin qu'elle put, elle ne trouva rien. Ça ne faisait aucun doute, elle s'était fait enlever par le même type que les filles retrouvées mortes à Westmount.

Elle regarda autour d'elle. Ses yeux commençaient à s'habituer à la noirceur. Elle se trouvait bien dans un sous-sol, mais ça ne ressemblait pas à celui décrit par Charlotte. Elle voyait une lueur sur le mur un peu plus haut. On dirait de la lumière venant du dessous d'un rideau devant une fenêtre. Elle fit un effort pour faire basculer son corps de l'autre côté. Ses bras et ses jambes lui faisaient mal. Pourtant, il fallait qu'elle y arrive. Si elle était capable de bouger un peu, son sang pourrait circuler mieux. Elle se concentrait, tendait ses muscles et, dans un effort, elle fit pivoter son corps dans l'autre sens. Elle roula sur elle-même et se retrouva sur le dos. Elle recommença son mouvement. À nouveau, son corps tourna. Alors que ses genoux retombaient sur le côté, elle sentit le vide en dessous et tomba à terre. Le choc sur le sol augmenta la douleur. Elle poussa un cri et sanglota. Désespérée, elle appela à l'aide. Elle hurla. Elle ne sut pas pendant combien de temps, mais elle se rendit compte que ça ne servait à rien. Il n'y avait personne ni aucun bruit. Même dehors, il n'y avait aucun son. Pas de voiture, pas de voix. Elle commençait à comprendre. Elle ne se trouvait plus à Montréal. Elle devait être dans la campagne, isolée, loin de toute population... La panique la reprit. Comment Charlotte va-t-elle faire pour la retrouver? Elle-même ne savait pas combien de temps il avait roulé pour l'emmener ici. Elle laissa aller ses larmes. Au bout de quelques minutes, elle s'endormit.

Lorsqu'elle ouvrit à nouveau les yeux, la pièce où elle se trouvait était plus éclairée. Le jour s'était levé. Dehors, elle n'entendait toujours rien. Elle regarda tout autour d'elle. Elle vit la corde qui la maintenait dans cette position. Ses jambes étaient repliées contre son ventre. Ses chevilles étaient attachées ensemble et la même corde faisait le tour de ses poignets serrés par un nœud. Elle se retourna un peu. Elle vit le lit d'où elle était tombée. À présent, elle distinguait mieux la fenêtre. Il y avait bien un rideau en avant. Sur l'autre mur, il y avait un escalier en bois. Elle ne put voir la porte de l'endroit où elle se trouvait. Le sol était recouvert d'un plancher en bois. Une bibliothèque encombrée de bibelots et de livres était le seul mobilier, à part le lit qui meublait cette pièce.

Alors que Sandra se rendit mieux compte où elle se trouvait, le calme revint en elle. Elle devait réfléchir. Si seulement elle pouvait se déplacer. Il fallait qu'elle essaie quelque chose. Elle donna des coups de reins et elle parvint à bouger. Bien sûr, elle n'avançait pas vite, mais c'était toujours ça. Soudain, elle eut une idée. Si elle arrivait jusqu'à la bibliothèque, elle pourrait essayer de l'ouvrir et chercher quelque chose qui pourrait la libérer de ses liens. À cette idée, elle sentit l'adrénaline monter en elle et reprit courage.

Son corps se déplaçait lentement. Elle en arrivait à oublier la douleur. Même si la pièce n'était pas très grande, ça lui prit pas mal de temps pour la traverser. Parfois, au lieu de la faire avancer, le mouvement qu'elle donnait la faisait reculer. Finalement, après de nombreux efforts et un temps interminable, elle arriva enfin face à son objectif. Seulement maintenant, comment faire pour ouvrir les portes avec les mains et les pieds attachés? Pendant qu'elle analysait la situation, elle reprenait des forces. Elle commençait à ressentir une sensation de faim. Elle ne se rappelait pas de quand datait son dernier repas. Surtout, elle ne savait pas quand serait le prochain, s'il y avait un prochain. L'homme qui l'avait enlevée allait-il venir lui apporter quelque chose ou avait-il l'intention de la laisser mourir de faim dans cette pièce? Elle savait qu'en absence de nourriture, le mieux était de ne pas trop puiser dans ses réserves et de ne pas faire trop d'effort. Malgré ça, elle venait d'en faire pas mal pour se traîner jusque-là. Combien de réserves avait-elle épuisées? Elle préférait ne pas y penser et se concentrer sur la façon de se libérer. Elle regarda les poignées des portes. Elles étaient trop hautes pour qu'elle arrive à les atteindre dans la position où elle se trouvait. Elle essaya de se mettre sur ses genoux. Elle fit plusieurs tentatives, en vain. La mauvaise circulation de sang dans ses jambes empêchait ses muscles de la soulever ne serait-ce qu'un tout petit peu. Elle devait réussir à les ouvrir d'une autre façon. Elle se positionna les pieds face aux portes. Elle fit un mouvement de rein ramenant ses jambes encore plus vers son torse. Elle se laissa retomber en donnant des coups de pied. D'abord tout doucement pour voir ce qui se passait. Il lui sembla que les portes bougeaient un peu. Elle recommença, mais cette fois un peu plus fort. Elle en était sûre, la porte de droite s'était légèrement entrouverte. Elle s'apprêta à frapper une autre fois, bien plus fort. Soudain, elle se demanda si le mouvement n'allait pas déséquilibrer toute la bibliothèque. Elle hésita, regarda le haut du meuble tout en lançant ses pieds tranquillement. Rien ne se passa. Du moins, elle n'avait rien vu de là où elle était. La lumière commençait à baisser. Elle venait de s'en apercevoir. Elle ne pouvait plus attendre. Il fallait à tout prix qu'elle atteigne son but et qu'elle trouve un objet lui permettant de couper la corde. Elle n'avait pas l'intention de rester une autre nuit ici. Elle cala son dos fermement au sol, rassembla toutes ses forces, essaya d'oublier la douleur, se concentra sur son mouvement et, dans un grand élan, lança ses deux jambes le plus fort qu'elle put dans les portes. Elle vit aussitôt la porte de droite ouvrir enfin. Elle la bloqua avec ses pieds avant qu'elle ne se referme. C'est alors qu'elle entendit un bruit venant d'en haut. Avant qu'elle ne comprenne de quoi il s'agissait, un trophée qui se trouvait sur une tablette du dessus bascula en avant et tomba directement sur elle. Elle ne put se protéger avec ses mains et reçut l'objet directement sur le côté droit de sa tête. Elle poussa un hurlement et tomba inconsciente. Ses muscles se relâchèrent. Ses pieds retombèrent au sol et la porte se referma. Sandra était inanimée, la tête tournée de côté et le trophée à côté d'elle.

Chapitre 14

Martin appela Charlotte à son arrivée au poste.

— Nous avons bien avancé, lui dit-il. Peux-tu venir?

— J'arrive Martin.

Ensuite, elle dit à Gabriel :

— Va chercher les fax et rejoins-moi.

Puis, dans le bureau de Martin Davis.

— Je t'écoute Martin.

— J'ai appris pour Sandra. Je suis désolé. Est-ce que tu penses que c'est à cause de son reportage?

— On n'est pas encore certain, mais moi je le crois. Je sais qu'elle est encore en vie. Plus vite on découvrira qui se prend pour Roméo, plus vite on la retrouvera.

— On a pas mal de réponses à vos questions. On a retrouvé des traces de plusieurs produits. À la fois, dans les cheveux des victimes, ainsi que ceux de

Daniella, également dans les prélèvements faits dans ce qui restait de leur estomac.

— Vas-y je t'écoute.

— Tout d'abord, elles ont absorbé du *Flunitrazépam,* plus connu sous le nom de drogue du viol. Les traces étaient minimes. On les a retrouvées dans les cheveux.

— Ça doit être la drogue qu'il leur a donnée lors de leur enlèvement. Daniella a dit qu'elle s'était sentie toute bizarre et ne s'était réveillée que dans le sous-sol. Elle n'a aucun souvenir de ce qui s'est passé.

— C'est exactement ça. Elles n'en ont absorbé qu'une seule fois il y a bien longtemps. Ensuite, l'autre produit plus présent qu'on a retrouvé n'est pas très courant. Il s'agit du *Cisatracurium* comme je te disais. Elles en ont pris sur une longue durée. On a trouvé des résidus dans les cheveux et dans leur estomac.

— C'est quoi ça? demanda Gabriel qui n'avait pas entendu la première explication de Martin à Charlotte.

— Comme je l'avais expliqué à Charlotte, dit Martin, c'est un produit à base de curare. C'est un relaxant musculaire. Nous avons dû chercher un moment, car on n'a pas l'habitude de ce genre de drogue. Après l'avoir ingéré, la réaction ne prend que cinq petites minutes tout au plus. Par contre, les effets durent entre quarante et soixante minutes. La personne ne peut plus bouger. Ses muscles sont inertes. Seulement, ça n'agit pas sur la conscience.

— Ce serait donc ça qu'il ajoutait à leur repas, chaque jour. Après, il abusait d'elles. Daniella se souvient de tout, mais elle ne pouvait lutter.

— Ça correspond aux symptômes. Pour finir et ça, c'est la cause de leur mort, il leur a fait boire de l'*acide chlorhydrique.*

— Que dis-tu?

— Tu as bien entendu. Il est loin du beau Roméo romantique. C'est un barbare. L'acide leur a brûlé toute la trachée jusqu'à l'estomac. Elles ont dû souffrir le martyre. Leur estomac s'est pratiquement dissous, provoquant une hémorragie interne. Elles ont dû hurler pendant deux ou trois minutes tout au plus. Ensuite, la douleur étant trop forte elles ont sombré dans un coma avant de mourir.

— C'est une horreur! Comment quelqu'un peut-il être capable de faire subir une chose pareille? Comment a-t-il fait pour se procurer tout ça?

— L'acide c'est assez simple. On en a tous chez nous.

— Que veux-tu dire?

— On le retrouve dans les batteries de nos voitures. Il lui suffisait d'en vider une ou de s'en procurer dans un garage. Pour ce qui est du *Flunitrazepam*, n'importe quel dealer de drogue peut en vendre. Donc encore là, aucune difficulté.

— Et le *Cisa*...

— Le *Cisatracurium*. Les vétérinaires l'utilisent sur les animaux pour les opérations. On peut peut-être aussi en trouver dans des zoos.

— Donc, le tueur est un vétérinaire ou en connaît un.

Gabriel réfléchit un petit moment et dit :

— Ou alors il a volé cette drogue dans une clinique vétérinaire.

— Oui aussi. Il faudra se renseigner s'il y a eu une plainte pour vol entre décembre et début janvier.

— Pour cela, voulut préciser Martin, ça voudrait dire qu'il connaissait le produit et ses effets. Comme je te disais plus tôt, ce n'est pas quelque chose de très connu. En plus, il a dû administrer les bonnes doses pour avoir l'effet désiré. On n'emploie pas le même dosage sur un petit chien comme le caniche que sur un ours. Donc, s'il n'est pas vétérinaire et qu'il l'a volé, il a dû se renseigner avant.

— Il y a toujours internet.

— Oui, mais je ne penserais pas que le dosage soit indiqué.

— En tout cas, voilà un bon point de départ. On sait maintenant par où chercher. C'est notre piste la plus sérieuse. Merci Martin.

— Ça nous a fait plaisir. Il nous a donné du fil à retordre. Rebecca n'avait jamais vu ça. Une telle cruauté est inconcevable.

— On pense toujours avoir vu le pire dans nos enquêtes, mais malheureusement des esprits encore plus malades augmentent le niveau de l'horreur.

— Tenez-moi au courant lorsque vous saurez comment il s'y est pris, demanda Martin.

— Compte sur moi. Viens, Gabriel, on va chercher du côté des vétérinaires de Montréal.

— N'oublie pas ceux de la campagne, ajouta encore le légiste. Ils ont souvent affaire à de plus gros animaux et ils ne vont peut-être pas forcément appeler la police s'il leur manque un peu de drogue.

— Tu as raison Martin. Ne négligeons rien. Bye Martin, on t'en donne des nouvelles.

— Entendu Charlotte. Tu peux prévenir les familles de ces jeunes filles. Tous nos prélèvements sont faits. On peut leur rendre le corps de leur enfant.

— Parfait, je vais les appeler tout de suite. Salue Rebecca pour moi et remercie-la pour son aide.

— Je n'y manquerai pas.

Dans les couloirs, Charlotte ajouta :

— Gabriel, sors-nous la liste de tous les vétérinaires et vérifie s'il y a eu une plainte pour vol. Après, il faudra les appeler tous pour savoir s'ils utilisent le produit et s'ils n'ont pas remarqué un écart dans leur stock. Moi, je vais téléphoner aux familles.

— Est-ce qu'on regarde aussi du côté des zoos?

— On verra en deuxième lieu si on n'a rien de concret. Je crois qu'on a plus de chance avec les vétérinaires.

Charlotte contacta chacun des parents. Bien entendu, tous voulaient savoir comment leur fille chérie était morte. Ce n'était pas facile pour Charlotte de leur expliquer sans révéler l'horreur et la souffrance qu'elles avaient vécues. Surtout que, en cour, tout serait dévoilé en détail. Elle avait déjà assisté à un procès où la famille de la victime n'avait pas été avisée de ce que leur fils avait enduré. Dans le tribunal, ce fut abominable. La mère poussait des hurlements au fur et à mesure que le médecin légiste expliquait son rapport qui plus est, était appuyé par des images. Avant la fin du témoignage, la mère s'était évanouie et avait dû être emmenée à l'hôpital.

La séance du procès avait été ajournée. Charlotte avait trouvé ça tellement cruel pour la famille qu'elle s'était jurée de ne jamais en être la cause.

Bien entendu, il y avait une méthode pour en parler. Certains parents voulaient tout savoir, même les moindres détails, comme pour prendre sur eux un peu de la souffrance que leur enfant avait vécue, pensant ainsi alléger ses douleurs. D'autres voulaient en savoir le moins possible pour ne pas accentuer la peine qu'ils vivaient. Cette partie dans les enquêtes relevait plus de la psychologie.

Après qu'elle eut parlé avec les quatre familles, Charlotte était épuisée et triste. Elle pensa à Sandra. Elle espérait ne pas avoir à appeler sa famille pour leur annoncer ce genre de nouvelles. C'était plus difficile lorsque ça touchait ses proches. Elle se rappellera toute sa vie le moment où elle avait dû annoncer à son père et à sa belle-mère Nathalie, l'enlèvement d'Antoine son petit frère âgé de cinq ans. Ses parents étaient absents et c'était Charlotte qui devait le garder. Elle avait été appelée pour une enquête à Trois-Rivières et Hugo était resté à la maison avec Antoine. Un individu avait pénétré dans la maison, avait assommé Hugo qui étudiait et avait kidnappé le petit garçon endormi à l'étage. Charlotte avait consacré dix-huit ans de sa vie avant de le retrouver sain et sauf.

* * *

Gabriel avait imprimé la liste de tous les vétérinaires du Québec. Aucun d'entre eux n'avait déclaré un vol de drogue. Pour savoir lesquels utilisaient du *Cisatracurium*, ils devaient tous les appeler. C'était un travail de longue haleine, car la liste était longue.

Avant de s'y atteler, Charlotte consulta les fax des appels passés ou reçus sur les lignes de Sandra. Comme l'avait dit Audrey, Sandra n'avait pas de gros dossiers en cours. On retrouvait l'appel de Charlotte. Il y avait aussi le numéro de sa rédaction. Sur sa ligne résidentielle, elle avait reçu un appel provenant d'une cabine publique du nord de Montréal. Il avait été passé deux minutes après celui reçu sur son cellulaire au moment de son enlèvement. Encore une impasse de ce côté-là. Pourtant, Charlotte était persuadée que si elle découvrait qui se cachait sous l'identité de Roméo, elle viendrait au secours de son amie.

Avec Gabriel, ils se partagèrent les listes des vétérinaires et commencèrent leurs appels. Ils ne s'étaient pas aperçus de l'heure avancée de la journée et tombèrent systématiquement sur des répondeurs annonçant que le cabinet était fermé, que pour toute urgence, bien vouloir communiquer avec le médecin de garde dont le numéro suivait.

Charlotte décida d'attendra au lendemain, souhaita une bonne soirée à Gabriel et rentra chez elle.

Après qu'Emily fut couchée, Charlotte résuma à Hugo sa journée; de l'enlèvement de Sandra jusqu'aux résultats d'analyses sur les corps.

— J'ai peur qu'il lui fasse subir la même chose, confia-t-elle.

— Pour le moment, on ne sait pas si c'est lui qui l'a enlevée, essaya-t-il de la réconforter.

— Nous n'en avons pas la confirmation, mais au fond de moi j'en suis sûre. Et puis, je sais que toi aussi, c'est ce que tu penses.

— C'est vrai, mais ne tirons pas de conclusions hâtives.

— Que penses-tu de lui maintenant que l'on connaît ce qu'il leur a fait subir?

— Il veut dominer les femmes, mais il manque totalement de confiance en lui. Lorsqu'il les aborde, il montre une certaine assurance, même dans sa vie de tous les jours. Par contre, quand il se retrouve seul avec elles, il perd tous ses moyens. Pour se sentir dominant, il doit les rendre vulnérables. Il a ainsi le pouvoir sur elle en toute sécurité.

— C'est un lâche alors!

— Côté séduction, oui. Il ne veut pas, dans sa vie amoureuse, subir à nouveau l'autorité féminine que sa mère lui montrait. Il a dû avoir plusieurs relations avec des femmes fortes et dominantes, comme sa mère. Pour casser le modèle, il n'avait pas d'autres choix que de rendre ses victimes inoffensives et soumises.

— Ça, je veux bien essayer de le comprendre. Mais l'acide pour les tuer, c'est un malade mental!

— En voyant la disparition de Daniella, il est devenu fou. Il s'est senti trahi à nouveau. Il se revoyait dans sa jeunesse. Il n'a pas pu le supporter. Il a voulu leur montrer qu'il ne voulait plus perdre le contrôle. Alors, il a agi de la manière la plus forte qu'il a trouvée.

— Dans ce cas, il devait avoir l'acide avec lui?

— Il n'avait pas prévu, dès le début, de les tuer. Il a dû improviser. Peut-être a-t-il fait le tour de la maison et c'est ce qu'il a trouvé.

— Mais pourquoi ne pas les étrangler ou les étouffer? Elles auraient moins souffert au moins.

— Peut-être que pour lui ce n'était pas suffisant comme punition. La trahison de Daniella lui a fait perdre tout jugement. Il devait montrer qu'on ne lui désobéissait pas. Il voulait le prouver à lui-même également. Il fallait qu'il se convainque qu'il était l'homme qu'il voulait paraître.

— Se pourrait-il qu'il fasse un dédoublement de personnalité?

— Je n'irais peut-être pas jusque-là. Ce qui est sûr c'est que, dans sa vie professionnelle, il est en plein contrôle alors que, lorsqu'il se retrouve seul face à lui-même, ce n'est plus le même gars.

— Donc, il n'est pas marié?

— Je ne pense pas. S'il l'a déjà été, il ne l'est plus aujourd'hui.

— Demain, nous allons nous lancer sur ses traces. Les substances utilisées ne sont pas communes. Surtout, c'est la seule piste que nous avons.

Chapitre 15

Lorsque Charlotte arriva à son bureau, Gabriel avait déjà commencé les appels aux vétérinaires.

— Tu es matinal ce matin?

— Ça m'empêchait de dormir alors autant ne pas perdre de temps.

Elle s'apprêtait à composer le premier numéro lorsque son téléphone sonna.

— Charlotte Thomas, répondit-elle.

— Bonjour Charlotte, ici Armand Lacerte.

— Oh! Armand, comment ça va? Vous avez du nouveau?

— Justement. Audrey est ici. Une lettre a été déposée sur le bureau de Sandra.

— Quel genre de lettre?

— Une grande enveloppe brune. Il y a juste le nom de Sandra écrit dessus.

— L'avez-vous ouverte?

— Non, pas encore. J'ai préféré t'appeler avant. C'est assez rare que les journalistes reçoivent des lettres sans passer par le service administratif ou la réception. J'ai demandé à tout le monde et personne n'a vu cette enveloppe avant ni celui qui l'a déposée.

— Quand est-elle arrivée?

— Audrey me dit qu'hier soir, il n'y avait rien et quand elle est arrivée ce matin, elle l'a aperçue sur le bureau. Elle a demandé aux autres, mais personne n'a remarqué quiconque s'approcher du bureau de Sandra. Nous n'avons pas voulu trop la manipuler au cas où ça viendrait du kidnappeur.

— Vous avez bien fait. Je viens tout de suite.

— Entendu. Je t'attends.

— Gabriel, je vais à la rédaction, expliqua-t-elle. Continue les appels pendant ce temps.

— Je ne devrais pas t'accompagner, dit celui-ci qui avait reçu des consignes de Langlois.

— Ce n'est pas la peine de perdre des heures précieuses. Tu seras plus utile ici qu'avec moi. Ce n'est peut-être rien du tout.

— Il se peut que ce soit aussi un piège pour t'attirer là-bas.

— O.K. À ce que je vois, tu as reçu l'ordre de me surveiller. C'est Langlois qui te l'a demandé?

— Oui c'est vrai. Mais il a raison et je pense comme lui.

— Ne t'inquiète pas. Je vais appeler Armand en arrivant afin qu'il m'envoie quelqu'un pour venir me chercher dans le stationnement.

— Tu le promets?

— Mais oui. Je t'appelle aussitôt que je suis dans son bureau.

— O.K., dans ce cas.

Dès que Charlotte fut sortie, Gabriel appela Armand Lacerte. Il lui expliqua les craintes que lui et son chef avaient sur la sécurité de Charlotte.

— Oui, je comprends, répondit-il. Ne sois pas inquiet, Gabriel. Dès qu'elle m'appelle, je lui envoie un agent de la sécurité et je l'accompagnerai également.

— Merci Armand. Ne lui dis pas que j'ai appelé.

— Entendu.

Quelques minutes plus tard, Charlotte arriva devant le kiosque du gardien du stationnement. Elle lui demanda d'appeler Armand Lacerte, de l'avertir qu'elle venait d'arriver et de lui envoyer un agent pour l'accompagner jusqu'à son bureau.

Elle fut surprise de voir arriver les deux hommes jusqu'à son auto.

— Oh! Armand, tu n'étais pas obligé de te déplacer.

— Ce n'est rien. Je te dois bien ça. Je voulais t'accueillir moi-même.

Elle appela Gabriel tout en se rendant dans les locaux.

Avant d'ouvrir l'enveloppe, Charlotte enfila des gants afin de ne pas détériorer ou contaminer des indices éventuels. Elle prit un coupe-papier et l'ouvrit.

À l'intérieur, il y avait deux feuilles blanches recouvertes d'un message anonyme fait de mots coupés dans un journal. À la vue du message, Audrey poussa un petit cri. Le message disait :

« *Je pense détenir des informations sur la disparition de votre collègue Sandra. Je suis prêt à vous les communiquer, mais vous ne saurez jamais qui je suis. Envoyez quelqu'un de chez vous ou même la police à la station de métro Berri-UQAM. L'employé de la tabagie vous remettra une autre enveloppe adressée à l'inspecteur Charlotte Thomas. Vous y trouverez toutes les informations à l'intérieur. Dans deux jours, l'enveloppe sera détruite* ».

Charlotte remit les feuilles dans l'enveloppe et l'inséra dans un sac qui serait envoyé au laboratoire pour analyse.

— Qu'est-ce que tu en penses? lui demanda Armand.

— Avez-vous parlé de l'enlèvement de Sandra?

— Oui en effet. Nous avons passé un message aux infos hier en demandant aux personnes qui pourraient avoir des renseignements de communiquer avec nous.

— Bon, c'est de cette façon que cette personne était au courant.

— Ça vient du kidnappeur?

— Je ne pense pas. Ça ressemble plus à un de ses indics.

— Comme dit Gabriel, c'est peut-être un piège.

Charlotte le regarda, surprise.

— Mais que vient faire Gabriel! Oh, je vois, il t'a appelé. C'est pour cela que tu es venu me chercher.

Armand était confus d'avoir trop parlé et il essayait de se justifier.

— Ce n'est pas grave. On n'est jamais trop prudent. Par contre, on ne peut pas ignorer ce message.

— Tu as raison. Comment fait-on alors?

— Je vais appeler deux agents pour qu'ils m'accompagnent jusqu'au métro.

— Je peux y aller moi aussi?

— Si tu veux, je n'y vois pas d'inconvénient.

Deux agents se présentèrent à la réception. Charlotte, suivie d'Armand les rejoignit. Ils montèrent dans la voiture de police et prirent la direction du métro au centre-ville.

Charlotte s'annonça auprès de l'employé de la tabagie. Au premier abord, celui-ci semblait inquiet de voir arriver un tel détachement policier. Lorsqu'il vit la carte de Charlotte et qu'elle lui expliqua ce qu'elle était venue chercher, sa tension se relâcha. Il se pencha en dessous du comptoir et sortit une enveloppe identique. Elle lui demanda de la mettre dans un sac à indice.

— Est-ce à vous que cette lettre a été confiée? demanda-t-elle au commis.

— Oui.

— Qui vous la donnée?

— Je n'en ai aucune idée, je ne le connais pas.

— Quand est-il venu?

— Ce matin à l'ouverture de la boutique.

— Que vous a-t-il dit?

— Il est arrivé et m'a demandé mes horaires pour les deux prochains jours. J'étais tellement surpris que je lui ai dit que je n'étais pas du genre qu'il pensait et qu'il se cherche un autre pigeon. Il m'a répondu de me calmer et qu'il n'était pas venu pour mon joli p'tit cul. Il m'a expliqué que vous deviez passer récupérer cette enveloppe. Je devais vérifier votre identité pour être sûr avant de vous la remettre. Et, si dans deux jours vous n'étiez pas venu, je devais la déchirer et la jeter dans les toilettes.

— Vous avez accepté même si vous ne le connaissiez pas?

— Il m'a fait comprendre que je n'avais pas le choix. Je me suis dit qu'il allait me surveiller pendant deux jours.

— Pourquoi dites-vous ça? Vous l'avez revu?

— Non pas encore.

— Pouvez-vous me le décrire?

— C'est difficile. Il portait une veste de sport avec un capuchon relevé sur la tête et il avait gardé ses lunettes de soleil sur les yeux.

— Quel âge a-t-il?

— Je ne sais pas.

— Vous a-t-il paru âgé ou jeune?

— Entre vingt et trente ans, je pense.

Charlotte tendit une carte au commis.

— Si toutefois vous le revoyez, pouvez-vous m'appeler?

— Bien sûr.

En quittant le comptoir du commis, Charlotte inspecta visuellement les alentours. Si l'auteur des lettres surveillait la tabagie, il ne devait pas être très loin. Mais difficile de le repérer avec une aussi vague description.

Charlotte attendit d'être dans la voiture pour ouvrir cette nouvelle enveloppe sans avoir omis de mettre ses gants. Elle en sortit les mêmes feuilles recouvertes de mots découpés dans un journal. Elle lut à voix haute :

« *Si je vous communique ces informations, c'est pour vous aider à retrouver Sandra. Je sais que vous avez compris que je suis un de ses contacts. Inutile de faire analyser les deux lettres, j'ai pris mes précautions. Vous ne trouverez rien. Sandra m'avait donné sa parole concernant mon anonymat et l'a toujours respecté. Elle m'a aussi souvent aidé à me sortir du pétrin alors ce que je fais, je le fais pour elle. Elle m'avait appelé il y a deux jours. Elle cherchait à en savoir plus sur le gars que vous recherchez. Voici ce que je lui ai dit. Utiliser du Flunitrazépam comme drogue du viol, ce n'est pas très courant. On emploie le plus souvent du GHB. Début décembre, un type a essayé de s'en procurer. Il en a demandé à certains dealers, car il le voulait tout de suite. Je sais que, quelques jours plus tard, il est repassé prendre sa commande qu'il a payée au prix fort. Personne ne l'avait jamais vu dans le quartier. Il savait exactement ce qu'il voulait. Certains ont essayé de lui vendre du GHB à la place, mais rien à faire. Ensuite, il a demandé une drogue qui neutralise les réactions, mais qui laisse conscient. On lui a conseillé de voir chez les vétérinaires. Ce type est un malade, un vrai nécrophile. Ce que je sais de lui, c'est qu'il a pas mal d'argent, est âgé dans la trentaine et sait ce qu'il veut. Il connaissait exactement les produits et leurs effets. C'était la première fois qu'il cherchait à se procurer des drogues. Il ne connaît pas le milieu.*

Sauvez Sandra. C'est quelqu'un de bien. Elle m'est venue en aide lorsque j'en avais besoin. Bonne chance ».

Charlotte remit les feuilles dans l'enveloppe.

— C'est quoi un nécrophile? demanda un des deux agents.

— C'est quelqu'un qui trouve du plaisir dans des relations sexuelles avec des personnes inanimées, des comateux et même des cadavres, expliqua-t-elle.

— Mais c'est infect ça, s'écria Armand.

— Cette lettre confirme ce qu'on cherchait déjà. Je vais quand même l'envoyer au labo, mais je ne crois pas qu'ils trouveront le moindre indice. Retournons à ton bureau Armand.

De retour à la rédaction, Charlotte interrogea toutes les personnes présentes. Elle voulait savoir comment la première lettre était arrivée sur le bureau de Sandra entre le départ d'Audrey la veille et son arrivée le matin. Le gardien à l'entrée n'avait vu personne d'étranger aux bureaux. Seuls certains employés et le personnel de l'entretien. Audrey avait quitté à dix-neuf heures. Un journaliste était venu vers vingt et une heures trente. Il restait encore tous les membres de l'équipe du journal de fin de soirée. À vingt-trois heures trente, tout le monde avait quitté. Les équipes d'entretien étaient arrivées peu après et étaient reparties une heure trente plus tard. Vers cinq heures le lendemain, l'équipe du matin était arrivée. Puis Audrey était revenue à huit heures.

Charlotte demanda à Armand les coordonnées de tout le personnel qui aurait pu venir. Elle voulut également le nom de la compagnie d'entretien. Il imprima une liste du personnel, y inscrivit les informations sur la maison de nettoyage et la donna à Charlotte. Elle fut raccompagnée jusqu'à sa voiture et retourna au poste.

Avant de porter les enveloppes au laboratoire, elle en fit des photocopies. Elle se rendit ensuite au bureau du chef Langlois, accompagnée de Gabriel. Elle montra les copies et résuma tout ce qu'elle avait appris.

— Nous avons déjà l'origine d'un produit, dit Langlois. Pour le suivant, la voie des vétérinaires est confirmée.

— J'en ai appelé un grand nombre, expliqua Gabriel. Certains, surtout ceux en centre-ville, n'emploient pas le *Cisatracurium*. Ils ne soignent que des petits animaux domestiques ou sont spécialisés dans des petits soins comme les vaccins et le toilettage. Il faut vraiment sortir du centre pour trouver plus de cliniques qui pratiquent des opérations et qui s'en servent. Pour le moment, j'ai appelé tous ceux installés sur l'île de Montréal et j'ai commencé à étendre à la banlieue. De ceux qui l'utilisent, j'attends un appel de quelques-uns qui vont vérifier leur stock. Aucun ne semble avoir subi de vol dans la dernière année. Un vétérinaire m'a dit que le *Cisatracurium* était plus utilisé sur des animaux d'un certain poids comme le bétail de ferme ou les chevaux. Je pense que nous devrions étendre les appels aux campagnes, là où il y a des fermes d'élevage.

— Je suis d'accord, il ne faut rien négliger, conclut Langlois. Continuez avec ça, c'est la seule piste valable que nous ayons. Beau travail vous deux.

— Merci Chef, dit Charlotte en sortant.

Claude Roberge les rejoignit.

— Charlotte, je te cherchais. Nous avons découvert une chose intéressante.

— Je t'écoute.

— Nous avons fait des prélèvements sur le cellulaire de Sandra et les avons analysés. Il y avait des traces d'éther.

— C'est avec ça qu'il l'a neutralisée?

— Sans aucun doute. Le plus important, c'est qu'aujourd'hui c'est très difficile de s'en procurer.

— Tel que je te connais, tu vas me dire où on peut en trouver.

— Tu me connais bien. L'éther entre dans la composition de certaines colles fortes ou dans les solvants et aussi pour le nettoyage à sec.

— Tu es un as Claude. Tu nous as fait gagner beaucoup de temps. Merci beaucoup.

— C'est un plaisir de faire avancer les enquêtes. Bye vous deux. Je m'occupe des lettres.

— O.K. Gabriel, ne perdons pas de temps. Nous avons encore du pain sur la planche.

Le reste de la journée fut consacrée aux appels téléphoniques. Ils avaient appelé toutes les cliniques vétérinaires installées à travers le Québec. Certains étaient formels, aucun vol n'avait été perpétré chez eux. D'autres, par contre, surtout en campagne, n'en avaient aucune idée. Ils n'avaient rien remarqué de suspect, mais allaient vérifier et rappelleraient. Enfin, deux cliniques situées proche de St-Hyacinthe avaient eu des soupçons plusieurs mois en arrière. Ça pouvait remonter à l'automne dernier ou au tout début de l'hiver. En arrivant le matin, ils avaient l'un et l'autre trouvé la porte non fermée à clé. Sur le moment, ils avaient pensé avoir oublié de la verrouiller la veille.

Mais en y réfléchissant par la suite, ils avaient eu un doute. Ils n'avaient rien remarqué d'autre, ni vandalisme ni vol a priori. Ensuite, ça ne s'était jamais reproduit. Puis, quelques mois plus tard, alors qu'il devait faire une opération importante, l'un des deux avait remarqué que le niveau de son flacon de *Cisatracurium* avait diminué alors qu'il ne s'en était pas servi depuis un certain temps. Il avait trouvé ça étrange, mais étant pressé et bien occupé, il n'avait pas approfondi la question et avait fini par oublier l'incident. L'appel de Gabriel le lui avait remis en mémoire. Quant au deuxième, elle n'avait pas remarqué quoi que ce soit dans son stock, mais devait vérifier. Elle promit de téléphoner très vite.

Entre temps, des vétérinaires avaient rappelé pour confirmer que rien ne manquait dans leur inventaire. La seule piste sérieuse était donc les deux dont la porte avait été ouverte. Autre indice important, ils habitaient dans la même ville.

— On peut supposer, s'avança Charlotte, que notre Roméo habite ou habitait cette région. Il faut

275

connaître le coin pour savoir qu'il y a des vétérinaires là-bas.

— Il a peut-être fait comme nous. Il a sorti la liste complète et sélectionné ses cibles.

— Dans ce cas, à sa place, j'aurais choisi un endroit encore plus retiré. Non, je pense qu'il connaît les lieux.

— On devrait y aller alors.

— Attendons l'appel du deuxième avant. Continuons avec les fabriques de colle.

La liste sortie par Gabriel était moins longue. Ils en appelèrent quelques-unes. Chaque fois, ils eurent la même réponse : « Oui, ils utilisaient de l'éther, mais d'après ce qu'avaient expliqué les inspecteurs, une très petite quantité était nécessaire pour endormir une personne. Dans ce cas, c'était difficile pour eux de savoir si on leur en avait dérobé. Il était possible aussi, pour quelqu'un qui connaissait l'endroit, de se procurer le fond d'un bidon entreposé pour recyclage ou remplissage ».

De ce côté-là, ils avaient moins avancé. Le deuxième vétérinaire rappela. En effet, une quantité assez importante de produits lui avait été volée. Elle ne s'en était pas aperçue sur le moment, car son flacon ouvert était presque vide et elle se rappelait qu'il était déjà comme ça. Par contre, elle avait contrôlé sa bouteille de secours et elle était à moitié vide, chose qui ne devait pas être possible.

Charlotte alla faire son rapport à Langlois et proposa d'aller rendre une visite aux deux vétérinaires le lendemain et mener une petite enquête sur place.

Bien entendu, celui-ci accepta. Au fond d'elle-même, Charlotte sentait qu'ils touchaient un point important. Ils décidèrent de partir tôt le lendemain. Elle irait chercher Gabriel chez lui avant de prendre la route.

De retour chez elle, Hugo lui raconta que Daniella l'avait appelé et que le premier rendez-vous était pris pour le lendemain. Elle se sentait prête et acceptait l'aide d'Hugo pour s'en sortir.

Chapitre 16

Charlotte quitta son appartement vers sept heures trente, se rendit directement chez Gabriel. Vingt minutes plus tard, ils se trouvaient sur le pont Jacques-Cartier en direction de la Rive-Sud du fleuve St-Laurent. Ils roulaient dans le sens inverse du trafic qui emmenait les résidents de l'autre côté du fleuve et qui travaillaient à Montréal. À la sortie du pont, Charlotte prit la direction de l'autoroute 20 pour se rendre à St-Hyacinthe. Elle emprunta ensuite la sortie 123 qui aboutissait dans la petite ville de La Présentation où se trouvaient les deux vétérinaires. Il était neuf heures à peine lorsque Charlotte stationna la voiture sur la Rue Principale en face de la clinique David Simard.

Une femme dans la cinquantaine les accueillit. C'était l'épouse du docteur Simard et elle leur annonça que celui-ci les attendait dans son bureau.

C'était une petite pièce meublée uniquement d'une table et d'une chaise où prit place le docteur

Simard. Deux autres chaises avaient été apportées par sa femme pour recevoir les visiteurs. Contrairement aux vétérinaires des grandes villes, ceux de la campagne se déplaçaient dans les fermes qui constituaient la majorité de leur clientèle. À côté de ce bureau, il y avait une deuxième salle où étaient entreposés toutes les drogues et tous les ustensiles utiles à la pratique de son métier.

— Docteur Simard, commença Charlotte, parlez-nous de l'infraction dont vous avez été victime s'il vous plaît.

— Comme je l'ai expliqué à votre collègue, un matin quand nous sommes arrivés, ma femme et moi, la porte en avant n'était pas verrouillée. Ça nous a surpris sur le coup, car on fait toujours attention. On sait qu'on a des produits dangereux à l'intérieur. Même si c'est une petite ville et que tout le monde se connaît. On avait quand même un doute à savoir si on l'avait réellement fermée à clé. Nous avons fait le tour à l'intérieur, tout semblait être dans l'état où on l'avait laissé.

— Avez-vous, à ce moment-là, vérifier votre stock?

— Pas précisément, je l'avoue. Rien ne semblait avoir été déplacé. C'était une journée chargée et on ne s'y est pas arrêté plus que ça. Ce n'est que quelques jours plus tard que je me suis aperçu qu'une quantité de drogue pour le gros bétail avait disparu. Encore là, j'étais pressé et je n'ai pas cherché plus loin. Puis, j'ai fini par l'oublier.

— Avez-vous des clients qui viennent vous voir ici dans votre clinique?

— C'est assez rare. De temps en temps, des personnes m'amènent leur chat ou leur chien, mais ma clientèle est surtout composée d'animaux de ferme et je me déplace. C'est pour cela que ma femme reste ici pour prendre les appels.

— Avant l'incident, est-ce qu'une personne est venue et vous aurait posé des questions sur votre métier?

— De mémoire, ça ne me dit rien. Si c'est le cas, il ne s'est pas adressé à moi directement. Il faudrait poser la question à ma femme. Elle est toujours présente pendant les heures d'ouverture.

David Simard la pria de venir. Il la questionna. Elle réfléchit quelques instants puis dit :

— Il y a bien eu un homme qui est venu. Mais ça fait bien longtemps. Il voulait savoir combien de vétérinaires il y avait dans le coin et quel était le genre de notre clientèle.

— Vous a-t-il dit pourquoi ces questions? s'étonna Gabriel.

— Bien sûr, je lui ai demandé. C'est assez inhabituel. Il m'a répondu qu'il faisait une étude sur les différences de clientèle entre les grandes villes et la campagne. J'ai répondu à ses questions, il m'a remerciée et il est parti. Il était très charmant.

Puis se tournant vers son mari, elle ajouta :

— Je ne t'en ai pas parlé sur le moment, car je n'en voyais pas l'intérêt puis j'ai fini par l'oublier.

— Lui avez-vous fait visiter la clinique? reprit Charlotte.

— Non, il est resté uniquement dans l'entrée, mais il regardait partout. La porte du bureau était ouverte et il y a seulement jeté un regard.

— Combien de temps ça a duré?

— Quelques minutes. Cinq ou sept, tout au plus.

— Ça remonte à quand?

— Oh! Ça doit faire plusieurs mois. Je me rappelle qu'il n'y avait pas encore de neige, mais il pleuvait. Le pauvre homme était tout trempé.

— Essayez de situer le moment par rapport au jour où vous avez trouvé la porte ouverte ?

Elle se concentrait pour ramener ces deux faits dans sa mémoire.

— Je dirais peut-être à une semaine d'intervalle.

— Merci Madame. Monsieur Simard, comment vous entendez-vous avec votre confrère dans la ville?

— Très bien. On ne peut pas parler de concurrence. La clientèle de Monica est composée en majorité d'animaux domestiques. C'est souvent arrivé qu'on se réfère des clients. De cette façon, il nous est possible de prendre des jours de congé et les appels sont transférés vers l'autre clinique. C'est devenu une très bonne amie.

— Connaissez-vous bien les habitants ici?

— Une bonne majorité. Il y a quelques années, je siégeais au conseil municipal. C'est un bon moyen pour connaître ses concitoyens. J'ai dû arrêter, car c'était une charge de travail supplémentaire. Par contre, vous pourrez toujours parler avec notre maire. Il vous renseignera beaucoup plus.

— C'était bien notre intention. Merci beaucoup docteur pour votre temps. Si toutefois vous vous rappeliez de quelque chose, pouvez-vous m'appeler?

— Bien sûr. Comptez sur moi. Bonne journée inspecteurs.

De nouveau dans la rue, Gabriel demanda :

— Pourquoi as-tu demandé s'il connaissait les habitants?

— Je suis sûre que c'est notre tueur qui est venu poser des questions et a commis les vols. Tu ne trouves pas bizarre qu'il vienne exactement ici, dans cette petite ville. Moi-même, je ne savais pas qu'elle existait. Je pense qu'il connaissait le coin. Alors, soit il y a vécu, soit il possède une maison ici ou soit il est déjà venu en visite. Ce n'est pas une ville touristique. De toute façon, ça ne coûte rien de se renseigner.

— C'est vrai. Je n'avais pas vu ça comme ça.

— Quand le dealer lui a vendu la drogue du viol et lui a parlé des vétérinaires, il savait où chercher, car il connaissait l'endroit. Il visite les deux cliniques pour repérer les lieux. Laisse passer quelques jours et vient se servir.

Ils avaient marché tout en discutant. La deuxième clinique, celle de la docteure Chalut, se trouvait proche de l'église et du bureau de poste. Un emplacement idéal pour une clientèle plus domestique. Ils poussèrent la porte et se retrouvèrent directement dans une salle d'attente. Au fond, derrière un bureau de réception, une jeune fille qui devait avoir à peine dix-sept ans les accueillit gentiment, mais en leur montrant qu'elle ne les connaissait pas et qu'ils ne devaient pas avoir de rendez-vous. Sur une chaise, une cliente, une femme âgée dans la soixantaine, tenant un petit chiot sur ses genoux, les regardait également avec beaucoup de curiosité. Charlotte s'approcha de la réceptionniste, montra sa carte d'identité policière et demanda à parler à la docteure Monica Chalut. La jeune fille, les yeux brillants, trouva cette visite étrange, mais très intéressante. La cliente tendait le cou pour essayer d'entendre ce qui se disait. L'hôtesse les fit patienter le temps de prévenir sa patronne. La docteure Chalut terminait sa consultation et viendrait leur parler.

Quelques minutes plus tard, la porte du cabinet s'ouvrit. Un homme tenant son chien en laisse sortit. Il remercia, salua la prochaine cliente et quitta la clinique. Monica Chalut se présenta à Charlotte et Gabriel.

— Madame Gagnon, est-ce que ça vous dérange de m'attendre un peu, le temps que je parle avec ces inspecteurs? C'est important.

— Mais non, voyons. Faites donc. Moi, j'ai tout mon temps et puis Nestor n'est pas pressé d'avoir son vaccin.

— Merci Madame. Inspecteurs, veuillez entrer, je vous prie.

Quant à madame Gagnon, cela lui laisserait l'occasion de discuter avec la réceptionniste afin de satisfaire sa curiosité. Ce n'était pas tous les jours que des inspecteurs de Montréal venaient dans le coin. Cela devrait alimenter les débats pendant quelque temps.

Monica Chalut était une belle femme de trente-quatre ans. Des cheveux bruns mi-longs, légèrement bouclés, entouraient un visage rond aux traits doux et des yeux noisette. Elle avait une voix douce. Elle présenta les chaises en avant de son bureau. Son cabinet était plus vaste que celui du docteur David Simard. Au fond de la pièce, qui était séparée en deux par des rideaux, il y avait une table de consultation et un meuble contenant tout son matériel. Sur les murs, des dessins d'enfants témoignaient de la reconnaissance de ses jeunes clients. Au premier coup d'œil, on se croyait dans un cabinet médical. L'ambiance était totalement différente de celle de l'autre clinique.

— Asseyez-vous inspecteurs, invita Monica Chalut avec un léger sourire aux lèvres. Vous êtes surpris de vous trouver dans une clinique vétérinaire?

— En effet, avoua Charlotte. Ce n'est pas comme ça qu'on se l'imagine. Surtout après avoir vu la clinique du docteur Simard.

— Ah! Vous êtes déjà allé voir mon confrère. Je comprends alors encore plus votre réaction. Ici, je soigne les petits animaux domestiques. Les propriétaires doivent se sentir à l'aise et en confiance. Ainsi, ils le transmettent à leur compagnon et tout se passe mieux. Un animal va ressentir vos émotions tout comme un enfant ressent celles de ses parents. Mais, je pense que vous n'êtes pas venu pour parler de la décoration de mon cabinet ni de psychologie animale. Que puis-je pour vous?

— Comme vous l'a expliqué mon collègue au téléphone, expliqua Charlotte, nous voudrions revenir sur le vol dont vous avez été victime. Pouvez-vous nous raconter en détail les évènements?

— Bien sûr. J'y ai repensé hier soir. C'était plusieurs jours avant Noël. Un matin, je suis arrivée et

287

j'ai voulu ouvrir la porte de la clinique. Je me suis aperçue qu'elle n'était pas fermée à clé. Mon assistante était arrivée au même moment. Elle a été très surprise elle aussi. Elle m'a confirmé que je l'avais bien fermée, moi-même, en partant la veille. Nous étions deux à nous en souvenir. En entrant, nous avons fait le tour afin de nous assurer que rien ne manquait. Tout semblait tel qu'on l'avait laissé en quittant. Même l'argent de mes dernières visites était encore là. Dans mon bureau, tout était à sa place. C'était à n'y rien comprendre. Par acquit de conscience, j'ai fait venir un serrurier afin qu'il vérifie si ma serrure n'avait pas de problème. Il n'a rien trouvé d'anormal. On a fini par se dire qu'elle n'avait pas dû être fermée correctement. Par la suite, on a oublié l'incident jusqu'à votre appel. Quand je suis allée vérifier mon stock, j'ai eu la surprise de voir que mon flacon neuf de *Cisatracurium* était entamé. Ce n'est pas un produit que j'utilise très souvent. J'en ai un flacon dans mon étagère ici et le niveau n'avait pas baissé.

— Comment pouvez-vous en être certaine?

— Tout simplement parce qu'il est presque vide et que je devais le remplacer à la prochaine utilisation. Je venais de commander un nouveau flacon quelque temps avant ce vol. C'est celui-là que j'ai retrouvé à moitié plein. C'est la seule chose qui m'a été dérobée. Je ne comprends pas la raison de ce vol.

— Une autre question docteure, est-ce que vous avez reçu la visite d'un individu qui ne venait pas faire soigner son animal?

— C'est exact, répondit-elle surprise. C'est mon assistante qui lui a parlé. Elle m'a raconté sa visite après.

— Que voulait-il?

— Au départ, il voulait me parler, mais j'étais occupée. Il lui a raconté qu'il faisait une étude de comparaison entre les cliniques en ville et en campagne. Il lui a posé toutes sortes de questions sur la clientèle, les soins apportés, les produits utilisés.

— A-t-elle répondu à toutes ces questions?

— Elle l'a trouvé très charmant. Il avait l'air d'être bien intéressé par le sujet, alors elle lui a dit tout ce qu'il voulait savoir.

— Vous rappelez-vous quand c'était?

— Je pense que ça devait être dans les premiers jours de décembre.

— Qu'avez-vous pensé de sa démarche?

— Sur le moment, j'ai été un peu surprise. Puis, je me suis dit que s'il publiait son étude, ça pourrait être bon pour nous.

— Pourquoi dites-vous ça?

— Quand je me suis installée ici, je venais de Longueuil. Tout le monde me disait que je faisais une erreur. Que les animaux de compagnie se trouvent en ville et pas en campagne et que jamais ça ne marcherait. Ma venue ici a été bien accueillie par la population et depuis, j'ai une bonne clientèle qui me fait vivre aisément.

— Comment ça se passe avec votre confrère?

— Je dis toujours que David est mon collègue. Nous avons chacun notre clientèle et nous nous complétons. Lorsque nous voulons nous absenter ou prendre des vacances, on sait que l'autre va être là pour les urgences. Nous avons toujours agi ainsi et ça fait l'affaire de chacun de nous.

— Connaissez-vous bien les habitants ici?

— Je connais mes clients, mais pour les autres, je les salue lorsque je les croise, mais c'est tout. Je ne me suis pas encore impliquée dans la vie communautaire, mais j'en ai bien l'intention. Alors pour le moment, je ne peux pas vous dire grand-chose. Par contre, le maire doit connaître tout le monde. Je sais que sa famille vit ici depuis plusieurs générations. C'est un homme très près des autres, très attaché à sa ville. Il parle avec tout le monde.

— Merci beaucoup docteure, on ne vous dérangera pas plus longtemps. S'il vous revenait autre chose, pouvez-vous nous appeler?

— Avec plaisir.

Monica Chalut se leva et les raccompagna jusqu'à la réception. Elle les salua avant de recevoir sa cliente et son petit chien.

— Mademoiselle, s'adressa Charlotte à la réceptionniste, pouvez-vous nous parler de l'homme qui est venu vous poser des questions au sujet de l'étude qu'il faisait?

— Oh! Oui c'est vrai. Je l'avais oublié celui-là.

La jeune fille raconta la visite telle que Monica Chalut l'avait décrite. Seuls quelques détails sans grand intérêt pour Charlotte furent ajoutés.

— Vous souvenez-vous de lui? Pouvez-vous le décrire?

— Je me rappelle qu'il était charmant, assez grand. Il avait un sourire à faire craquer toutes mes copines. Elles en étaient jalouses quand je leur ai raconté.

— Vous ne vous souvenez pas d'un détail, la couleur de ses cheveux ou de ses yeux?

— Sincèrement, je ne voyais que son sourire. Je ne me rappelle rien d'autre, désolée.

— Ça ne fait rien. Merci Mademoiselle, au revoir.

Il était proche de midi lorsqu'ils sortirent de la clinique. Ils passèrent devant l'hôtel de ville vérifier les horaires d'ouverture. Ils avaient le temps de dîner. Ils entrèrent dans le petit restaurant situé quelques pas plus loin. Plusieurs habitués étaient venus se retrouver pour parler des dernières nouvelles. À la vue des deux nouveaux venus, les conversations cessèrent. Une serveuse s'approcha et les installa à une table proche d'une fenêtre. C'est après qu'ils furent placés que les discussions reprirent.

Pendant le dîner, ils parlèrent de l'enquête et essayèrent de faire une chronologie des évènements en commençant par la recherche des drogues, soit en décembre de l'année précédente.

— On pourrait presque remonter jusqu'à la mort de John Prescott, suggéra Gabriel.

— C'est sûr que c'est notre point de départ, sauf qu'on ne peut le situer dans le temps. Ça peut dater d'avant sa mort s'il a fait visiter sa maison à notre Roméo. Ou bien, c'est quelqu'un qui le connaissait et que, lorsqu'il a su qu'il était mort, s'est servi de sa maison.

— A priori, le vieux Prescott n'avait pas l'air d'avoir beaucoup d'amis. Même ses plus proches

293

voisins ne le connaissaient pas vraiment. Ils n'ont jamais vu personne lui rendre visite.

— Pour le moment, partons de ce que l'on connaît réellement. En décembre, il cherche à se procurer du *Flunitrazepam* et du *Cisatracurium*. On le dirige vers des vétérinaires. Il vient directement ici, en campagne et invente son histoire sur l'étude qu'il fait. Il repère ainsi les lieux. Quelques jours plus tard, il pénètre dans les deux cliniques. En campagne, personne n'aura idée de cambrioler des vétérinaires, donc pas de raison d'avoir un système d'alarme. C'est aussi pour cette raison qu'il a choisi la campagne. Alors qu'il est en possession de ses deux drogues, il aménage le sous-sol de la maison avec des matériaux livrés directement. Puis, il part à la recherche de ses Juliette.

— Il faudrait savoir comment il connaissait exactement les produits dont il avait besoin.

— Avec internet, on peut tout savoir.

— O.K., mais pourquoi du *Flunitrazepam* et non pas du *GHB*, comme disait la lettre anonyme. Le *GHB* est beaucoup plus utilisé et plus facile à trouver.

— Parce que c'est un original, il veut faire les choses différemment. En se fournissant auprès des dealers, il ne craint pas d'être dénoncé à la police.

— On connaît la suite des évènements. Mais, si tu as raison et que c'est lui qui a enlevé Sandra, comment s'est-il procuré l'éther?

— C'est ce que nous devrons découvrir aussi. Pour le moment, ici nous tenons une piste sérieuse. Espérons que le maire nous en apprendra plus sur les habitants.

— Si je suis ton raisonnement, ça voudrait dire que si notre gars possède d'une façon ou d'une autre une maison ici, il y a peut-être emmené Sandra et elle y est prisonnière.

Les yeux de Charlotte fixèrent Gabriel. Elle n'avait pas songé à cette possibilité.

— Tu as raison, lui dit-elle. Elle n'est pas sa Juliette, elle est un danger pour lui. Elle est son otage et sa garantie. Si elle est ici, nous allons la trouver.

Il était maintenant l'heure d'aller rendre visite au maire. Ils furent reçus par sa secrétaire qui les fit patienter. Monsieur Gélinas, le maire de La Présentation, serait de retour dans quelques minutes. Elle leur offrit un café qu'ils refusèrent. Sur le mur étaient affichées des photos de la ville, anciennes et récentes, ainsi que des plans représentant les différents quartiers. En regardant toutes ces cartes, Charlotte se demandait dans quelle maison pouvait être enfermée son amie.

— Bonjour Madame, Monsieur, dit le maire en entrant.

— Monsieur le Maire, le salua Charlotte en se présentant ainsi que Gabriel.

— François Gélinas, ravi de vous recevoir, lui répondit le maire. Entrons dans mon bureau, s'il vous plaît.

Ils pénétrèrent dans une pièce carrée au centre de laquelle trônait une table en bois massif ainsi que des fauteuils en bois et cuir. Le maire Gélinas les fit asseoir.

— Bienvenue dans notre petite ville. Que puis-je faire pour vous? Que fait la police de Montréal ici?

— Nous enquêtons sur une affaire de meurtre et nos investigations nous ont amenés jusqu'ici.

— Vous soupçonnez quelqu'un d'ici d'avoir commis un meurtre à Montréal?

— Nous n'en sommes pas encore à soupçonner qui que ce soit, mais nous devons vérifier tous les indices.

— Oh! Je comprends. Je vous écoute. Si je peux vous être utile, ce sera avec plaisir.

François Gélinas était âgé d'environ cinquante-cinq ans. Il était assez grand et de carrure très imposante.

— Monsieur Gélinas, vous êtes maire depuis combien de temps?

— J'ai la fierté de dire que je finis mon troisième mandat et j'espère en faire un quatrième. Mon père a lui-même été maire de La Présentation pendant plusieurs années.

— Vous êtes donc originaire d'ici?

— Effectivement. Je suis né dans la maison de mes parents que j'habite maintenant. J'ai fait mes études à Montréal et, ensuite, je suis revenu m'installer ici.

— Dans quel secteur d'activité êtes-vous?

— J'ai un garage automobile. Je vends et je répare les véhicules de mes concitoyens et des communes aux alentours. Aujourd'hui, mon fils travaille avec moi, ce qui me permet d'avoir plus de temps à consacrer à mon poste de maire.

— Vous devez donc bien connaître les habitants de votre ville?

— Ça, vous pouvez le dire. La plupart, je les connais depuis que je suis tout jeune. Régulièrement, des nouveaux venus viennent s'installer. Chaque année, j'organise une petite fête pour les accueillir et leur souhaiter la bienvenue. Je ne les connais pas tous aussi bien, mais assez pour en parler.

— Y a-t-il des maisons vides ou qui ne sont occupées que pendant les vacances?

— Il y en a quelques-unes c'est vrai. Certaines familles ont vu leurs enfants partir pour travailler dans les plus grandes villes. À la mort des parents, les maisons ont été mises en vente. Certaines ont trouvé acquéreur, d'autres non. Nous avons aussi des enfants qui ont gardé la maison et y viennent régulièrement passer quelques jours. C'est toujours un plaisir de les revoir.

— Voyez-vous quelqu'un, en particulier, qui pourrait correspondre à ceci : un homme dans la trentaine environ, seul, dont la maison pourrait être retirée ou isolée.

— Attendez que je réfléchisse. Il y aurait bien le fils des Masson. Comment s'appelle-t-il déjà? Il est allé s'installer à Vancouver et vient ici chaque été.

— Non. Je pense plutôt à quelqu'un qui n'habite pas trop loin, Montréal ou la banlieue.

— Vous dîtes un gars tout seul. Parce que je vois bien d'autres personnes, mais ils sont mariés et ont des enfants.

— Un gars tout seul.

— Mais oui, voyons. Il y a le jeune Rousseau. Jacques Rousseau. Ses parents avaient une maison à la sortie de la ville. Lorsque son père est mort, sa mère s'est installée dans une résidence à St-Hyacinthe. Lui a gardé la maison. Un gars bien gentil, très timide. Il ne se mêle pas trop aux autres, mais il est bien poli. Parfois, je le croise en ville. Je lui demande toujours des nouvelles de sa mère.

— L'avez-vous vu ces derniers temps?

— Honnêtement, cela fait quelques mois. Mais ça ne veut pas dire qu'il ne vient pas. Sa maison est assez éloignée du village.

— Savez-vous quelle voiture il possède?

— Là, vous m'en demandez beaucoup. Je ne sais pas.

— Pouvez-vous m'indiquer où se trouve sa maison?

— Vous pensez réellement qu'il est mêlé à votre affaire?

— Comme je vous disais tantôt, on est obligé de tout vérifier. Pour le moment, on cherche des pistes.

— Oui, bien entendu.

Le maire Gélinas étala une carte sur son bureau, marqua d'une croix l'emplacement de la maison et nota l'adresse exacte.

— Voyez-vous quelqu'un d'autre, Monsieur le Maire?

— Non. Comme je vous l'ai dit, les autres ont des enfants ou habitent trop loin. Je ne vois que lui qui corresponde à vos critères. Je vous le répète c'est un bon gars. Ses parents lui ont donné une très bonne éducation. Des gens très respectueux des traditions.

— Je n'en doute pas, Monsieur. Ne vous inquiétez pas, nous allons seulement vérifier. Nous vous remercions pour votre accueil.

— Ça me fait plaisir.

— Vous avez une très jolie ville. C'est très agréable et très accueillant.

— On fait de notre mieux pour que nos concitoyens se sentent bien.

— Bonne journée Monsieur le Maire.

— Bonne journée à vous et si le cœur vous dit de venir faire un tour ici en dehors de votre travail, vous êtes les bienvenus.

— Pourquoi pas, c'est une idée. Au revoir.

Charlotte et Gabriel marchèrent jusqu'à l'endroit où ils avaient stationné la voiture. Ce n'est qu'une fois à l'intérieur qu'ils parlèrent.

— Tu crois que c'est notre homme, demanda Gabriel. Une bonne éducation, respectueux des traditions.

— Je vois que tu as relevé le fait toi aussi. Il pourrait correspondre au profil. Allons voir sa maison. Peut-être que Sandra est prisonnière là-bas.

— De toute façon, on ne peut pas entrer comme ça.

— Pendant que tu conduis, je vais appeler le chef et lui expliquer. Il y a peut-être un juge qui pourrait nous délivrer un mandat de perquisition.

— Il va falloir donner une bonne raison pour ça.

— Je le sais. Allons-y, on avisera après.

Charlotte expliqua au chef Langlois tout ce qu'ils avaient appris et les soupçons qu'ils avaient. Comme l'avait dit Gabriel, il leur en fallait plus pour qu'un juge leur émette un mandat de perquisition.

Enfin, ils arrivèrent à l'adresse donnée par le maire. Il s'agissait d'une petite maison blanche avec des fenêtres peintes en vert ainsi que le perron en avant de la porte d'entrée, verte elle aussi. Elle avait dû être construite dans les années soixante, légèrement en retrait de la route. Elle paraissait vide. Gabriel fit le tour et aperçu, au fond du jardin, un abri en dessous duquel se trouvait un pick-up gris. Il appela Charlotte qui essayait de regarder à l'intérieur de la résidence à travers les fenêtres. Elle le rejoignit.

— Il ressemble à celui qu'on a vu sur la vidéo du parking où Sandra s'est fait enlever, dit-il.

— Tu as raison. La voilà la preuve pour notre mandat.

Elle rappela le chef et lui fit part de la découverte. Langlois s'occupa du mandat et la rappellerait dès qu'il aurait confirmation.

En attendant, Charlotte fit le tour de la maison. Elle appela son amie au cas où celle-ci pourrait lui répondre. De son côté, Gabriel inspectait le jardin ainsi que l'abri. Il prenait soin de ne rien toucher avant l'arrivée du mandat.

Il était maintenant passé seize heures et cela faisait plus de deux heures qu'ils avaient parlé au chef.

Quelques minutes plus tard, le téléphone de Charlotte sonna. C'était Langlois. Il était en route pour les rejoindre, le mandat en main, accompagné d'une escouade. Il lui demanda les indications pour arriver jusqu'à eux le plus vite possible. Ils avaient déjà traversé le pont Jacques-Cartier et arriveraient dans environ une demi-heure.

Charlotte était impatiente. Depuis que Gabriel lui avait parlé de Sandra, elle voulait croire qu'elle la retrouverait dans cette maison. Elle était consciente que ça pouvait aussi être une fausse piste, malgré l'espoir et la certitude qu'elle ressentait.

Lorsqu'elle vit les véhicules approcher, elle se précipita vers son chef.

Chapitre 17

— J'ai inclus la fouille du pick-up dans le mandat, dit le chef Langlois à peine sorti de son auto devant le visage inquiet de Charlotte.

— Bonne idée chef. Allons-y, commençons par la maison.

Langlois frappa à la porte en se présentant. Aucune réponse. Il recommença en précisant qu'ils allaient défoncer la porte. Toujours sans réponse, un agent frappa un grand coup dans la porte qui s'ouvrit sans difficulté. Une fois à l'intérieur, Langlois se présenta à nouveau. Charlotte faisait déjà le tour de la maison pièce par pièce. Des rideaux épais étaient tirés plongeant l'intérieur dans l'obscurité. Gabriel ouvrit une porte depuis la cuisine.

— Chef, Charlotte, venez. Il y a un escalier qui descend ici.

Il tâtonna à la recherche d'un interrupteur. Enfin, il alluma. Charlotte était déjà en arrière de lui. Ils descendirent les marches avec prudence arme au poing. Il n'y avait qu'une seule pièce. Au centre, un lit vide et dans le fond un grand meuble. Charlotte s'avança et, tout à coup, poussa un hurlement. Elle venait d'apercevoir Sandra au sol, inanimée, les mains attachées aux chevilles. Elle était couchée sur le côté. Charlotte s'approcha, lui tâta le pouls.

— Elle est vivante, appelez une ambulance, hurla-t-elle, vite son pouls est faible.

Langlois s'était approché et essayait de défaire ses liens pendant que Charlotte lui parlait. Sandra ne bougeait pas et ne réagissait pas. Un gros hématome apparaissait sur le côté droit de sa tête couchée dans une grosse tache de sang séché. Gabriel était remonté à la recherche d'une couverture dont il la recouvrit en redescendant. Charlotte lui tenait les mains et ne cessait de lui parler. Des larmes coulaient sur ses joues. Elle avait retrouvé son amie, mais elle craignait pour sa vie. Elle avait vu, non loin de la tête de Sandra, un trophée sportif. Elle comprit tout de suite ce qu'il lui était arrivé et la raison de son inconscience. Depuis combien de temps était-elle dans le coma? Cela pouvait influencer son rétablissement.

Enfin, les ambulanciers arrivèrent. Ils vérifièrent en premier lieu ses signes vitaux. Son cœur battait, lentement, mais au moins il battait. Ils remarquèrent le coup à la tête. Ils lui mirent une minerve. Ils l'installèrent avec précaution sur le brancard et l'emportèrent. Langlois autorisa Charlotte à accompagner son amie jusqu'à l'hôpital. Ils étaient assez nombreux pour finir la fouille. Des techniciens devaient arriver pour faire des prélèvements. Pendant que Charlotte prenait place, le conducteur avertissait l'hôpital de l'Hôtel Dieu à Montréal de leur arrivée et des premières constatations faites sur la blessée.

Sirène hurlante, l'ambulance arriva à l'hôpital rapidement. Attendue, Sandra fut prise en charge aussitôt. Un médecin l'examina et décida de lui faire passer un scanner de la tête. Une analyse de sang fut demandée. Sa tension était très basse et son état très critique.

Une infirmière accompagna Charlotte dans la salle d'attente et lui promit de l'avertir dès qu'ils auraient du nouveau. Elle en profita pour appeler Hugo et lui annoncer la nouvelle. Il promit de se rendre à l'hôpital après avoir déposé leur fille Emily chez Peter, le père de Charlotte. Elle téléphona à Armand Lacerte qui viendrait la rejoindre aussitôt qu'il le pourrait.

* * *

Dans la maison de Jacques Rousseau, Langlois, assisté des agents qui l'avaient accompagné, procédait à une fouille minutieuse. Les techniciens en scène de crime étaient arrivés. Déjà, ils prélevaient des indices et des échantillons, surtout au sous-sol où avait été retrouvée Sandra. Tout serait emporté et analysé dans les laboratoires à Montréal. Langlois ne trouva rien pouvant mettre un visage sur le nom du propriétaire de la maison. Aucune photo, aucun papier ne furent découverts. Il n'y avait que des meubles et de la vaisselle. Dans la cuisine, seule de la nourriture non périssable emplissait les armoires.

De son côté, Gabriel inspectait l'intérieur du pick-up. Il retrouva sur le plancher, en avant du siège passager, un morceau de tissu. En l'examinant, il reconnut l'odeur caractéristique de l'éther. C'était avec ça que Sandra avait été neutralisée. Après tout ce temps, l'odeur était encore présente. Entre les deux sièges, il vit le sac que Sandra portait lors de son enlèvement. Il contenait sa carte de presse ainsi que des papiers, dont le reportage qu'elle avait fait auparavant. À part cela, rien d'autre, aucun papier du véhicule, ni même aucune empreinte. Gabriel appela au bureau des immatriculations. Le numéro de la plaque correspondait bien à un pick-up gris, mais il n'avait pas été renouvelé depuis trois ans. Il était enregistré au nom de Marcel Rousseau. Ce devait être le père de Jacques Rousseau.

Langlois était déçu. La perquisition n'avait pas apporté grand-chose. Bien qu'ils aient retrouvé Sandra et qu'ils connaissaient l'identité du propriétaire de la maison, ils étaient encore incapables de mettre la main dessus. Jacques Rousseau était celui qui avait enlevé Sandra, mais rien ne prouvait que ce soit lui le « Roméo » qu'ils cherchaient. Bien que tous les soupçons se portaient sur lui, Langlois n'avait rien pour étayer cette hypothèse.

La nuit était tombée lorsque toute l'équipe reprit la route en direction de Montréal. Des scellés furent posés sur les portes de la maison et le pick-up fut remorqué jusqu'au hangar du laboratoire.

* * *

Lorsque Hugo arriva aux urgences de l'hôpital, Charlotte faisait les cent pas dans la salle d'attente. Elle fut soulagée de le voir. Elle lui expliqua avec beaucoup d'émotions comment ils étaient arrivés jusqu'à la maison et la découverte de son amie attachée, inanimée, gisant à terre. Hugo lui expliqua que si elle était encore en vie, c'était bon signe. C'était une battante et elle avait des chances de s'en sortir.

Finalement, un médecin vint les voir et leur expliqua l'état de Sandra.

— Elle a reçu un coup important à la tête qui lui a causé un hématome au cerveau. Elle est actuellement dans le coma. Elle n'a pas dû manger depuis un bon moment. Le bon côté est que son coma a ralenti son cœur et ses organes vitaux. C'est ce qui lui a permis de compenser son manque de nourriture. Par contre, elle est déshydratée. Nous l'avons mise sous perfusion afin de l'alimenter. À part son coup à la tête, elle n'a subi aucune autre blessure, ni violence sexuelle.

— Quand pourra-t-on lui parler? questionna Charlotte impatiente.

— Il est impossible pour nous, en ce moment, de prévoir quand elle va se réveiller. Ça peut se faire dans les prochaines heures, les prochaines semaines ou même dans plus longtemps. Pendant quarante-huit heures, nous allons la surveiller, vérifier l'évolution de son hématome. Les prochains jours seront cruciaux pour savoir si elle se rétablira ou pas.

— Savez-vous depuis combien de temps elle est inconsciente?

— Peut-être deux ou trois jours.

Charlotte fit le calcul.

— Donc, le lendemain de son enlèvement.

— Nous avons remarqué de légères traces sur ses genoux. Comme un coup après une chute, mais rien de bien sérieux.

— Elle a dû tomber du lit. Comme elle était attachée, elle n'a pu amortir le choc. Est-ce que je peux aller la voir, docteur?

— Oui, bien sûr. Ensuite, on vous préviendra de tout changement.

— Merci docteur.

Armand Lacerte arriva. Charlotte était contente de le voir.

— Comment va-t-elle? demanda-t-il.

— Elle est dans le coma.

— Oh! Seigneur. Est-ce qu'elle va s'en sortir?

— Les médecins ne savent pas encore, mais on peut aller la voir. Armand, précisa Charlotte, il vaut mieux ne pas annoncer que nous l'avons retrouvée. N'en parle à personne. Il ne faudrait pas que son kidnappeur se sente traqué et s'enfuit.

— Savez-vous de qui il s'agit?

— On a le nom du propriétaire de la maison, mais il n'y habite pas. Je ne sais pas ce qu'ils ont trouvé sur place. J'appellerai Langlois un peu plus tard.

Charlotte, Hugo et Armand entrèrent dans la chambre de Sandra. Elle était allongée sous des draps blancs. Son visage était détendu. Son choc à la tête était bien visible. La contusion redescendait jusqu'à son œil. Malgré ça, elle avait l'air de dormir paisiblement. Des moniteurs affichaient son rythme cardiaque et sa respiration. De temps en temps, une infirmière passait vérifier si tout allait bien.

Hugo pria Charlotte de rentrer se reposer. Armand insista lui aussi. Sandra était entre de bonnes mains.

Dans le hall d'entrée de l'hôpital, ils rencontrèrent Gabriel qui venait prendre des nouvelles. Armand les salua et les quitta. Charlotte voulut tout savoir sur la perquisition. Gabriel lui raconta tout en détail ainsi que leur échec dans la recherche de Jacques Rousseau. La seule adresse qu'ils avaient trouvée était la maison à La Présentation.

— Langlois pense qu'il a pris un autre nom et c'est sous ce nom qu'il est connu et enregistré à Montréal.

— Alors il faut aller voir sa mère à St-Hyacinthe. Elle doit bien avoir une photo de son fils.

— C'est bien ce qui est prévu pour demain.

— Parfait, on ira.

— Es-tu sûre que ça va aller? demanda Gabriel inquiet.

— Oui, oui. Ça va aller. Je viendrai rendre visite à Sandra demain matin et après on ira voir madame Rousseau.

— D'accord. Langlois nous attend à son bureau avant d'y aller. Va te reposer, on ne peut plus rien faire ce soir.

— Merci Gabriel à demain.

* * *

De retour chez eux, Hugo expliqua :

— Ce gars est très malin, comme je l'avais dit. Je ne sais pas s'il avait prémédité ses enlèvements, mais il s'est créé une autre identité, une autre personnalité. Il ne mélange pas les deux. Quand il est Jacques Rousseau, c'est-à-dire dans sa maison à La

Présentation, il est le gars bien élevé, tel que ses parents l'ont éduqué et tel que les habitants le connaissent. À Montréal, il est l'homme sûr de lui, qui est maître de son existence et qui a le don de manipuler n'importe qui.

— Il a forcément fait une erreur quelque part et on va la trouver. On finira par lui mettre la main dessus, j'en suis convaincue.

— Ça ne fait aucun doute, mais s'il te plaît, fait attention. Je te le répète, il est très malin, très déterminé et c'est ce qui peut le rendre dangereux.

— Oui, je le sais. J'ai vu de quoi il est capable avec Sandra et les quatre filles.

Chapitre 18

Après une nuit agitée, Charlotte se leva. Elle avait hâte de se rendre à l'hôpital voir comment Sandra avait passé la nuit. Elle prit à peine le temps de se faire un café. Hugo irait récupérer Emily chez Peter et Nathalie. Lorsqu'elle arriva dans le couloir de l'hôpital, elle croisa le docteur qui s'était occupé de Sandra la veille.

— Bonjour docteur, comment va-t-elle ce matin?

— Je viens de parler avec l'infirmière. Elle a passé une nuit calme. Je me rendais justement dans sa chambre.

— Je vous suis.

Sandra était allongée exactement telle qu'elle était lorsque Charlotte l'avait quittée. Elle avait toujours son visage détendu. Le médecin vérifia sa feuille de soin complétée durant la nuit à chaque passage de l'infirmière. Tout semblait normal vu son état. Il n'y avait eu aucun changement majeur.

— Est-ce que c'est bon signe, docteur?

— La bonne nouvelle, c'est que la pression dans son cerveau ne s'est pas aggravée. Nous lui passerons un autre scanner aujourd'hui pour vérifier. Sa température est bonne et ses analyses de sang sont bien meilleures.

— Ça signifie qu'elle va s'en sortir et se réveiller bientôt.

— On ne peut jamais prévoir quand un patient dans le coma va se réveiller, sauf dans le cas d'un coma provoqué médicalement.

— Oui, je le sais. Dans mon métier, j'ai souvent visité des victimes dans le coma, mais cette fois-ci c'est mon amie. Je comprends maintenant l'insistance des familles à vouloir à tout prix une réponse sûre et précise. Je suis désolée, docteur.

— Ne le soyez pas, inspecteur. C'est compréhensible. Je ferais certainement la même chose si j'étais à votre place. Je vous appellerai dès que j'aurai les résultats du scanner.

— Merci, docteur. Je vais rester encore un peu.

— Au revoir.

Elle s'installa sur la chaise et prit la main de Sandra. Elle lui raconta comment ils avaient fini par la retrouver et lui promit d'arrêter celui qui lui avait fait ça.

Ensuite, elle rejoignit Gabriel au poste. Langlois les attendait. Il répéta à Charlotte la fouille de la maison, du pick-up et tout autour.

— C'est difficile à croire que quelqu'un peut y vivre de temps en temps. Ça ressemble plus à une maison abandonnée. Il n'y a aucun souvenir, aucune trace d'un quelconque passage.

— Pourtant le maire nous a bien confirmé qu'il le voyait parfois.

— Je veux bien le croire.

Charlotte présenta le nouveau profil fait par Hugo.

— Il pense à un dédoublement de personnalité? demanda Gabriel.

— Non, plutôt à une double vie. Deux vies, deux individus totalement différents, deux identités.

— Alors madame Rousseau ne va nous parler que d'une seule de ces vies. Elle ne doit pas connaître la deuxième, c'est évident.

— C'est vrai. Seulement, on en saura plus sur ses habitudes. Même ceux qui ont deux vies ont certaines manies qu'ils ne peuvent perdre. Et puis, elle a certainement une photo.

— Bonne idée, approuva Langlois. Il ne peut pas changer son visage selon où il se trouve. Bon, allez voir cette femme et essayez d'en apprendre le plus possible sur son fils.

Charlotte et Gabriel refirent donc le même chemin que la veille. Ils arrivèrent à St-Hyacinthe vers dix heures. Ils n'eurent aucune difficulté à trouver la résidence. Madame Rousseau était dans le parc. C'était une femme d'environ soixante-quinze ans, petite et assez corpulente. Elle portait ses cheveux gris très courts. Une marchette se trouvait à côté d'elle. Assise sur une chaise berçante, elle profitait du soleil et de la belle température de cette journée. Elle feuilletait le journal du jour. Lorsque l'employée lui présenta ses visiteurs, elle les accueillit avec un large sourire. Elle parlait d'une voix calme, lente et en articulant bien tous ses mots.

— Comme c'est gentil à vous de venir rendre visite à une vieille dame, leur dit-elle. D'où venez-vous déjà?

— De Montréal madame, lui répondit Charlotte en lui serrant la main.

— Asseyez-vous donc ici à côté. Ce n'est pas tous les jours que je reçois de la visite. De Montréal en plus. Est-ce que ça va toujours aussi vite là-bas?

— Toujours madame Rousseau.

— Ah! Ce n'est pas comme ici. C'est tranquille, il n'y a pas beaucoup d'activité. Mais, je suis bien. Je me suis fait quelques amis. Il ne me semble pas vous connaître. Êtes-vous de la famille?

Charlotte s'attendait à cette question. Elle ne voulait pas affoler la vieille dame en lui disant qu'ils enquêtaient sur son fils. Ils en avaient discuté en chemin. Il était convenu de faire croire qu'ils étaient intéressés par la maison.

— Non, pas de la famille madame. Mais nous avons vu votre maison à La Présentation et je peux dire qu'on y a trouvé un certain attrait.

— Oh! Elle n'est plus à moi. Elle est à mon fils désormais. Je suis née dans cette maison ainsi que mon petit Jacques. Nous y avons vécu jusqu'à la mort de mon pauvre Marcel. Il nous a quittés voilà plus de trois ans. Alors, je suis venue m'installer ici et j'ai donné la maison à mon petit.

— Avez-vous d'autres enfants madame?

— Non, malheureusement. Je ne sais plus pourquoi d'ailleurs. Mais, ce n'est pas très important aujourd'hui. J'ai mon garçon et c'est toute ma fierté.

— Habite-t-il dans la maison?

— Je l'espère. C'est ce qu'il m'a dit la dernière fois qu'il est venu me voir.

— C'était quand, vous vous souvenez?

— Ça fait quelque temps déjà. Il me dit toujours qu'il est bien occupé. Moi je crois que ça lui fait de la peine de me voir ici plutôt qu'avec lui dans la maison. Je voulais qu'il apprenne à vivre sans moi, qu'il se débrouille tout seul. Je ne serai pas toujours là, alors il doit suivre son chemin.

— Est-ce qu'il est marié?

— Oh non! Et j'en suis bien triste. Il n'a jamais trouvé la femme idéale pour lui. Il a bien eu quelques petites amies quand il était jeune, mais il n'était pas doué pour choisir la bonne fille. Avec son père, on a essayé de lui faire comprendre. On lui a même présenté des filles qui lui convenaient exactement. L'une après l'autre, elles finissaient par se lasser et on ne les revoyait plus.

— Dans quel secteur travaille-t-il?

— Je sais qu'il gagne bien sa vie, mais je n'ai jamais compris dans quoi. Il fait des recherches.

— Vous voulez dire en médecine ou en industrie?

— Je n'en ai aucune idée. Je vous l'ai dit. Le plus important pour moi c'est qu'il ait un métier honorable qui le fasse vivre.

— Vous devez bien avoir une photo de lui?

— Certainement, il faudrait que j'aille chercher dans mes affaires. Suivez-moi, vous allez voir comme je suis bien installée.

Madame Rousseau se saisit de sa marchette et précédait ses visiteurs jusqu'à sa chambre. Elle ne cessait de parler de son fils et racontait tous les souvenirs qu'elle avait de sa vie avec son mari et son enfant unique. Elle avançait très lentement. Ainsi, elle eut le temps de raconter plusieurs anecdotes avant d'arriver à destination.

— Entrez, je vous prie, dit-elle.

C'était un logement très simple comprenant une petite cuisine, équipée du minimum, un salon meublé d'un fauteuil et d'une bibliothèque dans laquelle était posée une petite télé, quelques livres et bibelots dispersés çà et là sur des étagères. À côté de la cuisine, il y avait la salle de bains puis la chambre comprenant un lit et une commode à tiroirs. Au premier coup d'œil, Charlotte ne vit aucune photo comme on pensait toujours trouver dans ces appartements de résidence. Des souvenirs qu'apportaient avec eux les personnes âgées qui quittaient leur lieu de résidence où ils avaient passé une grande partie de leur vie.

— Qu'est-ce que je suis venue chercher déjà? se demanda-t-elle à l'entrée de sa chambre.

— Une photo de votre fils, lui rappela Charlotte.

— Ah oui, c'est vrai. Voyons, où est-ce que je pourrais trouver ça? Je ne me rappelle pas où je l'ai rangée.

— Peut-être dans votre bibliothèque ou dans une boîte dans le placard de votre chambre, suggéra Gabriel.

— Je ne sais plus. Vous pourriez peut-être regarder vous-même, jeune homme. Je suis un peu fatiguée. Allez-y, ne vous gênez pas, moi je vais me reposer sur mon divan.

Charlotte regarda dans la bibliothèque. Elle ouvrit les quelques portes, mais aucune photo ni encadrée, ni dans une boîte ou une enveloppe.

De son côté, Gabriel n'avait pas eu plus de chance. Il n'y avait aucune décoration sur les murs de la chambre. C'était un appartement impersonnel et sans âme.

Charlotte rejoignit son partenaire.

— C'est la première fois que je vois un logement aussi vide de souvenir. C'est comme si cette femme n'avait aucun passé et qu'elle arrivait de nulle part, chuchota-t-elle.

— Oui, c'est assez triste comme fin de vie. Je la plains beaucoup.

— Je crois qu'on n'apprendra rien de plus d'elle.

Alors qu'ils sortaient de la chambre, madame Rousseau se leva de son fauteuil en disant :

— Je me rappelle maintenant où je l'ai mise. Ce petit repos m'a réveillé la mémoire.

Elle se rendit à la cuisine, ouvrit une porte d'armoire et décolla de l'intérieur une photo usée.

— Tenez, la voilà.

Elle la tendit à Charlotte.

— Regardez, c'est mon petit Jacques, lors de son premier jour d'école. Et là, à côté, c'est mon pauvre Marcel. Voyez comme il est mignon mon petit.

— C'est la seule photo que vous avez de lui?

— La seule dont je me souviens.

— Pouvez-vous nous la prêter quelques jours?

— Je veux bien, mais qu'allez-vous en faire?

— J'aimerais la montrer à des amis.

— Dans ce cas, je n'y vois aucun problème, mais promettez-moi de me la rendre et faites-y attention, elle n'est plus toute jeune, comme moi.

— Ne vous inquiétez pas, nous en prendrons soin. On vous la ramènera dans un jour ou deux. C'est promis Madame Rousseau. Je vous remercie.

— Si vous voyez mon garçon, dites-lui qu'il vienne me voir. Ça fait longtemps que je l'ai vu.

— Je n'y manquerais pas. Au revoir Madame. On se reverra bientôt.

— Vous êtes un petit couple bien gentil. Revenez vite. Fermez la porte en sortant, je vais faire une petite sieste.

Charlotte alla parler à une infirmière.

— Excusez-moi. Connaissez-vous bien madame Rousseau? J'aimerais vous poser quelques questions.

— Vous êtes de la famille? Je ne vous ai jamais vu.

— Pas exactement.

Charlotte montra sa carte et déclina son identité.

— Oh! Il y a un problème?

— Une de nos enquêtes nous a amené jusqu'à elle, mais je ne peux pas vous en dire plus.

— Je comprends. Je vous écoute.

— A-t-elle encore de la famille?

— Seulement son fils.

— Vient-il la voir souvent?

— Non, pas très souvent. Les premiers temps où elle est arrivée, on le voyait régulièrement. Puis, petit à petit ses visites se sont espacées. Cela fait maintenant plusieurs mois qu'on ne l'a pas vu.

— Avez-vous ses coordonnées pour le joindre en cas d'urgence?

— Certainement. Il a dû nous donner ça à l'inscription de sa mère.

— Il va nous les falloir.

— Sans problème, suivez-moi au bureau.

— Quel est l'état de santé de madame Rousseau?

— Physiquement, elle va bien, à part un peu de difficulté pour se déplacer. Son cœur est excellent pour son âge et sa tension est bonne. C'est juste sa tête. Elle commence à perdre la raison de temps en temps.

— Est-ce que c'est l'Alzheimer?

— Non. Elle perd peu à peu la mémoire. Parfois, elle se demande même où elle est. C'est une femme très gentille.

— Merci beaucoup. Oh! Encore une petite question. Y a-t-il quelque chose qui lui ferait plaisir, je ne sais pas, une gâterie?

— Apportez-lui des brownies au chocolat et ce sera la femme la plus heureuse.

— C'est noté. Au revoir.

En route pour Montréal, Gabriel demanda :

— Que vas-tu faire avec la photo? Elle est trop vieille. Il a bien changé depuis.

— Je sais qu'il existe un logiciel de vieillissement qui permet, à partir d'une photo, de travailler le visage de la personne et de montrer à quoi il pourrait ressembler aujourd'hui. Ensuite, il faut tenir compte de certains paramètres comme les cheveux, la barbe ou la moustache, lunettes ou pas ou des éventuelles cicatrices. Je vais la donner au laboratoire.

— Espérons que ça donnera quelque chose. Donne-moi les coordonnées de son fils que je regarde.

Charlotte lui tendit la feuille donnée par l'infirmière. Gabriel dit, après avoir lu :

— Encore une impasse avec ça.

— Comment ça?

— Il a donné l'adresse de sa maison à La Présentation et son téléphone a le même indicatif que là-bas.

— Essaie toujours, on ne sait jamais.

Gabriel composa le numéro. Il tomba sur une boîte vocale indiquant que le numéro n'était plus attribué.

— Pauvre femme, dit Charlotte. S'il lui arrive quoi que ce soit, ils n'ont personne à prévenir. Il faudra leur en parler quand nous ramènerons la photo.

— Décidément, ce gars-là est un vrai fantôme. La seule trace que nous avons de lui est cette photo qui date de bien des années.

— Oui. Hugo avait raison. Il est très rusé. Il nous faut découvrir qu'elle est sa vie aujourd'hui à Montréal.

— Pour toi, c'est là qu'il habite et travaille?

— Ça ne fait aucun doute. Pour mettre en place la scène de son délit, il ne peut pas venir de l'extérieur, il perdrait trop de temps.

Ils arrivèrent enfin. Ils portèrent la photo au laboratoire en expliquant ce qu'ils voulaient. Cela prendrait un peu de temps. Ensuite, ils racontèrent à Langlois leur visite à St-Hyacinthe. De son côté, le chef confirma que l'éther retrouvé sur le morceau de tissu récupéré dans le pick-up était le même que celui analysé sur le cellulaire de Sandra.

Une recherche plus approfondie fut lancée pour retrouver Jacques Rousseau, que ce soit à Montréal ou aux alentours. Plusieurs noms ressortirent, mais aucun d'eux ne correspondait au Jacques Rousseau qu'ils cherchaient. Langlois avait la certitude qu'il avait changé son identité. À voir comment il avait effacé toutes ses traces dans sa maison où dans la chambre de sa mère, il leur fallait chercher ailleurs. Le seul indice qui pourrait aujourd'hui le relier à Montréal était l'éther. Suite à l'analyse complète des composantes, ils pourraient trouver exactement dans quelle usine il s'était servi. Pour cela, Langlois avait envoyé un technicien faire un prélèvement dans chacune des fabriques de colle. Heureusement, il n'y en avait que quelques-unes.

La photo donnée par madame Rousseau avait été scannée et remise à Charlotte. Elle irait la rendre dès qu'elle le pourrait. Elle prit quelque chose pour dîner et alla rendre visite à Sandra. Son état n'avait pas évolué.

De retour de l'hôpital, elle lut le message laissé par la réceptionniste. Le notaire Rénald Brochu voulait lui parler. Elle composa son numéro.

— Bonjour Monsieur Brochu, Charlotte Thomas.

— Bonjour inspecteur. Merci de me rappeler.

— Que puis-je faire pour vous?

— Une personne s'est présentée à mon étude ce matin. Il m'a dit qu'il était l'héritier de monsieur Prescott.

— D'où venait-il?

— De Londres en Angleterre. Il a été contacté par un détective là-bas.

— Quel est son lien de parenté?

— Il m'a expliqué que monsieur Prescott était le cousin de sa mère.

— Comment s'appelle-t-il?

— Kevin Clark. Il a vingt-huit ans. Ses parents sont décédés dans un accident de voiture il y a trois ans.

— S'est-il annoncé comme le seul héritier?

— À sa connaissance, la famille n'était pas étendue. Il avait entendu parler d'un oncle qui vivait à l'étranger, mais c'est tout. Il pensait qu'il était déjà mort depuis longtemps. À ce qu'il m'a dit, les Prescott ne vivaient pas très vieux. Ils avaient des problèmes cardiaques de génération en génération.

— Vous croyez à son histoire?

— Ça paraît assez étrange de prime abord. Il ne parle absolument pas le français et m'a montré son passeport britannique.

— Qu'allez-vous faire?

— Bien entendu, nous devons vérifier son histoire. Il devra nous fournir toutes les preuves attestant son lien avec monsieur Prescott. Il m'a demandé quels étaient les biens de son grand-oncle.

— Il a l'air un peu pressé d'hériter.

— C'est aussi mon avis. Je ne lui ai rien révélé.

— S'il dit la vérité, il faudra voir avec le détective qui l'a retrouvé.

— C'était ma prochaine étape. Je vais appeler Jack Ross pour avoir ses coordonnées, mais je voulais vous en faire part avant, vous comprenez, à cause de votre enquête.

— Vous avez bien fait. Nous devrons rencontrer ce jeune homme nous aussi. Avez-vous un numéro pour le rejoindre?

— Il est descendu à l'hôtel Delta au centre-ville.

Le notaire Brochu donna les renseignements à Charlotte et elle promit de le rappeler aussitôt après sa rencontre avec Kevin Clark.

Elle parla à Langlois qui décida de prendre contact avec Scotland Yard à Londres afin de vérifier ses antécédents. En attendant, Charlotte convoqua Kévin Clark pour un entretien dès la fin d'après-midi.

* * *

Quelques instants plus tard, un technicien appela. L'éther utilisé par Jacques Rousseau provenait de l'entreprise « Epoxy Industrie Inc. » installée dans la zone industrielle. Il donna l'adresse et le numéro de téléphone ainsi que le nom du propriétaire, Réal Maltais. Charlotte l'appela immédiatement et l'avertit de sa visite. Réal Maltais était prêt à les recevoir. Accompagnée de Gabriel, elle s'y rendit aussitôt. Ils furent introduits dans son bureau.

— C'est étonnant, dit Charlotte, on ne sent aucune odeur de colle ou de solvant ici!

— Dans notre profession, nous avons des normes très strictes. Nous devons avoir un système de filtration et de ventilation très sophistiqué. Pour le bien-être de mes employés, je me fais un point d'honneur à le respecter. Nous avons régulièrement des visites de la C.N.E.S.S.T (Commission des normes, de l'équité, de la Santé et de la Sécurité au Travail) et je peux me vanter de n'avoir que des bons

335

rapports. Je pourrais vous faire une visite guidée si vous le désirez?

— Revenons au sujet de notre visite, si vous le voulez bien. Comme vous le savez, dans une de nos enquêtes, nous avons retrouvé de l'éther. Selon les échantillons que nous avons prélevés dans toutes les usines de la région, nous avons pu déterminer que cela provenait de votre usine. Avez-vous eu connaissance d'une effraction dans vos locaux ou d'un vol?

— Comme je l'expliquais à quelqu'un de chez vous, c'est difficile de savoir si de l'éther a été volé. Lors de la fabrication de colle, nous avons besoin d'une certaine quantité. Il se peut qu'à ce moment-là, l'ouvrier en échappe quelques gouttes. On ne peut connaître avec précision notre stock réel. Bien entendu, je parle d'un volume aussi petit que ce qui a dû être utilisé. Pour ce qui est de l'effraction, non, nous n'en avons pas eu. Notre système d'alarme est branché chaque jour.

— Dans ce cas, il ne peut s'agir que de l'un de vos employés.

— Vous voulez dire que vous soupçonnez mon personnel.

— Je veux dire qu'il se peut que l'un d'eux ait emporté une quantité d'éther hors de votre usine. Qu'il s'en soit servi lui-même ou fourni à une autre personne. C'est ce que nous devons trouver. Nous voulons voir la liste de vos employés y compris le personnel administratif.

— Je vous la donnerais volontiers. J'ai toute confiance en eux. Je ne crois pas du tout que votre coupable soit parmi eux.

— Nous allons les interroger les uns après les autres et, après ça, nous pourrons confirmer ou infirmer nos soupçons.

— Pourrais-je avoir les résultats de ces entretiens?

— Bien entendu. Par contre, j'aimerais que vous soyez discret. On ne veut pas dévoiler la raison exacte de ces entrevues.

— Aucun problème, je comprends. S'ils me posent des questions, je vous présenterai comme des inspecteurs en sécurité.

— Excellente idée, nous les rencontrerons ici même.

— En attendant que la liste s'imprime, suivez-moi je vais vous faire visiter.

Réal Maltais était très fier de son usine. Il en parlait comme de son propre enfant. Il expliquait en détail le procédé de fabrication, d'emballage et de stockage des différents types de colles qui sortaient de son entreprise. Les employés regardaient les visiteurs passer et saluaient leur patron avec respect. À la fin de la visite, ils retournèrent au bureau de Réal Maltais et prirent la liste imprimée.

— Monsieur Maltais, je vous préviendrai avant de venir interroger votre personnel. Nous avons certaines choses à vérifier auparavant.

— Je suis toujours ici. J'attends votre appel.

— Merci Monsieur pour votre collaboration et bonne journée.

* * *

Kevin Clark était déjà arrivé et attendait à la réception. Charlotte l'interrogera seule pendant que Gabriel fera une recherche d'antécédent sur chacun des employés.

Un matin, en prenant son déjeuner, Kevin Clark lut une annonce dans le journal de Londres. C'était un appel lancé à toute personne ayant un lien avec la famille Prescott. Sa mère était la fille d'un monsieur Prescott. Bien entendu, lui ne portait pas ce nom, sa mère s'étant mariée avec monsieur Clark. L'annonce disait que quiconque appartenait à cette famille ou si on connaissait quelqu'un de cette lignée, de bien vouloir communiquer avec le détective privé dont le numéro était inscrit en dessous. Kevin avait appelé le matin même et avait rencontré l'enquêteur quelques heures plus tard. Depuis quelques mois, Kevin faisait des recherches sur sa famille. Il était surpris de ne connaître aucun parent du côté de sa mère. C'est à ce moment-là qu'il avait découvert que les Prescott n'avaient pas une très bonne santé et n'étaient pas très prolifiques. Sa mère n'avait qu'un seul frère qui

339

était mort à l'âge de vingt-cinq ans, sans enfant. Le père de celle-ci était issu d'une famille de quatre enfants, trois garçons et une fille. La fille était décédée en mettant au monde un enfant qui mourut, lui aussi, quelques jours après d'une insuffisance cardiaque. Un des garçons était mort durant la dernière guerre. Le père avait succombé à une crise cardiaque laissant deux enfants en bas âge. Enfin, le plus âgé des enfants avait quitté l'Angleterre avec sa femme et son petit garçon prénommé John, âgé de seulement cinq ans, pour s'installer en Amérique. Le reste de la famille n'eut plus aucune nouvelle d'eux et, finalement, tous avaient fini par supposer qu'ils avaient dû subir le même sort que le reste de la famille. La mère de Kevin n'avait pas voulu avoir d'autres enfants. Elle croyait que la famille subissait une malédiction depuis plusieurs générations.

Charlotte trouva ce récit un peu étrange, mais cette étrangeté pouvait très bien être plausible. Elle sentait la sincérité dans le jeune homme. Kevin Clark se rendit compte que la femme devant lui doutait de ses propos. Il proposa de faire une recherche d'ADN commune entre lui et John Prescott. Quand Charlotte lui demanda quels étaient les biens de son grand-oncle, Kevin répondit qu'il n'en avait aucune idée et qu'il n'espérait pas hériter de grand-chose. Par contre, sa plus grande satisfaction serait de savoir qu'enfin, un Prescott avait vécu aussi longtemps et en santé, malgré ce qu'on lui avait dit durant toute sa vie.

Une prise de sang fut faite sur Kevin Clark afin d'être comparée avec une mèche de cheveux que John Prescott avait laissée au notaire Brochu, dans le seul but de confirmer la véracité des personnes se présentant comme héritiers.

John Prescott connaissait l'histoire de sa famille et il voulait laisser le notaire faire lui-même la recherche d'héritier éventuel, car il se doutait que ce ne serait pas facile. Il devait même penser être le seul survivant de cette famille originale et maudite.

Charlotte dut se rendre à l'évidence, elle croyait Kevin Clark. Les résultats d'analyses devraient le lui confirmer. Le jeune Clark n'était jamais venu à Montréal et n'avait évidemment, jamais vu son grand-oncle. Durant sa recherche généalogique, il ne s'était découvert aucun autre parent de la famille Prescott.

Dans ce cas, il serait le seul héritier de John Prescott. Il avait été stupéfait en lisant l'annonce quelques jours plus tôt. Il pensait à un canular. Charlotte prit les coordonnées du détective à Londres. Après le départ de Kevin, elle l'appela. Celui-ci confirma l'étonnante histoire de ses longues démarches depuis tout ce temps. Le détective avait voulu en avertir son homologue à Montréal, Jack Ross, mais n'avait pas réussi à le joindre. Enfin pour lui, ce dossier était classé. Il avait passé cette annonce en dernier recours. S'il n'avait pas eu de réponse, il aurait retourné la demande à Montréal avec pour conclusion, mort sans héritier.

Elle téléphona ensuite au notaire Brochu, lui résuma la rencontre avec Kevin Clark et l'analyse en cours pour déterminer s'il y avait bien un lien de parenté avec feu monsieur Prescott.

Avant de rentrer chez elle, Charlotte alla à l'hôpital. L'était de Sandra n'avait pas évolué. Par contre, son œdème au cerveau avait commencé à diminuer. C'était très bon signe.

De son côté, Gabriel avait passé tous les noms des employés de « Epoxy Industrie » à la recherche d'antécédent judiciaire. Aucun d'eux n'était fiché ni n'avait de dossier. Quelques amendes pour stationnement ou excès de vitesse pour certains, mais rien de bien important. Il ne leur restait donc qu'à les interroger les uns après les autres.

Chapitre 19

Réal Maltais avait installé les inspecteurs dans la salle de conférence. Il avait averti son personnel de leur visite et leur demanda de répondre aux questions le plus sérieusement et honnêtement possible.

Les interrogatoires débutèrent avec les employés administratifs. Trois femmes et un homme composaient ce service. Il y avait la secrétaire, la réceptionniste, le comptable et la responsable des commandes. Tous connaissaient plus ou moins les procédés de fabrication, mais ne se rendaient presque jamais dans l'entrepôt. S'ils devaient communiquer avec le chef d'atelier, ils l'appelaient par l'interphone. Ils n'avaient aucun contact avec les produits utilisés pour la fabrication des colles.

Après ces quatre personnes, le chef d'atelier fut appelé. Pensant à un contrôle de sécurité, il commença en détaillant toutes les mesures que l'entreprise prenait et l'importance pour lui de respecter ces mesures. Si toutefois il voyait un gars en défaut, il l'avertissait sur-le-champ. En cas de récidive ou de désobéissance, l'ouvrier était mis à la porte immédiatement. Il faisait lui-même les entrevues d'embauche et en parlait ensuite à son patron, Réal Maltais. Il n'y avait pas une personne attitrée à chaque produit. Chacun avait accès au stock. Un registre consignait la gestion de ce stock. Il y était inscrit la date, le nom du produit sorti et le nom de l'employé. Charlotte demanda à voir ce registre. Quelques minutes plus tard, un jeune l'apporta. Elle l'ouvrit, le feuilleta rapidement puis le poussa. Elle voulait le consulter plus tard de façon plus approfondie. Le chef d'atelier était tellement strict sur la sécurité que Charlotte le laissa aller lui demandant de lui envoyer l'employé suivant.

Ils interrogèrent ainsi, tour à tour, tous les ouvriers. Sans trop vouloir insister sur l'éther, ils demandèrent à chacun si, par moment, il leur arrivait de prélever une quantité de produits pour leur besoin personnel. La majorité d'entre eux, ayant des enfants, ne voulaient pas en avoir chez eux. Ils connaissaient les dangers. Ils les manipulaient tous les jours. Par ailleurs, un jeune homme, nouvellement embauché depuis quelques mois, ne voyait aucun problème à en utiliser certains. Charlotte lui demanda :

— Avez-vous déjà pris un peu d'éther, par exemple?

En toute bonne foi et sans appréhension, il avoua :

— Mon père m'en a demandé plusieurs fois, aussitôt que je suis arrivé ici. Mais je ne voulais pas me faire prendre et perdre mon emploi aussi vite.

— Que voulait-il en faire?

— C'était pour exterminer des parasites dans sa maison à la campagne. Comme ça avait bien marché, il en a voulu une autre fois pour un ami qui possédait lui aussi une maison en campagne.

Charlotte savait qu'ils avaient enfin le lien. Elle lui demanda le nom de son père et de cet ami.

— Moi, je ne le connais pas personnellement, répondit-il. Je sais seulement que sa maison est sur la Rive-Sud à environ une heure de Montréal. Mais mon père pourra vous en dire plus.

Il nota les coordonnées. Il ne semblait pas avoir mauvaise conscience pour ce qu'il avait fait. Charlotte ne divulgua pas l'information à Réal Maltais, elle voulait vérifier avant.

Aucun autre n'avait sorti de l'éther récemment, ou du moins ne l'avait pas avoué. Ils quittèrent l'entreprise avec le registre. Charlotte communiqua avec le père du jeune homme. Il habitait Longueuil. Il accepta de les recevoir.

Ils arrivèrent devant un immeuble proche d'un centre commercial. Ils sonnèrent et aussitôt un homme aux cheveux gris leur ouvrit. Il n'était pas très grand et un début d'embonpoint témoignait de la sédentarité de cet homme. De par son âge, il ne correspondait pas au profil de l'homme recherché par la police.

— Bonjour Monsieur, le salua Charlotte. J'espère qu'on ne vous dérange pas?

— Pas du tout. Je suis à la retraite alors j'ai tout mon temps. Seulement, je suis intrigué. Pourquoi la police vient-elle jusque chez moi?

— Juste quelques questions à vous poser, rien de grave.

— Dans ce cas, entrez. Je n'ai rien à cacher. Avant tout, je me présente, Lino Vasco. Que puis-je faire pour vous?

— Monsieur Vasco, un peu plus tôt nous avons parlé avec votre fils.

— Victorio! Il n'a rien fait de grave, j'espère?

— Non, non rassurez-vous. Il nous a dit vous avoir fourni un peu d'éther.

— Oh, c'est pour ça! Ils l'ont découvert finalement. Est-ce qu'il va perdre sa place?

— Pour le moment, il n'y a que nous qui sommes au courant.

— Ce n'était vraiment que quelques gouttes.

— Oui, nous savons tout ça. Par contre, il nous a dit vous en avoir redonné pour un de vos amis.

— C'est exact. Vous savez, on ne peut plus s'en procurer, pourtant ça fait des miracles.

— Tout dépend de son utilisation.

— C'est évident. Mais quand on sait comment l'utiliser, il n'y a pas de danger.

— Où se trouve votre maison de campagne?

— Sur le bord de la rivière Richelieu. C'est un coin superbe.

— Et votre ami?

— Enfin, ce n'est pas exactement mon ami. C'est grâce à lui si j'ai pu avoir cette maison.

— Il est agent immobilier?

— Non pas du tout. C'est un héritage. Vous vous rendez compte, je ne savais même pas que j'avais de la famille aussi près d'ici.

— Vous voulez dire qu'il est notaire.

— Ben en fait, je ne sais pas trop. Un beau jour, il a sonné à ma porte ici même. Il m'a montré sa carte et m'a demandé de lui fournir des preuves de mon identité. Il m'a demandé si je connaissais Marco Vasco. Bien entendu que je lui ai répondu. Mais je ne savais pas où il habitait. J'étais surpris d'entendre ce nom ici. C'est alors qu'il m'a dit que je venais d'hériter d'une maison de campagne, que Marco avait fait un

349

testament me léguant sa maison. Je n'en revenais pas. Alors, je suis parti avec lui et on est allé la voir. C'est sûr que ce n'est pas un château, mais avec quelques travaux, j'arriverai à en faire quelque chose de beau. C'est lors de la visite que j'ai vu toutes ces bestioles. Je lui ai parlé de l'éther, que je savais où m'en procurer et que j'allais tout exterminer. Il a paru intéressé. Il possède lui aussi une maison à la campagne. Quelque temps après, il m'a appelé me demandant si je pouvais lui en procurer un peu, car il avait lui aussi du ménage à faire dans son garage. J'ai demandé à Victorio et c'est tout. Il n'en a pris que deux fois seulement. Ils n'ont pas pu s'en rendre compte.

— Comment s'appelait cet homme?

— Voyons que je me rappelle. Je dois avoir sa carte quelque part, mais reste à savoir où je l'ai rangée. Avant c'était ma femme qui s'occupait de ça, mais depuis qu'elle est morte, je ne retrouve plus rien.

— Est-ce Jacques Rousseau son nom?

— Jacques Rousseau, peut-être bien. Pourtant ça ne sonnait pas tout à fait comme ça.

Monsieur Vasco fouillait tous ses tiroirs tout en parlant. Il en était à sa chambre.

— Mais où ai-je pu mettre cette carte?

— Vous êtes déjà passé chez le notaire pour les papiers, je suppose?

— Oui bien sûr… Mais oui, vous avez raison, j'ai dû la mettre avec.

Il revint dans le salon où se trouvait une table remplie de papier. Une petite étagère était collée au mur. Il ouvrit une porte et sortit une pile de dossiers.

— Ah! Le voilà. J'ai tout mis dans un dossier.

Il feuilletait les papiers les uns après les autres.

— Ça, c'est le notaire, mais ce n'est pas lui. Ça, c'est l'évaluateur. Je voulais connaître sa valeur. Ah! Enfin la voilà. Eh! Vous n'étiez pas loin. Il s'appelle Jack Ross. C'est un peu plus anglophone que Jacques Rousseau.

— Vous avez dit Jack Ross? cria presque Charlotte.

— Ben oui, c'est ça, tenez, regardez.

Charlotte vérifia. C'était bien la même adresse où elle s'était rendue au début de son enquête. Elle remercia Monsieur Vasco.

* * *

— Jacques Rousseau – Jack Ross. Bien joué, dit Gabriel aussitôt dehors.

— Je lui ai parlé dès le début. Je n'en reviens pas.

— Nous devons être certains que c'est le même homme.

— Oui bien sûr, mais maintenant tout s'explique. Il prenait son temps pour retrouver les héritiers. Son plan a germé dans sa tête lorsqu'il a visité la maison. Et puis le détective de Londres n'a pas été capable de le rejoindre ces derniers jours.

À leur arrivée au poste, une autre surprise les attendait qui confirmait l'identité de Roméo. Le jeune Jacques Rousseau avait été vieilli et plusieurs versions avaient été imprimées; différentes coupes de cheveux, avec ou sans lunettes, avec moustache, barbe ou rasé. Aucun doute, il s'agissait bien de Jack Ross. L'étau se resserrait.

Charlotte annonça la nouvelle à Langlois et un mandat d'arrêt fut lancé. Désormais, Jacques Rousseau alias Jack Ross alias Roméo était recherché par toutes les polices de Montréal et de la province de Québec. Un mandat de perquisition fut délivré pour fouiller son appartement à Montréal. Avant de s'y rendre, Charlotte rendit une visite à Daniella. Elle lui montra le portrait du suspect. En le voyant, la jeune femme fut prise de tremblement et se mit à pleurer. C'était bien l'homme qui avait abusé de sa confiance au restaurant puis l'avait séquestrée pendant de longs mois. Son visage resterait à jamais gravé dans sa mémoire. Charlotte la remercia et la rassura. Très bientôt, il serait arrêté et ne pourrait plus faire de mal à personne. D'ici là, elles devraient, elle et sa mère, rester cachées. Le cauchemar de Daniella prendrait bientôt fin.

Gabriel avait commencé, avec l'aide d'autres agents, la perquisition de l'appartement de Jack Ross. Il était situé dans le quartier Outremont. Il occupait le premier niveau d'un duplex. Le haut était occupé par les propriétaires. Seulement, ceux-ci ne venaient que rarement. Depuis quelques années, ils vivaient à l'extérieur du Québec. C'était donc une place idéale pour Ross. Il avait pratiquement la maison pour lui tout seul. Son logement possédait un sous-sol, prenant toute la surface de la maison. Il avait accès au jardin situé à l'arrière ainsi qu'au garage. Ses proches voisins ne pouvaient rien voir de ce qu'il faisait.

Lorsque Charlotte arriva, Gabriel se trouvait au sous-sol. Dans une grande boîte, il découvrit tous les albums photo de la famille Rousseau vivant dans leur maison à La Présentation. Il y avait le petit Jacques de la naissance jusqu'à l'adolescence. À chaque cliché, il était aux côtés de son père ou de sa mère. Sur l'une d'elles, on le voyait lors d'une fête de village entouré d'amis. Une jeune fille le tenait par la main et le regardait amoureusement. Il devait avoir dix-sept ou dix-huit ans. À l'envers de la photo il avait noté « *Juliette, mon premier amour et le seul* ».

— Tu crois qu'elle s'appelait réellement Juliette ou son obsession avait déjà commencé? demanda Charlotte.

— Je n'en sais rien. On pourrait en apprendre un peu plus sur lui si on pouvait la retrouver.

— On pourrait demander au maire. Il doit certainement la connaître. As-tu trouvé autre chose?

— Rien de bien intéressant pour le moment. J'ai regardé en haut. Quand j'ai découvert l'accès au sous-sol, je me suis mis à sa place. Si je devais cacher des objets compromettants, je les mettrais dans un endroit où je ne reçois personne. Dans ce cas, il y a soit le sous-sol, soit le garage.

— Et dire que je suis venue ici même pour l'interroger tout au début. Si j'avais dû faire une liste de suspects, il aurait été le dernier inscrit.

— Hugo l'avait bien dit. Ce gars est très doué. Il est capable de berner tous ceux qui l'approchent, peu importe la personnalité qu'il prend.

À ce moment-là, Gabriel souleva une grosse bâche en coton beige. Elle était posée sur une malle en cuir assez vieille. Il ouvrit le couvercle. À l'intérieur, une toile en plastique blanc était pliée soigneusement. En dessous, des photos des cinq victimes vêtues des robes retrouvées dans leur cellule étaient collées sur une page d'album. Puis, ils retrouvèrent tous les sacs des jeunes filles contenant les affaires qu'elles avaient le jour de leur disparition. En continuant à fouiller, ils tombèrent sur deux flacons. Ils venaient de trouver les deux drogues qu'il avait utilisées sur les adolescentes. Tout le contenu de la malle fut envoyé au laboratoire pour analyses et ainsi confirmer que c'était bien ce qu'ils cherchaient.

Un agent appela Charlotte. Il avait peut-être trouvé quelque chose d'intéressant. Dans un tiroir d'une table de chevet, il avait vu un carnet noir. Ce qu'il lut à l'intérieur était lié à l'enquête. Jack Ross avait pris des notes sur ses performances avec les jeunes filles. Il leur avait attribué un numéro dans l'ordre de leur arrivée. À la fin du carnet, soit quelques jours avant l'évasion de Daniella, il avait noté :

« *Laquelle vais-je supprimer avant de la remplacer. Je commence à m'ennuyer. Il me faut du sang neuf. Demain, je repars à la chasse* ».

— Daniella a contrecarré ses plans, dit Charlotte. Il avait déjà prévu d'en tuer une. Il n'a pas agi par impulsion lorsqu'il les a assassinées. Son idée était déjà faite. Il voulait montrer aux autres filles qu'elles devaient faire un effort pour être à la hauteur et pour rester en vie.

— C'est peut-être aussi lui qui se lasse tout seul, osa l'agent. Il ne se serait jamais arrêté et en aurait enlevé d'autres.

— Tu as sans doute raison. On pourrait se demander ce qu'il comptait faire du corps après l'avoir tué.

— Peut-être y répondra-t-il? Je continue à fouiller.

Le reste de la maison ne fut pas aussi riche en découvertes. Sur un mur du garage, ils prélevèrent des traces de peinture de la même couleur que le pick-up trouvé à La Présentation. Il l'avait stationné là avant l'enlèvement de Sandra. Il avait dû s'organiser après avoir vu le reportage aux nouvelles. Comment était-il revenu à Montréal? Peut-être voudra-t-il répondre également à cette question lors de son interrogatoire.

La journée avait été chargée. Les enquêteurs avaient découvert l'identité du tueur et avaient récolté toutes les preuves l'incriminant. Malgré ça, ils n'avaient pu mettre la main sur Jack Ross. Sa maison en campagne était surveillée. Toutes ses connaissances avaient été interrogées. Personne n'avait eu de nouvelles de lui depuis trois ou quatre jours. Pour certains, ça datait de plusieurs semaines. Le notaire Brochu avait essayé d'appeler son cellulaire, mais celui-ci était fermé. Les aéroports, les gares d'autobus et même la gare de chemin de fer avaient son portrait et la consigne de l'arrêter s'il se présentait. Des barrages routiers avaient été mis en place avec la description de son véhicule.

* * *

Charlotte avait retrouvé la jeune Juliette sur la photo de la fête du village. C'était bien son prénom. Elle se souvenait bien de Jacques Rousseau. Elle était folle de lui à ce moment-là. Elle l'appelait son

Roméo. Ils avaient cessé de se voir lorsque les parents de Jacques lui avaient ordonné de rompre disant qu'elle n'était pas une fille assez bien pour lui. Sur le moment, elle avait eu beaucoup de peine. Par la suite, elle avait rencontré un homme charmant avec qui elle s'était mariée et avait eu trois beaux enfants. Elle s'entendait à merveille avec ses beaux-parents. Maintenant, elle ne regrettait pas Jacques Rousseau. Elle l'avait complètement oublié jusqu'à ce que Charlotte lui en reparle. Elle n'avait même pas fait le lien avec la personne traquée par la police dont ils parlaient chaque jour dans les médias. C'était un épisode de sa vie, très loin dans sa mémoire.

— Où travailliez-vous à ce moment-là? lui demanda Charlotte par intuition.

— Les fins de semaine, j'étais serveuse au restaurant du village. Il venait souvent m'y voir. Il me disait toujours que j'étais encore plus belle dans mon uniforme.

* * *

Un midi, un homme se présenta au poste. Un fou l'avait agressé alors qu'il se trouvait dans son auto avec sa jeune épouse. Il lui avait ordonné de sortir de son véhicule, de lui donner son passeport et tous ses papiers. L'individu s'était installé au volant puis il était parti emmenant avec lui sa femme.

— Pourquoi votre passeport, Monsieur? demanda Charlotte intriguée.

— On était en route pour New York. Je voulais faire une surprise à ma femme.

— Comment a-t-il pu le savoir? Vous le connaissiez?

— Pas du tout, mais j'ai une petite idée. Il y a trois jours, j'avais donné rendez-vous à Lucille, c'est mon épouse, dans le parc Lafontaine. Je lui ai annoncé que je venais de nous réserver un hôtel pour quatre jours à Manhattan. Elle était tellement heureuse qu'elle criait de joie et le disait à tous ceux qui passaient. Je suppose qu'il a dû l'apprendre à ce moment-là. Ce matin, nous avons mis les valises dans la voiture et il a surgi alors que je venais juste de m'asseoir dans mon auto.

Charlotte regardait l'homme devant lui. Il y avait une certaine ressemblance avec Jack Ross. Peut-être, un petit quelque chose de différent dans les cheveux, mais cela a dû passer à la douane.

— Votre femme va peut-être parler avec le douanier et le dénoncer?

— Il a bien dit qu'il la tuerait si elle tentait quoi que ce soit ou que moi je cherche à le retrouver.

— S'agit-il de cet homme?

Elle venait de lui montrer la photo de Ross.

— Oui, c'est lui. Vous le connaissez alors?

— En effet, il est recherché depuis quelques jours. Vous venez de nous faire avancer monsieur. On va tout faire pour l'arrêter et retrouver votre femme. Pouvez-vous nous donner l'adresse de l'hôtel que vous avez réservé et aussi une photo de votre femme?

— Avec plaisir. Mais, s'il est aux États-Unis, comment allez-vous faire pour l'arrêter?

— Ne vous inquiétez pas, on va prendre tous les moyens. Laissez-nous vos coordonnées. Nous vous tiendrons au courant.

— Je vous en prie, ramenez-moi ma femme.

— On va faire tout notre possible. Au revoir Monsieur.

Elle mit le chef Langlois au courant. Il fallait organiser une collaboration avec la police de New York. Langlois avait déjà, dans le passé, enquêté conjointement avec un inspecteur dans la cité américaine. Il reprendrait contact avec lui. Jack Ross avait de l'avance sur eux. Il fallait faire vite. Un billet d'avion fut réservé sur le prochain vol pour Charlotte et Gabriel. Pendant que Langlois réglait toute la logistique à New York, les deux inspecteurs rentrèrent se préparer un bagage. Leur avion décollait deux heures plus tard.

Ils arrivèrent à l'aéroport de Montréal à temps pour l'embarquement. Langlois leur donna leurs dernières consignes ainsi que le nom de leur contact sur place qui les attendrait à leur descente d'avion. Enfin, à l'heure prévue, l'avion décolla.

Charlotte étant absente, Langlois envoya un agent à St-Hyacinthe rendre la photo à madame

Rousseau ainsi qu'une boîte de brownies accompagnée d'un petit mot de remerciement.

Chapitre 20

Un peu plus d'une heure après le décollage de Montréal, le pilote annonça que l'avion commençait sa descente vers l'aéroport Kennedy. Jim Klein, inspecteur depuis plus de vingt-cinq ans était déjà sur place. Il venait de fêter ses cinquante-deux ans. Il était en excellente santé. Chaque matin, il faisait son jogging dans Central Park avant de commencer sa journée. Il mesurait 1m95, avait les cheveux clairs qui ne laissaient pas paraître les rares cheveux blancs qui commençaient à s'installer sur ses tempes. Son corps athlétique était le résultat de son entraînement et de la nourriture saine qu'il avalait chaque jour. Certains de ses collègues, plus jeunes que lui, n'étaient pas en aussi grande forme. Seulement, il restait un éternel célibataire. Il n'avait jamais trouvé la femme qui acceptait son métier et sa façon de vivre. Il avait essayé, alors qu'il était très amoureux, il y a quelques années, de changer un peu ses habitudes pour faire plaisir à la femme qui partageait sa vie. Même si elle appréciait les efforts qu'il faisait, lui ne se sentait plus en harmonie avec lui-même et il finit par le lui reprocher. Ils avaient cessé leur relation. Il avait eu d'autres aventures de temps en temps qui n'avaient jamais duré. Puis, à l'âge qu'il avait, il s'était créé une petite routine de vie. Il adorait son travail qui prenait une bonne partie de son temps. Vivre à New York était pour lui un privilège. Il avait été transféré quinze ans plus tôt et, tout de suite, il était tombé sous le charme de cette ville magique. Il disait toujours que, lorsqu'il prendrait sa retraite, il ne quitterait jamais « Sa » ville. Alors qu'il attendait l'arrivée des deux inspecteurs de Montréal, il se rendit compte qu'il n'était jamais allé au Québec ni même au Canada. Recevoir l'appel de Langlois avait été une bonne surprise. Il se promit que, une fois le suspect arrêté, il irait rendre une petite visite à son ami de Montréal.

Langlois lui avait décrit Charlotte et Gabriel et il n'eut aucun mal à les reconnaître. Il les interpella, se présenta et leur souhaita la bienvenue.

— Comment va mon ami Langlois? demanda-t-il alors qu'ils s'installèrent dans son auto banalisée.

Étant originaire d'Angleterre, Charlotte était parfaitement bilingue. Donc la langue n'était pas un obstacle ainsi que pour Gabriel qui avait étudié dans une école anglaise.

Il faisait beau et chaud à New York en cette journée de mi-septembre.

— Il se porte à merveille, répondit Charlotte. Il y a longtemps que vous avez collaboré avec lui?

— Quelques années en effet. Je venais de me faire transférer ici. Je ne connaissais pas encore très bien la ville et nous nous sommes perdus quelques fois. On a quand même réussi à arrêter le suspect. On en a bien ri. Ensuite, dans ma brigade, ça a été un sujet de dérision durant plusieurs mois.

— Tiens donc, dit Gabriel. Il ne nous en avait pas parlé. On devrait peut-être le lui rappeler.

— Mais ne vous inquiétez pas, continua Jim, maintenant Manhattan n'a plus aucun secret pour moi. On va retrouver votre gars, s'il est ici.

— Allons voir s'ils sont déjà passés par l'hôtel qui était réservé, proposa Charlotte.

— Langlois m'a dit qu'il avait une femme en otage.

— En effet. Il a pris la place du mari et est parti avec elle. L'avis de recherche parle d'un homme seul, pas d'un couple. Je pense que, une fois ici, il ne va pas s'encombrer d'elle. Enfin, c'est ce que je ferais à sa place.

— Alors, commençons par l'hôtel. Vous connaissez le nom et l'adresse, je suppose?

— C'est le mari qui nous a renseignés. Il s'agit du Confort Inn au 42W 35e Rue.

— Parfait, allons-y. C'est un bel hôtel. Au fait, Langlois m'a faxé la photo de votre gars. Nous en avons donné une copie à tous nos agents sur le terrain. À moins qu'il n'ait subi une opération depuis sa fuite, nous allons le retrouver.

— Vous semblez très efficace ici. Merci de vouloir collaborer avec nous sur cette enquête.

— Pouvez-vous m'en dire plus sur ce qu'il a fait?

Charlotte lui résuma l'enquête dans ses moindres détails. Elle insista sur les atrocités qu'avaient vécues les jeunes filles jusqu'à l'enlèvement de son amie Sandra.

— Je vois qu'il n'y a pas qu'à New York qu'on trouve ce genre de détraqués.

Ils arrivèrent enfin devant l'hôtel. Jim se présenta et demanda à parler au directeur. Celui-ci arriva immédiatement et les conduisit dans son bureau. À la requête des inspecteurs, il regarda dans son ordinateur.

— Monsieur Sauvageau et madame Rompré sont arrivés il y a une heure trente. Je vais appeler la réceptionniste qui s'est occupée d'eux.

Quelques minutes plus tard, une femme entra. Elle expliqua :

— Les clients sont arrivés avec leurs valises. Ils avaient déjà laissé leur voiture au valet. Le monsieur tenait fermement sa femme par le bras. Elle ne semblait pas heureuse d'être là. Il m'a expliqué qu'ils avaient fait une longue route et qu'elle était très fatiguée. Il voulait la clé le plus vite possible afin qu'ils puissent se reposer un peu avant de profiter de leur séjour. Ils ont pris l'ascenseur dès que je lui ai donné les cartes. J'ai trouvé l'homme très autoritaire envers sa femme.

— Savez-vous s'ils sont ressortis depuis? questionna Jim.

— Je ne pourrais pas vous dire. Il suffirait de les appeler dans leur chambre.

— C'est parfait, merci Mademoiselle, la remercia le directeur. Vous pouvez y aller.

Jim prit le numéro de la chambre et, accompagnés du directeur, ils s'y rendirent. Ils montèrent jusqu'au quatrième étage, tournèrent à droite à la sortie de l'ascenseur. Ils arrivèrent face à la porte de la chambre numéro 4117. Jim y colla son oreille.

— Il n'y a aucun bruit. Frappons.

Il donna trois coups, attendit. Personne ne répondit. Il recommença à nouveau trois coups. Toujours sans réponse, il demanda au directeur d'utiliser son passe-partout. Jim se présenta aussitôt la porte ouverte. Ils pénétrèrent dans un petit salon composé d'un divan et d'une télévision posée sur une table basse. Un petit corridor débouchait dans la chambre. Une femme était allongée sur le lit et semblait dormir. Une odeur assez significative flottait dans l'air.

— Tu sens, Charlotte, dit Gabriel. Il a encore utilisé l'éther. Comme pour Sandra.

Jim était penché sur la femme et tâtait son pouls.

— Elle est vivante, dit-il.

— Il l'a endormie, expliqua Charlotte. Il faut appeler une ambulance.

Jim demanda des secours. En attendant, ils fouillèrent la chambre. Les valises étaient posées sur le sol. Celle du mari avait été fouillée. Dans la salle de bains, l'odeur d'éther était plus forte. Un morceau de coton flottait au fond des toilettes. Il avait essayé de le faire disparaître, mais dans sa précipitation, il ne s'était pas aperçu qu'il était encore là.

Sur le lit, la femme commença à bouger. Les ambulanciers arrivèrent au même moment. Ils lui firent un premier examen de ses fonctions vitales. Tout était correct. Les effets de l'éther se dissipaient peu à peu.

Elle reprit finalement conscience jusqu'à se sentir complètement remise. Elle arrivait maintenant à parler.

— Où suis-je? dit-elle, et qui êtes-vous?

— Madame Lucille Rompré? questionna Jim dans un français impeccable.

— Oui, c'est moi, répondit-elle en faisant le tour de la chambre du regard.

— Je me présente Jim Klein de la police de New York, voici mes collègues de Montréal, Charlotte Thomas et Gabriel Després et voici le directeur de l'hôtel. Comment vous sentez-vous?

— Ça va aller. Juste un peu mal à la tête.

Puis après quelques secondes :

— Je me souviens maintenant.

— Pouvez-vous nous raconter ce qui s'est passé s'il vous plaît?

— Alors qu'on s'apprêtait à prendre la route mon mari et moi, un homme a surgi. Il a obligé Richard à sortir de l'auto et à lui remettre ses papiers. Il a

371

menacé de me tuer si on tentait quoi que ce soit. Il a pris place en arrière du volant et nous avons roulé sans nous arrêter jusqu'ici. Je n'osais parler. Il était très nerveux et me faisait peur. Il gardait toujours son arme sur lui. Il m'a conseillé de dormir. J'ai fermé les yeux, mais j'étais trop angoissée pour tomber dans le sommeil. Aux douanes, je n'ai rien dit, j'ai fait semblant de dormir. Finalement, nous sommes arrivés à l'hôtel. Nous sommes montés à la chambre aussitôt. À ce moment-là, il a posé les valises à terre. J'avais tellement peur de ce qu'il pouvait me faire que je me suis assise sur le lit, face à la fenêtre. Aussitôt, j'ai senti une pression sur ma bouche, une drôle d'odeur, puis plus rien, le trou noir. Jusqu'à ce que j'ouvre les yeux et vous vois tous.

— Savez-vous où il a pu aller?

— Non aucune idée. Je n'ai rien entendu.

— Ne vous a-t-il pas parlé d'une place qu'il connaissait? S'il était déjà venu ici?

— Non. Il m'a demandé ce que nous avions prévu de faire durant notre voyage. Je lui ai dit ce que je savais. Mon mari m'en avait peu dit. Il voulait me faire des surprises.

Elle se mit tout à coup à pleurer.

— Ce n'est pas comme ça que je prévoyais passer ces quatre jours. Est-ce que Richard va bien?

— Oui, il va bien, la rassura Charlotte. Il est venu nous raconter ce qui s'est passé. C'est grâce à lui si nous sommes là.

Le directeur s'approcha de Lucille Rompré.

— Madame, nous sommes navrés de ce qui vous est arrivé. Je tiens personnellement à ce que vous gardiez un bon souvenir de votre passage dans notre hôtel. Aussi, nous vous invitons vous et votre mari pour un nouveau séjour à nos frais.

— Merci beaucoup pour votre gentillesse, Monsieur, remercia-t-elle. Puis-je appeler mon mari pour le rassurer?

— Bien entendu. Mais avant, pouvez-vous vérifier ce qui aurait pu être volé dans vos bagages, s'il vous plaît?

Lucille Rompré regarda minutieusement.

— Il manque le passeport de Richard et sa carte de crédit. Il faudra qu'il fasse opposition. Il a pris aussi quelques vêtements et un sac à dos.

Les trois inspecteurs remercièrent madame Rompré ainsi que le directeur. Jim Klein donna les coordonnées de la carte de crédit de monsieur Sauvageau à ses collègues. Immédiatement, une recherche fut lancée.

À leur arrivée au poste numéro quatorze situé sur la 35e avenue proche de Times Square, une nouvelle les attendait. La carte de crédit avait été utilisée dans un taxi. Ils avaient déjà le nom du chauffeur. Ils le rejoignirent quelques minutes après à l'endroit du dépôt de sa dernière course.

— J'ai embarqué le client devant l'hôtel Confort Inn, expliqua le chauffeur. Je l'ai déposé à Battery Park.

— Vous a-t-il dit où il voulait aller? interrogea Jim.

— Il était bizarre ce gars. Il me demande de l'emmener là-bas, mais il ne sait pas ce qu'il y a à faire dans ce coin. Généralement, les touristes savent quoi y faire.

— Comment ça?

— Il m'a demandé les points d'intérêt et où ça menait une fois sur place.

— Ensuite?

— Je l'ai déposé. Il a payé avec la carte en laissant un bon pourboire. Je suppose qu'il a aimé mes explications.

Charlotte lui montra la photo de Jack Ross.

— Est-ce que c'est cet homme?

— Oui c'est lui, en effet.

— Merci beaucoup Monsieur, le remercia Jim.

Puis s'adressant à Charlotte et Gabriel,

— Je vais prévenir les agents là-bas qu'ils ouvrent l'œil.

— Où peut-il être allé d'après toi?

— Difficile à dire. Il a pu se rendre dans un autre secteur, ou peut-être va-t-il prendre le ferry qui fait la traversée jusqu'à Staten Island.

— Vous avez des agents au traversier?

— Oui. Ils sont prévenus et ont reçu la photo.

Jim Klein reçut un appel d'un agent du poste numéro cinq, dans le quartier de Chinatown. Le suspect avait été repéré dans le hall du ferry. Le prochain départ n'était que dans vingt-cinq minutes. Jim demanda de le retarder, le temps qu'ils arrivent. Il fit fermer les portes pour empêcher quiconque de rentrer ou de sortir. Heureusement, ils arrivèrent assez rapidement. Le hall d'attente du terminal du ferry était bondé. Beaucoup de monde, habitant à Staten Island, travaillent à Manhattan. En plus, il y avait toujours un grand nombre de touristes, peu importe la période de l'année.

Lorsque les inspecteurs arrivèrent, le ferry venait d'accoster. Les passagers furent bloqués à l'intérieur. Un état de panique commença à s'installer. Personne ne comprenait ce qui arrivait. La crainte d'attentat faisait encore malheureusement partie de la vie des New-Yorkais depuis le 11 septembre 2001. À l'intérieur du hall, des gens criaient, se ruaient aux portes. Les agents avaient la consigne de rassurer la foule en expliquant qu'il s'agissait d'un exercice de sécurité. Malgré cela, certains avaient du mal à se calmer. La brigade policière se mit immédiatement à la recherche de Jack Ross.

— Là-bas, le voilà, cria Gabriel.

En effet, Jack Ross se tenait à côté du kiosque à journaux. En apercevant Charlotte et Gabriel, il empoigna une femme tenant son bébé dans les bras et pointa son arme sur la tête de celle-ci. Elle se mit aussitôt à hurler. Il la força à le suivre. Ils descendirent les marches et prirent la direction du métro. L'agent posté devant la porte reçut l'ordre de les laisser passer. Les trois inspecteurs les suivirent tout en restant à distance. Jack Ross était capable de tout, il l'avait prouvé à maintes reprises.

Sur le quai du métro, il y avait aussi beaucoup de monde. Plutôt que d'attendre la prochaine rame, Ross emmena son otage vers une autre sortie. Toujours armé de son pistolet, il obligea un taxi à les prendre en charge. Le chauffeur prit la direction du nord. Bien entendu, les trois inspecteurs le suivaient, tout du moins, ils essayaient. Arrivé à hauteur de l'embranchement pour le pont de Brooklyn, Ross ordonna au taxi de l'emprunter. Il y avait beaucoup de trafic et la voiture de Jim Klein restait bloquée. Malgré son gyrophare et la sirène, il n'arrivait pas à se dégager aussi vite qu'il le voulait.

Pendant ce temps, un peu plus loin, le taxi se trouva également coincé sur le pont. À l'intérieur, Jack Ross fulminait. Il avait beau menacer le chauffeur, celui-ci ne pouvait rien faire. La jeune femme en otage pleurait tout en serrant son bébé contre elle. Elle suppliait Jack de ne rien lui faire. À bout de patience, Jack sortit du taxi tenant toujours fermement ses otages. Au-dessus et au centre, entre les deux sens de circulation du pont de Brooklyn, il y a une voie piétonne. Jack emprunta cette voie pour se rendre de l'autre côté, soit à Brooklyn. Des agents avaient été assignés sur le pont. Jim Klein avait pris contact avec eux leur demandant de se mettre à la recherche du fugitif.

Ross fut repéré au centre du pont. L'information fut transmise à Jim qui avait finalement réussi à se sortir de son embouteillage. Il donna l'ordre d'encercler et d'intercepter le suspect tout en gardant l'otage en sécurité. Il serait sur place très vite. Des agents s'approchèrent de Jack Ross, lui demandant de se rendre. Celui-ci tenait toujours la femme contre lui.

Jim, accompagné de Charlotte et Gabriel, arriva sur les lieux. En les voyant, Jack attrapa le bébé et, toujours en se protégeant derrière la mère qui hurlait, il le tint au-dessus du parapet.

Charlotte s'avança et dit :

— Jack, je vous en prie, ne faites rien à ce bébé. Il ne vous a rien fait. Rendez-le à sa mère et laissez-les partir. Vous ne pourrez pas vous échapper, quoi que vous fassiez. Vous avez toute la police de New York contre vous.

— Vous avez peut-être raison. Mais avant que vous m'attrapiez, vous serez responsable d'autres morts.

— Pourquoi vous en prendre à ces innocents? Ils ne vous ont rien fait. Et puis, que penserait votre mère de tout ça?

— Quoi ma mère? Qu'a-t-elle à voir là-dedans?

— Elle est tellement fière de vous. Mais, je suppose qu'elle n'est pas au courant de tout ce que vous avez fait. C'est une gentille femme. Elle attend votre visite depuis si longtemps.

— Pourquoi dites-vous ça? Ah, je vois. Vous êtes allée la voir. Laissez-la en dehors de tout ça. De toute façon, ça ne changera rien.

— En effet, mais pensez à elle. Qu'est-ce qu'elle dira quand elle vous verra à la télévision et qu'elle découvrira vos exploits? Sa vie va s'effondrer. Elle risque d'en mourir.

— Laissez-la tranquille, je vous dis. Vous ne m'aurez pas avec ça. Il y a longtemps que ma mère ne fait plus partie de ma vie. Si j'en suis arrivé là, c'est par sa faute et celle de mon père.

— Ne dites pas ça. Ils vous ont donné l'éducation qu'ils pensaient être la meilleure pour vous. Ce n'est pas une raison pour assassiner de pauvres jeunes filles. Il vous suffisait de parler à vos parents et de mener la vie que vous vouliez.

— Facile à dire tout ça. C'est pas vous qui avez vécu avec eux, qui avez subi leurs idées du moyen âge.

— En effet, mais les jeunes filles que vous avez assassinées n'étaient pas responsables.

— Il fallait que je retrouve ma Juliette. C'est la seule qui a compté pour moi et mes parents ont tout fait pour l'éloigner. Maintenant, fichez-moi la paix et si vous ne voulez pas que je lâche ce bébé, reculez et laissez-moi partir.

Pendant toute la négociation, deux agents s'étaient rapprochés, sans bruit, de Jack Ross. Celui-ci leur tournait le dos et ne les avait pas encore vus. Dans le même temps, d'un synchronisme parfait, l'un désarma le suspect pendant que l'autre se saisit du bébé.

Ross fut immobilisé et menotté. Charlotte s'avança et lui demanda.

— Pourquoi avoir fait souffrir ces jeunes filles? Elles avaient la vie devant elles. Vous auriez pu rencontrer une femme et faire votre vie avec.

— Pour que mes parents nous séparent encore une fois!

— Mais vos parents n'ont plus aucune influence sur votre vie. Votre père est mort et votre mère est dans une maison de retraite.

— Ça, c'est vous qui le dites. Tous les jours, j'entends leurs conseils et leurs critiques sur les personnes que je rencontre.

Charlotte ne sut quoi répondre. Il était vraiment fou. Jack Ross fut emmené au poste, le temps de procéder à son extradition pour le ramener à Montréal afin d'y être jugé. En attendant, il fut mis dans une cellule. Charlotte appela Langlois et le mit au courant de l'arrestation de Ross. Celui-ci les félicita et remercia son ami Jim Klein pour son aide.

Ensuite, elle appela Hugo pour le rassurer. Elle demanda des nouvelles de Sandra. Son état n'avait pas évolué ni en mieux, ni en pire. Lorsque Charlotte irait lui rendre visite, elle aurait une bonne nouvelle à lui annoncer.

Pendant ce temps à Montréal, un visa spécial fut accordé à Richard Sauvageau. Il avait pris le premier avion afin de rejoindre sa femme à l'hôtel en plein cœur de Manhattan. Le directeur avait mis tout en œuvre pour que la mésaventure vécue par Lucille Rompré ne soit plus qu'un lointain et mauvais souvenir. Il les installa dans une chambre luxueuse, leur offrit un cocktail à l'arrivée de Richard et il leur avait réservé des places dans deux spectacles à Broadway. Lucille Rompré remercia mille fois tout le personnel de l'hôtel et plus particulièrement son directeur. Ça ne lui serait pas difficile d'oublier sa première journée à New York.

Chapitre 21

Le lendemain matin, Jim Klein emmena Charlotte et Gabriel déjeuner dans un restaurant sur Times Square. Ils s'étaient réservé une partie de la journée pour visiter Manhattan en attendant que les autorités émettent l'avis d'extradition de Jacques Rousseau, connu sous le nom de Jack Ross.

Jim leur fit faire un tour rapide afin qu'ils en voient le maximum. Il arrivait à transmettre à quiconque l'amour qu'il portait à sa ville. Il savait mettre en valeur chaque quartier de Manhattan et après seulement quelques heures de visites, ses deux invités n'avaient qu'une seule idée en tête, ils allaient y revenir pour quelques jours de congé.

En début d'après-midi, ils retournèrent au poste numéro quatorze. Charlotte avait reçu l'autorisation d'interroger son suspect. Jim assista à l'interrogatoire, mais sans intervenir. Elle commença par lui lire ses droits.

— Monsieur Rousseau, avant de commencer, je dois vous avertir que tout ce que vous direz pourra être retenu contre vous lors d'un procès et que vous avez le droit d'être assisté par un avocat. Si vous ne pouvez vous en procurer un, un avocat commis d'office pourra vous être attribué.

— Je n'ai pas besoin d'avocat, répondit le prévenu. Ça ne changera rien du tout. De toute façon, tout ça ne serait pas arrivé si mes parents m'avaient laissé libre dans mes choix. Ils n'avaient pas à décider qui était bien pour moi ou pas. Tout ça, c'est de leur faute. Ce n'est pas moi le coupable.

— Ce ne sont pas vos parents qui ont enlevé ces jeunes filles.

— Si j'ai fait ça, c'est pour leur faire comprendre que je suis capable de choisir moi-même qui je dois aimer.

— Vous pensez les avoir aimées comme elles le méritaient?

— Comme moi je le voulais.

— Ce n'est pas très romantique ce que vous leur avez fait subir.

— Elles l'ont cherché. Elles ne voulaient pas se soumettre. Ce n'était pas difficile pour elles. Elles n'avaient qu'à faire ce que je leur disais. On aurait pu être très heureux tous ensemble.

— Donc vous reconnaissez avoir enlevé, séquestré et violé à plusieurs reprises cinq jeunes filles. Puis, avoir assassiné quatre d'entre elles.

— Ça, c'est votre façon de voir les choses.

— Comment vous, voyez-vous ça?

— J'ai voulu leur offrir une vie de rêve à mes côtés, mais elles ne voulaient rien savoir. Y en a même une qui m'a abandonné.

— L'avez-vous fait, oui ou non?

— Oui, je l'ai fait, si c'est ce que vous voulez entendre. Moi, je ne me sens pas coupable.

— Quant à Sandra Moreau, l'avez-vous enlevée et enfermée dans le sous-sol de votre maison à la Présentation, lui causant ainsi des blessures graves?

— Oh! Elle. Elle aussi l'a cherché. De quoi elle se mêle d'abord? Elle se croyait au-dessus de tout. Elle m'a sous-estimé. Elle se permet de donner des conseils, mais elle-même ne les applique pas. Ça n'a pas été très difficile de l'avoir. Mais quand je suis parti, elle allait bien. Je ne lui ai rien fait d'autre que l'attacher.

Il ne ressemblait plus du tout au détective que Charlotte avait rencontré au début de l'enquête, très sûr de lui, et charmant dans son comportement. Après ses aveux, il fut remis en cellule. Quelques heures plus tard, l'avis d'extradition fut délivré. Ils pourraient rentrer à Montréal avec le coupable menotté afin d'y être jugé et condamné. Ils réservèrent trois places dans le premier avion du matin.

À leur arrivée à Montréal, une auto les attendait. Jack Ross fut amené devant le juge pour sa mise en accusation et son incarcération, car bien entendu, sa remise en liberté fut refusée. La date de son procès fut fixée au vingt-cinq octobre.

* * *

Avant de quitter son bureau, Charlotte fit son rapport complet sur cette enquête qui avait été bien éprouvante. Hugo passa la prendre et ils se rendirent à l'hôpital. Elle voulait annoncer la nouvelle à Sandra. Lorsqu'ils arrivèrent dans la chambre, une infirmière était là.

— Comment va-t-elle? demanda Charlotte.

— Aucun changement depuis quelques jours.

— Est-ce que c'est bon signe?

— Difficile à dire, mais vous pourrez parler au médecin.

— Merci Mademoiselle, nous irons le voir tout à l'heure.

Charlotte prit la chaise qu'elle approcha du lit. Elle saisit la main de Sandra et, d'une voix calme, lui résuma son enquête en commençant par le jour où elle l'avait retrouvée dans le sous-sol de la maison de Jacques Rousseau.

— Nous avons réussi à l'attraper Sandra. C'est fini maintenant, il ne fera plus aucun mal à personne. Il va être derrière les barreaux jusqu'à la fin de sa vie.

D'ici quelque temps, lorsque tu iras mieux, nous pourrons fêter ça. Et puis, il faut que tu viennes avec nous à New York. C'est tellement beau.

Elle lui raconta sa courte visite guidée par Jim Klein et elle lui promit de l'emmener pendant sa convalescence.

Durant tout le temps où elle lui parlait, Charlotte avait du mal à contenir les sanglots et essayait d'avoir une voix sereine. Tout à coup, la machine reliée à Sandra se mit à émettre un bruit strident. Hugo fut le premier à réagir. Il sortit de la chambre, appela les infirmières qui, averties par l'alarme, étaient déjà en alerte et se dirigeaient avec hâte vers la chambre.

Aussitôt, une réanimation fut faite et, à la deuxième tentative, le cœur de Sandra repartit. Un soupir de soulagement emplit la salle. Une infirmière resta quelque temps pour la surveiller.

Charlotte reprit sa place sur la chaise, essuya les larmes qui avaient coulé en silence. Elle embrassa le front de Sandra et lui dit :

— Je t'en prie, reste avec nous. Nous avons encore beaucoup de choses à partager. Et puis, tu devrais voir Emily, la belle petite fille qu'elle est devenue. On a besoin de toi. Alors, ne refais jamais ça, bas-toi, tu vas y arriver. Tu es forte, tu l'as déjà montré dans le passé.

La porte de la chambre s'ouvrit. Le médecin venait d'être mis au courant.

— Madame, Monsieur, est-ce que je peux vous parler?

— Bien sûr, répondit Hugo.

— Venez dans mon bureau s'il vous plaît.

Charlotte savait que, quand le médecin voulait parler dans son bureau, ce n'était pas bon signe.

— Elle va s'en sortir, docteur, n'est-ce pas?

— Je vais être franc, expliqua-t-il. Nous n'avons pas grand espoir qu'elle s'en sorte sans séquelles. Nous lui avons repassé un scanner et l'œdème a compressé une partie de son cerveau.

— Qu'est-ce que ça veut dire? L'autre jour, vous aviez dit que ça allait.

— C'était l'autre jour. L'œdème avait repris un peu d'ampleur. Nous avons réussi à le faire diminuer à nouveau, mais on craint que son cerveau n'ait subi des dommages irréversibles. On ne sait même pas si elle va reprendre conscience un jour.

Charlotte regardait le médecin et ne sut quoi dire. Hugo intervint.

— Vous en êtes absolument sûr?

— Pas absolument, on ne peut jamais l'être totalement. Mais, il y a de fortes présomptions.

— Pouvez-vous déterminer le genre de séquelles qu'elle garderait?

— Non, pas tant qu'elle ne se réveille pas.

— Donc, elle a peut-être une chance?

— Bien entendu, nous ne sommes pas affirmatifs à cent pour cent, mais je voulais vous prévenir. Et puis, son récent arrêt cardiaque est une alarme. Il se peut qu'elle en fasse d'autres.

— Comme il se peut qu'elle se réveille et que tout aille bien?

— C'est exact, vous avez aussi raison. Je vais être honnête, nous sommes sérieusement inquiets à son sujet.

C'est alors qu'une nouvelle alarme retentit dans les couloirs, aussitôt suivie de pas précipités. Charlotte se leva d'un bond et sortit. Elle courut jusqu'à la chambre de Sandra, là où avait retenti la sirène. Toute l'équipe médicale essayait de la faire revenir. Toutes les tentatives échouèrent et le décès de Sandra fut constaté à dix-huit heures vingt-deux.

Hugo serra Charlotte contre lui. Elle refusait la réalité et ne cessait de répéter que c'était de sa faute.

Deux heures plus tard, Hugo avait annoncé la triste nouvelle à tous ceux qui avaient connu et aimé Sandra. Il se trouvait assis à côté de Charlotte dans leur salon. Emily était couchée.

— Écoute ma chérie, lui dit-il, tu n'es pas responsable. Le seul coupable est Jacques Rousseau. Sandra a lutté et tenu le temps que tu termines ton enquête. C'est ce qu'elle attendait pour partir en paix. Elle voulait savoir qui lui avait fait ça. Elle a préféré s'en aller plutôt que de vivre diminuée physiquement. Le choc qu'elle a reçu était trop important pour ne laisser aucune trace. Et puis, elle est restée plusieurs jours sans soin, ce qui ne l'a pas aidée. Elle ne voudrait surtout pas que tu te sentes coupable.

— Mais si je ne lui avais pas demandé de faire ce reportage, elle ne serait pas morte.

— Peut-être ou peut-être pas. Qui te dit qu'elle n'aurait pas mené sa propre enquête. Et puis l'affaire a évolué après son enlèvement.

Charlotte ne disait rien. Elle savait que Hugo avait raison. Elle avait, elle-même, si souvent tenu ce genre de discours aux familles de disparus. Par contre, elle ne saura jamais si, sans l'enlèvement de Sandra, elle aurait quand même réussi à arrêter le tueur se faisant passer pour Roméo.

* * *

Une autopsie fut pratiquée sur Sandra. Le médecin légiste confirma les dommages que son cerveau avait subis. Une nouvelle accusation d'homicide fut ajoutée au dossier de Jacques Rousseau.

Quelques jours plus tard, de nombreuses personnes assistaient aux funérailles de Sandra Moreau. Sa famille, ses amis avec, en tête, Charlotte et Hugo, tous les membres de la police de Montréal qui appréciaient son travail, tous les médias étaient représentés. Ses collègues se tenaient ensemble et la cérémonie était enregistrée afin de lui rendre hommage aux prochains bulletins de nouvelles. C'était très émouvant. Armand Lacerte, son directeur, témoigna du professionnalisme de Sandra et de la grande perte pour la profession de journaliste. Enfin, des sanglots dans la voix, Charlotte parla de l'intégrité de son amie, de son honnêteté et de la femme pleine de vie qu'elle était. Elle conclut sur le grand vide qu'elle laisserait dans le monde des médias et dans sa propre vie à elle.

Chapitre 22

Vingt-cinq octobre. Le procès de Jacques Rousseau, alias Jack Ross débuta. La salle du tribunal était bondée. Les journalistes se sentaient d'autant plus impliqués qu'une des leurs avait été la victime de cet homme.

L'avocat de Rousseau avait eu beaucoup de difficulté à parler avec son client afin de préparer sa défense. Il prévoyait au départ, invoquer l'aliénation mentale temporaire, mais il comprit très vite que ça ne passerait pas. Il se présenta face au juge et aux jurés sans grande conviction quant au dénouement. Il n'avait pas beaucoup de témoins à appeler à la barre, contrairement au procureur. Daniella avait accepté de venir raconter sa captivité. La thérapie qu'elle suivait avec Hugo depuis plusieurs semaines avait déjà un effet bénéfique. Elle ne refusa pas de raconter ce que l'accusé lui avait fait subir. Bien entendu, Hugo avait été auprès d'elle avant qu'elle ne soit appelée à la barre des témoins. En plus des témoignages accablants, les preuves recueillies en grand nombre ne laissaient aucun doute quant à l'issue de ce procès. Tous les spécialistes qui avaient travaillé sur cette enquête vinrent expliquer aux jurés les résultats de leurs analyses.

Martin Davis, appuyé par le témoignage de Rebecca Demers, expliqua tout ce que les jeunes filles avaient subi durant ces longues semaines de captivité. Claude Roberge, fidèle à son habitude, détailla toutes les analyses que son équipe et lui avaient faites sur les indices prélevés, prouvant sans l'ombre d'un doute, l'implication de Jacques Rousseau dans cette affaire.

Après plusieurs jours vint le temps des plaidoiries. Le procureur de la couronne reprit en détail toutes les preuves montrant l'intention pour Jacques Rousseau de faire des jeunes filles, ses objets sexuels, puis de les tuer avec sang-froid et ne montrant aucun remords tout au long du procès.

Quant à l'avocat, il essaya de faire porter la faute sur l'éducation que les parents de son client lui avaient donnée et de l'emprise qu'ils avaient sur sa vie. Durant tout son plaidoyer, il avait du mal à montrer de la conviction dans ce qu'il disait.

Finalement, la délibération des jurés dura un peu moins de vingt-quatre heures.

Jacques Rousseau fut reconnu coupable et condamné à perpétuité. Il fut inscrit dans le registre des prédateurs sexuels. Le juge conclut qu'une libération conditionnelle ne serait jamais envisageable et que, même la prison à vie était une peine trop légère pour les souffrances qu'il avait fait subir à toutes ses victimes.

Jacques Rousseau ne réagit absolument pas à la lecture de sa sentence. Comme d'ailleurs pendant toute la durée du procès où il était resté impassible. Il fut aussitôt ramené dans sa cellule. Le lendemain, il serait transféré au pénitencier de Port-Cartier où il allait passer tout le reste de sa vie.

Chapitre 23

Que ce soit aux différents bulletins de nouvelles de toutes les chaînes de télévision et de radio, des premières pages des journaux, tous les journalistes parlaient de l'affaire de « *Roméo* » et de son procès. Plusieurs débats sur la peine de mort furent relancés et chacun donnait son opinion. Les sévices et les souffrances vécues par les jeunes victimes ne laissaient personne indifférent. La question la plus souvent posée était :

« Dans le cas de tels crimes, la prison à vie pour le coupable est-elle une sentence assez sévère? Cet homme va être logé, nourri et va pouvoir profiter de tout le confort du pénitencier, alors que ses victimes étaient enfermées dans une cave et dormaient sur un matelas à même le sol. Ne devrait-on pas réinstaurer la peine de mort, uniquement pour des criminels tels que Jack Ross? »

L'atrocité de ce genre de crime remettrait toujours le débat sur la peine de mort à la une des journaux.

* * *

De son côté, Charlotte fut obligée d'annoncer à sa fille Emily que sa grande amie Sandra ne viendrait plus jamais les voir, mais que, en aucun moment, elles ne l'oublieraient.

REMERCIEMENTS

Un auteur qui écrit est un être solitaire. Il vit avec ses personnages tout au long du processus de rédaction. Puis vient le temps de transcription, dans mon cas, suivi de plusieurs relectures.

À ma famille et mes amis, je voudrais leur dire merci de comprendre mes absences temporaires. Pour ce cinquième roman, ils commencent à connaître les signes et me respectent.

Pour chacun de mes romans, j'essaie de trouver un thème différent. Cela m'oblige à faire des recherches et parfois j'ai besoin de la collaboration de spécialistes.

Pour Roméo et ses Juliette, je me suis tournée vers le secteur pharmacologie. Je remercie sincèrement Michel Cyr, Neuro-Pharmacologue – Titulaire de la chaire de recherche du Canada à l'UQTR. J'ai été très touchée qu'il m'accorde quelques heures de son temps afin de faire les recherches sur les bons produits qui donnent une authenticité à mon récit. Ce fut un bon moment et j'ai appris beaucoup grâce à lui.

Enfin, merci à vous tous mes lecteurs qui me suivez depuis 2007. C'est grâce à vous que ma passion persiste et que mes aventures m'amènent dans des univers totalement différents.

Romans déjà publiés

Recherche effrénée à Trois-Rivières : Éd. Mélonic – juin 2007

Vengeance par procuration : Éd. Mélonic – mars 2008

Finissants 92 : Rencontre ultime : Éd. du Mécène – octobre 2010

Un cadavre dans le chalut : Éd. Azélie – juillet 2013 (coauteur Georges Gaudet)

Dominique Damien
Auteure
Courriel : dominique.damien58@gmail.com
www.sousuneloupe.blogspot.ca